# 화담명월

花潭明月

나남출판

## 최 학

1950년 경북 경산 출생. 고려대 국문과 및 동 대학 교육대학원 졸업.
1973년 경향신문 신춘문예에 단편소설 〈폐광〉이 당선되어 문단 등단.
1979년 한국일보 장편소설 공모에 역사소설 〈서북풍〉 당선.
1981년부터 우송정보대학 문예창작과 교수.
2004년 9월부터 2005년 8월까지 교환교수로 중국 남경 효장대학 체류.
현재 우송대학교 한국어교육원 원장.

소설집으로 《잠시 머무는 땅》, 《그물의 눈》, 《식구들의 세월》, 《손님》 등이
있으며, 장편소설로는 《안개울음》, 《겨울소나기》, 《초적(草賊)》,
《저무는 산에 꽃불 놓다》, 《역류(逆流)》, 《미륵을 기다리며》 등이 있다.

### 화담명월 花潭明月

2005년 11월 30일 발행
2005년 11월 30일 1쇄

저자_ 최 학
발행자_ 趙相浩
편집_ 방순영·박래선
디자인_ 이필숙
발행처_ (주) 나남출판
주소_ 413-756
　　　　경기도 파주시 교하읍 출판도시 518-4
전화_ (031) 955-4600 (代), FAX : (031) 955-4555
등록_ 제 1-71호(79.5.12)
홈페이지_ http://www.nanam.net
전자우편_ post@nanam.net

ISBN 89-300-0575-6
ISBN 89-300-0572-1 (세트)
• 책값은 뒤표지에 있습니다.

최학 장편 역사소설

# 화담명월

花潭明月

천기賤妓로 태어나 조선의 천고한 양반사회의 질서를

뒤흔들던 황진이黃眞伊. 이 시대를 구원할 사랑의 화신이자,

이미 전설이 되어버린 그녀의 비밀은?

NANAM
나남출판

낮이 한층 길어졌음을 실감할 수 있었다. 설핏 해가 기울어졌음
에도 징징징, 매미 울음소리가 그치질 않았다.

며칠 전부터 계속된 코를 찌르는 밤꽃 냄새. 서기(徐起)는 마당
에 선 채로 흐드러지게 핀 밤꽃들을 살폈다. 고목이 다 된 밤나무
네 그루가 작은 초옥을 더욱 짓누르는 듯싶었다.

어디 있더라⋯. 지게 작대기를 찾겠다고 뒤란까지 둘러보았다.
햇볕에 말리겠다고 마당에 늘어놓은 솔가지들을 한쪽으로 거두어
놓아야 할 때가 된 것 같았다. 온종일 볕에 말린 것들을 밤이슬에
젖게 할 수는 없는 일. 작대기는 뒷간 처마 밑에 세워져 있었다.

솔가지를 치우는 때였다.

"선생님 — ."

낭랑한 득보(得步) 녀석의 음성이 비탈 아래에서 들렸다. 비린

내 나는 찬거리라도 얻겠다고 만당(晩堂)과 함께 개울로 고기잡이를 갔던 녀석이었다.

녀석들, 메기 몇 마리라도 잡은 듯싶었다. 서기가 돌담 너머로 허리를 빼며 비탈을 내려다봤다. 두 녀석이 빠른 걸음으로 가파른 길을 올라오고 있었다. 흥, 녀석들 덕에 된장국에 가재 한두 마리라도 넣을 수 있으면 다행이지.

서기는 부신 햇살을 비끼며 노고단 산정 쪽을 쳐다봤다. 희디흰 뭉게구름이 산정 너머의 천공으로 솟아오르고 있었다. 눈부신 설산(雪山)의 형상이라고나 할까. 예전 어떤 동학(同學)이 하던 말이 생각났다. 천축국(天竺國)이라던가 어디라던가, 그곳에 가면 온통 눈 덮인 산악들이 하늘을 가리며 사시사철 병풍처럼 서 있다고 했다.

"뭘 좀 잡긴 잡았느냐?"

사립을 들어서는 두 녀석을 맞았다.

"피라미 몇 마리요…."

냉큼 속을 보이지 않은 채 뒷머리부터 긁는 걸 보면 망태기가 무색함은 저희도 아는 모양이었다.

"그보다도요, 선생님, 손님이 찾아오셨는데요."

득보가 뜻밖의 말을 했다.

"여자분이어요."

만당이 거들었다.

"날 찾는 분이더냐?"

지리산 함박골에 들어온 지 이제 이태. 천자문이라도 깨우쳐 달라고 코흘리개 아이의 손을 잡고 찾아오는 이들은 심심찮게 있었지만 여자 손님이 걸음을 한 적은 없었다. 기이한 일이 아닐 수 없었다.

"그럼요, 선생님 함자를 또렷이 말씀하셨어요. 구례에서부터 길을 잘못 들어 많이 헤맸다고 하시며 …."

"그런데 어찌 너희만 훌쩍 도망을 왔느냐?"

"이 골짝에 들어왔으면 다 오신 거지 딴 데로 빠질 길이 어디 있습니까. 그보다도 쉬엄쉬엄 오시겠다며 저희보고 먼저 가라고 하셨어요. 저희는 후딱 집안도 치우고 저녁도 지어야지요."

"알았다."

서기는 다시금 돌담에 기대선 채 비탈길을 내려다봤다. 한 차례 소나기처럼 매미가 울어댔다.

"아기 손님도 있었어요."

방안으로 들던 만당이 생각났다는 듯이 한마디 덧붙였다.

아기 달린 여자라 ….

짐작이 가지 않는 바 아니었다. 반가(班家)의 홀어미가 아이 수학(修學)을 청할 모양이구나 …. 정성은 갸륵하지만 서기로서는 철없는 어린것들까지 거둘 심정은 아니었다. 어찌어찌 소문은 얻었는지 전에도 이런 경우가 더러 있었다. 물론 아비가 아이를 데려온 경우였지만 그럴 때마다 사정이 여의치 못하다며 그들을 돌려세우느라 진땀을 흘려야 했다. 아직 내 앞가림도 하지 못하는 처지에 천방지축 어린것이랑 씨름을 할 수 없지 않은가. 마음 같아서는 지금의 두 녀석마저 내보내고 정말 면벽(面壁) 수도하는 중처럼 정진하고 싶은데 사정이 따라주지 않았다. 저 녀석들마저 없으면 먹을 것은 어찌 구하고, 나뭇짐 하나 옮길 위인이 어디 있는가 말이다.

성가신 때도 없지 않지만 어느새 없어서는 안 될 고마운 학동들이 득보와 만당이었다. 둘 다 귀한 집 자제들인데 산 속 토굴과 다름없는 이곳에서 한마디 불평도 않고 공부에 매달리면서 성가신 살림살이까지 도맡아 주는 것이 여간 기특하지 않았다. 벌써 득보는 산에 들어온 지 일 년이 됐고, 그보다 늦은 만당은 일곱 달은 된 듯싶었다. 둘의 아호(雅號)도 물론 서기 자신이 지어준 것이었다.

득보는 전주 임 진사의 둘째 아들. 올해 열여덟이다. 벌써 제 형은 아비보다 나은 성균진사(成均進士)가 됐다. 향시(鄕試)라도 통과해야 장가를 갈 수 있다는 녀석인데, 산에 들어와 새로 경전(經典)들을 다 뗐다. 내년 봄쯤엔 과장(科場)에 내보내도 큰 탈은 없을 것 같았다. 그보다 한 살 어린 만당은 구례 김 부자의 큰아들, 혼례 치른 지 한 해 만에 이곳엘 왔으니 성가(成家)는 빨라도 공부가 늦었다. 집에만 가면 호의호식하고 참한 아내와 부족할 것 없이 지낼 수 있는 터인데도 어느새 제 집까지 잊고는 산중생활을 더 즐기고 있으니 알다가도 모를 녀석이다.

그러고 보면 이제 두 녀석은 저한테서 배우는 제자이기보다 동학이요, 동기지간이나 마찬가지였다. 허기야 나이를 따져봐도 십 년 차가 되질 않는다. 옛말에도 아래위 팔 년까지는 벗을 해도 괜찮은 나이라고 했는데, 이 산중에서 배우는 이 가르치는 이 분별 없이 호형호제한들 누가 뭐라겠는가. 허나 엄정한 게 사제의 도리, 서기 스스로 제 아무런 속을 내봐도 녀석들이 더 몸둘 바 몰라 하는 처지였다.

햇살 속으로 여자가 걸어오고 있었다. 이제 여섯, 일곱 살? 머
슴애 하나가 여자의 손을 붙잡고 따라온다. 몇십 리를 걸은 걸음일
까. 둘 다 지친 기색이 역력했다.

서기는 그들을 일별하곤 등을 돌렸다. 득보가 벌써 툇마루에 의
관을 내놓고 있었다. 다른 차림은 필요가 없었다. 상투머리를 갓
으로 가리고 두루마기만 걸치면 그뿐.

만당이 사립 밖에 나서서 손님을 맞았다. 서기는 툇마루에 앉은
채로 여자를 기다렸다. 남녀가 유별하다지만 이 산중에서까지 그
런 법도를 챙길 까닭은 없었다.

여자가 마당에 선 채로 허리를 숙여 절을 했다. 미리 시켜났던
것일까. 아이가 맨땅에 그대로 주저앉으며 큰절을 했다.

"어서 여기 오르셔 앉으시지요."

자세가 위태로워 보이는 여자에게 자리를 권했다. 금세라도 햇
살이 그녀를 쓰러뜨릴 것만 같았다.

"문후 여쭙니다."

간신히 마루 끝에 앉은 여자가 꺼져가는 듯한 목소리로 말했다.

"어떻게 이 누추한 곳을 오시느라 그 고생을 하셨습니까?"

서기는 비로소 여자의 얼굴을 똑바로 봤다. 먼 길 왔을 터인데도
치마 저고리가 티 없이 깔끔하고 몸가짐에도 한 점 흐트러짐이 없
다. 곱게 빗은 머릿결, 반듯한 이마. 오뚝한 콧날, 안색이 희고 맑
다. 농사나 짓는 여염 아낙이 아님은 단번에 알 수 있었다. 좋이

마흔은 됐을 법한 연배. 그런데 안면 한쪽이 이상했다. 왼쪽 눈과 그 가장자리인 듯싶다. 손바닥만한 크기의 엷은 반점이 눈가를 둘렀는데 눈이 반쯤 감겨 있다. 불의의 사고라도 입은 것인가, 정상이 아니다. 몸매는 가냘프고 모아 쥔 두 손은 백옥처럼 희다. 서기로서는 여자가 더욱 궁금해졌다.

"어디서 오시는 길이십니까?"

서기의 물음에 대답하지 않고 여자가 고개를 들어 남정네를 바라봤다. 고요하면서도 예리한 눈길. 한순간 서기는 턱 하니 숨이 막히는 듯한 느낌을 가졌다. 까닭을 알 수 없는 일.

"저를 보신 적 없으셔요?"

여자가 물었다. 깊은 골짝에서 울리는 물소리마냥 낮고 그윽하면서도 명랑한 음성이었다.

서기가 고개를 끄덕였다.

"송도(松都) 화담(花潭)에서 왔습니다."

"네!?"

서기는 제 귀를 의심했다. 송도 화담이라니! 선생이 병석에 눕기 이전, 이태를 오가며 수학을 했던 곳이 바로 송도 화담이었다. 뒤늦게 선생의 부고를 받고 달려갔을 때, 이미 장례까지 마친 지 여러 날 된 그곳은 폐사(廢寺) 같은 적막만 덮어쓰고 있었다.

서기는 자세를 고쳐 앉았다. 아이는 득보와 함께 별채 아궁이 앞에 앉아 잿더미를 뒤지고 있었다. 무엇이 재미나는지 아이는 연신 쿡쿡 소리를 죽여가며 웃고 있었다.

"그러시면 …?"

10

아슴푸레 기억에 잡히는 것이 있었다. 드물게, 선생이 머무는 화담 학사(學舍)를 찾아오던 여인네를 먼 빛에 본 적이 있었다. 선생님의 둘째 부인이시다, 아니다는 말들이 더러 제자들 사이에 있긴 했지만, 굳이 입에 올리는 것은 서로가 삼갔던 기억이 있었다.

여자가 고개를 끄덕였다.

"처사님께선 잘 모르시겠지만… 저 아이가 응봉(應鳳)입니다."

"네에 — ."

서기가 탄식을 내뱉으며 몸을 세웠다.

"진즉에 사모님을 몰라 뵌 죄, 크게 허물치 말아 주십시오."

서기가 무릎을 꿇고 절을 했다.

"처사님이 이러시면… ."

여자가 놀라 일어나며 따라 절을 했다.

그 여인네가 화담 서 선생의 측실부인(側室婦人)이라는 사실은 선생이 세상 떠난 뒤, 토정(土亭, 본명 이지함) 사형을 통해서 알았다. 쉰 넘은 만년에 선생이 맞아들였다는 부인. 사실을 확인해 준 토정조차도 그 부인이 뉘 집 아녀자인지는 물론 성씨조차 모르고 있었다. 토정이 그 지경이었으므로 선생이 어떤 연분으로 여자를 만났으며, 어떻게 혼례까지 가졌는지 사정을 제대로 아는 이가 없었다.

아무튼 여자는 화담 인근의 민가에 머물면서 자주 신병치레하는 선생을 지극 정성으로 뒷바라지했다는 이야기만 들었다. 선생의 소생으로 응봉, 응구(應龜) 두 남아를 생산했다는 얘기도 선생 사후에 들었는데, 이것만 봐도 만년의 선생이 둘째 부인께 얼마나 정을 쏟았는가는 짐작할 수 있었다. 물론 정실부인인 태안 이씨한테서도 선생의 소생은 있었다. 아들 하나 딸 하나가 그것이었는데, 아들 응기(應麒)도 그렇거니와 이씨 부인도 성안에 살면서 화담 내왕은 거의 없었다. 선생의 많은 제자 중에서도 이씨 부인을 직접 뵌 일이 있는 이는 한둘에 지나지 않을 정도였다.

정작 선생은 길지 않은 생애를 살면서 이씨 부인과는 살뜰한 정분조차 가지지 못한 채 홀로 화담에서 거처한 것이 분명했다. 그리고 만년에 만난 둘째 부인한테 그 모든 마음을 쏟았음에야.

놀란 득보와 만당이 마당 가운데 서서 멍하니 마루를 쳐다보았다. 서기로서는 반가움보다는 당혹스런 마음밖에 없었다. 선생이 세상을 버린 지 벌써 3년, 그 긴 세월이 지나 문득 사모님이 이곳을 찾아왔다! 개성에서 지리산이 이웃마을 찾아가듯이 갈 수 있는 데란 말인가. 천 리 길이다. 아녀자의 몸으로, 더욱이 어린아이까지 딸린 채 한 달을 걷고 두 달을 걸어 예까지 찾아온 연유가 무엇이란 말인가. 도무지 짐작되는 바가 없었다.

여자는 벌써 서기의 마음을 읽고 있었다.

"처사님께 며칠 폐를 끼치고자 이렇게 찾아왔으니 너무 허물치 말아 주셔요. 그냥 산천구경 삼아 저 어린것을 데리고 개성을 떠나왔는데 걷다걷다 보니 여기까지 이르렀다고 여겨 주시고요. 처음에는 한양 도성구경이나 하고 가자고 했는데, 거기에 또 욕심이 붙어서 보은 속리산도 둘러보고 그리곤 예까지 오고 말았어요. 처사님이 이 산간에 계시다는 소식은 도성에서 허 교리(校理)한테 들었고요. 정말 여기 참 좋아요 ….."

12

여자가 가지런한 치열을 드러내며 웃었다. 또 한 차례 매미소리
가 자지러졌다.

서기는 손등으로 땀을 훔쳤다.

"잘 오셨습니다. 누추하기 짝이 없습니다만 편히 쉬시기 바랄 따
름입니다. 허 교리도 별고 없지요?"

"네."

여자의 대꾸가 간결했다. 초당(草堂) 허엽(許曄). 그를 마지막
으로 본 지도 다섯 해가 넘었다. 같은 스승을 모신 동학이라 하지
만 그는 자기보다 여섯이나 연장(年長)이었다. 토정 이지함과 동
갑이었다. 선생이 돌아가신 그 해에 대과(大科)에 급제하여 동학
들에게는 선망의 적이 되기도 했다. 홍문관 부교리를 거쳐 사간원
장령(掌令)이 됐다는 소문도 풍문으로 들었다.

서기는 득보를 불러 별채 방을 깨끗이 소제하도록 시켰다. 말이
별채지 흙벽에 서까래만 얹어 억새를 덮고 구들을 앉힌 토방에 지
나지 않았다. 방 둘에 부엌이 딸린 안채라고 해서 사정이 나을 것
도 없었다. 원래가 화전민이 살던 산간 초옥에 지나지 않았는데 그
것도 주인이 떠나고 사람 체취를 받지 못하면서부터는 산도깨비나
살 법한 폐가의 꼴을 하고 있었다.

지리산을 헤매던 서기의 눈에 우연히 이 집이 띄었고, 그걸 서기
혼자의 손으로 새로 일으켜 세웠다.

천천히 말씀을 주시겠지… . 서기는 여자를 쉬게 한 뒤 제 방에
들었다. 땅거미가 지고 있었다. 책을 폈지만 글자들이 눈에 들어
오지 않았다.

"녀석아, 네놈은 내 숨 넘어가는 때도 내 곁엘 있지 않았어 ….
천방지축 네놈의 소행을 내가 모를라구 …."

당장에라도 화담 선생이 껄껄 웃음을 놓으며 방문을 열 것만 같
았다.


휘영청 달이 떴다.

마당 멍석에 저녁 밥상이 차려져 있었다. 득보와 만당이 저녁밥
을 지은 줄 알았는데 그게 아니었다. 그 먼 길을 오고서도 여자가
직접 부엌에 들어가 밥솥에 불을 때고 반찬가지를 만들었다는 것이
었다. 그래서 그런지 전에 보지 못했던 산채나물이 여럿 상에 올랐
는가 하면, 물고기 찌개도 먹음직스럽게 끓여져 있었다.

"고단하실 텐데 이렇게 손수 저녁까지 지으셨군요."

"응당 제가 해야지요."

서기는 혼자서 밥상을 받기가 민망했지만 숟가락을 들었다. 오
랜 만에 아녀자 손길을 받은 것이어서 그런지 밥맛부터 달랐다. 여
자와 함께 밥상을 한 득보와 만당은 전에 없이 말수가 적었다. 그
들도 이미 여자가 화담 선생 사모님임을 알고는 어찌할 바를 몰랐
던 것이다.

"오래 병석을 지고 계시지는 않으셨어요. 사흘인가 나흘, 그렇
게 누워 계셨는데, 그날 아침이었어요. 칠월 칠일, 칠석날이었지
요. 덥기는 했지만 참 날이 맑고 좋았어요. 방문을 열라 하시더니,
햇빛이 참 좋구나, 하시었어요. 그리곤 사재(思齋, 장가순), 수암

14

(守庵, 박지화) 같은 제자분들을 부르시더니 나를 냇가로 좀 데려 가다오 하셨지요."

식사를 하면서도 그녀가 선생의 임종 때 일을 차근차근 얘기하고 있었다. 서기로서도 대강은 들어서 알고 있던 얘기들이었다.

"붕어든 버들치든 한두 마리만 더 있었어도 찌개맛이 훨씬 나았겠죠, 그죠?"

호흡을 고르는 듯, 그녀가 잠깐 화제를 고쳤다.

"그놈의 메기만 놓치지 않았어도…."

만당이 그녀를 거들었다.

"웬만큼 세상을 살필 줄 아시는 분이면 당신이 언제 세상을 떠나시는가 그때를 짐작하시는가 봐요. 그러셨어요. 오늘은 내가 가야겠다고…. 냇가에 누우신 채로 손과 발을 씻었어요. 제자분들이 거들어 드렸지요. 머릿결까지 다 닦으신 뒤에야 오냐, 됐다, 하셨어요. 그리고 다시 방안으로 옮겨오셨는데 그게 마지막이셨어요."

"달리 말씀은 없으셨고요?"

득보가 물었다.

"보자…, 그 무렵 뒤꼍에서 새가 울었던 모양이에요. 숨이 몹시 차힘든 가운데도 저 새가 무슨 새지? 하고 물으셨지요. 아무도 대답을 하지 않았어요…."

서기는 밥그릇을 다 비울 때까지 아무런 말을 하지 않았다. 그 자리에 없었지만 선생의 임종 모습은 그린 듯이 떠올릴 수 있었다. 헐떡이는 숨소리, 속으로 오열하는 제자들의 면면들. 그리고 뒤란 나뭇가지에서 나뭇가지로 옮겨 앉는 새들의 날갯짓이며 화담 계곡의 물소리까지도 ….

"네가 새들이 하늘을 나는 이치를 알았다고?"

처음 선생을 뵙던 날, 선생이 그윽이 이편을 바라보며 묻던 말이었다. 그때도 화담골 물소리는 은은하면서도 명랑하게 장지문을 적시고 있었다. 속으로 깊이 패여 들어간 선생의 두 눈이었는데 시선은 따스하면서도 예리했다. 누군가 중간에서 소개를 한 이가 그런 식으로 말을 했던 모양이었다.

"아닙니다, 선생님. 제가 어떻게 ….."

"그걸 알겠다고 하루종일 하라는 일은 안 하고 종달새만 지켜봤다며?"

"소시에 그런 적이 있긴 있었습니다."

"그래서?"

"네?"

"뭘 알았다고? 땅에서 피어오른 양기(陽氣)가 새의 날개를 떠밀어서 하늘을 나는 것이라 했다며?"

누군가 소상히도 전한 듯싶었다. 선생으로부터 새삼 자신의 어릴 적 했던 소리를 듣고는 서기 스스로 실소를 금치 못했는데 선생 또한 짓궂은 아이같이 입가에 빙긋이 웃음을 새겼다.

"부끄럽습니다."

"그럼, 지금은 어찌 생각하는가? 어찌해서 종달새는 하늘을 나는 것일까?"

"잘 모르옵니다."

16

"에끼, 모르긴 뭘 몰라. 날개가 있으니 날지. 날개 없는 것이 하늘을 나는 걸 봤어?"

"네에."

방안에 있던 선생의 제자들이 한바탕 껄껄 웃음을 터트렸다. 지금 생각해도 유쾌한 선생과의 첫 만남이었다.

그 선생은 오래 전 세상을 떠났는데, 사모님이 이 머나먼 산중에 오셨다. 무슨 연유가 있는 것일까.


다음 날은 날이 더 더웠다. 천공에 구름 한 점 없었다. 종일 득보와 만당의 글 읽는 소리가 낭랑히 초옥을 감쌌는데 여자는 도통 방문 밖을 나오는 기척이 없었다. 점심때 잠깐 얼굴을 비치긴 했지만 밥 한 그릇을 다 비우지 않고 다시 방으로 들어갔다. 어디 편찮으신가…. 서기로서도 적이 걱정이 됐지만 내색은 하지 않았다. 제 어미가 없어도 응봉이 녀석은 혼자 잘도 싸돌아다녔다. 뒷산 숲으로, 비탈 아래 개울로 뛰어다니며 혼자 신명을 냈던 것이다.

또 휘영청 달이 떠올랐다.

저녁 밥 때가 됐는데 득보와 만당의 모습이 보이지 않았다. 여자 혼자서 부엌에서 때늦은 저녁을 짓고 있는 듯했다. 녀석들이 말도 않고 어딜 갔단 말인가. 서기가 달빛 환한 뜰을 거닐고 있는데 응봉이 다가와 소곤거렸다.

"형님들, 심부름 갔어요."

"심부름이라니?"

"엄마가 술 사오라고 시켰어요."

"술?"

뜻밖이었다. 여자가 공부하는 학동들에게 술 심부름을 시키다니. 허나 이해 못할 바는 아니었다. 얼마나 속내가 적적하시면 술 생각을 하셨을까. 미리 헤아려 드리지 못한 자책이 없지 않았다.

여자가 마당에 상을 내올 무렵 두 젊은이가 때맞춰 숨을 헐떡이며 들어왔다. 녀석들 손에 호박덩이만한 항아리가 들려 있었다.

"허락 없이 시킨 일, 처사님께서 너무 허물치 마시어요. 이 산중에서 처사님께 대접할 것도 없고 해서 ….."

어디서 구한 것일까. 찬거리가 어제보다 훨씬 풍성했다. 버섯부침이며 구운 더덕까지 상위에 올라 있었던 것이다.

"제가 먼저 술 한 잔 올리겠습니다."

"이런 면구스러울 데가 ….."

난감하고 민망하기 짝이 없는 일이었지만 서기는 여자가 주는 잔을 받았다. 산중에서도 더러 술 생각이 나곤 했지만 공부하는 이들을 생각해서 오래 삼갔던 처지였는데 오랜 만에 술 한 모금을 들이켜고 보니 혀끝에 닿는 맛이며, 뱃속으로 파고드는 그 기운이 그렇게 희한할 수 없었다.

"소생도 사모님께 올리겠습니다."

서기가 여자에게 잔을 권했는데 여자는 서슴지 않고 받았다. 그리곤 단숨에 잔을 비웠다. 여자는 득보와 만당에게도 일일이 잔을 권했다.

"너무 오래 독서만 하시다 보면 다른 쾌활한 생각이 다 막혀버린다고 합디다."

두 학동은 잔을 받고서도 어찌할 바를 몰라 서기의 눈치를 살폈다.

"마셔라, 사모님이 주시는 것이니까…."

단번에 취기가 올랐다.

여자는 퍽 술을 좋아하는 듯싶었다. 밥숟갈은 거의 들지 않은 채 거푸 잔만 비우고 있었기 때문이었다.

"봄날에는 진달래꽃이며 어린 솔방울, 송순이며 찔레순 이런 것들을 죄 따다 술을 담았으면 좋겠어요. 칡이며 더덕도 좋고… 먹고 남는 것은 땅속에 묻었다가 이런 날 마시고…."

여자가 노래처럼 흥얼거렸다. 마루에서 졸고 있는 희미한 등불. 등불보다 더 환하게 비추는 달빛. 그 속에 여자는 벌써 얼굴 가득 홍조를 띠고 있었다. 비스듬히 돌아앉아 그늘을 만든 탓에 한쪽 눈가의 반점이며, 반쯤 감긴 눈도 보이지 않았다. 한쪽으로만 비친 그녀의 얼굴이 지극히 고왔다. 서른 초반의 젊은 아낙이라 한들 누가 곧이 듣지 않을까. 만년의 선생은 여자의 저 모습을 보고 그렇게 정을 쏟았을까.

눈부시게 환한 달밤. 화담 너른 바위 위에 선생과 여자가 마주 앉아 술잔을 주고받는 풍경을 그리는 것 또한 어렵지 않았다. 선생은 술을 좋아하면서도 자주 그리고 많이 마시는 편은 아니었다. 한 잔 술에도 쉬 취해서 흥을 내시며, 그 흥을 즐기던 선생이었다. 토정이 말했던가. 우리 선생님은 술값 많이 들지 않아서 퍽 좋겠다고.

득보와 만당도 취기는 숨기질 못했다. 서로 쿡쿡 웃어대다간 그

동안 외웠던 시 구절까지 흥얼거리며 취흥을 즐길 줄 알았던 것이다.

"처사님, 보셨어요?"

여자가 다시 술잔을 건네주며 물었다.

"네에?"

"선생님이 춤추시는 모습 말이어요."

"박복하게도 저는 직접 뵌 적이 없습니다. 사형(師兄)들한테서 전해 들은 바는 있습지요."

"화담 선생께서 춤을 추셨다고요?"

놀랍다는 듯이 득보가 물었다.

"그러셨다네. 초당 사형이며 연방(蓮坊, 이구) 사제가 몇 번 보았다고 하더군. 사모님, 맞지요? 어느 날인가 연방 사제가 친구들이랑 화담으로 선생님을 뵈러 갔는데 계시질 않았던 모양이야. 그래서 저희들끼리만 만월대로 야유를 갔었다네. 뒤늦게 소식을 듣고는 선생님이 거기로 가셨다지⋯."

"제가 일러 드렸지요. 그때도 이맘때일 걸요⋯."

여자가 훈수를 했다.

"야유 자리이니 물론 술도 있었겠지. 허나 아니야. 선생님은 경치만 좋아도 감격해서 그만 어쩔 줄을 모르시는 분이셨어. 세상의 아름다움에 대해 그만큼 민감했던 분은 달리 계시지 않을 걸세. 자네들은 잘 모르겠지만 송도 만월대가 얼마나 멋진 데란 말인가. 송악산이 뒤편에 우뚝 서 있는데 양편으로 맑은 냇물이 흘러내려. 앞을 바라보면 주작현(朱雀峴)이요, 그 너머로 진봉산(進鳳山)이 빤

20

히 보이지 …. 한 순배 술잔이 돌긴 했는데 취할 정도는 아니었다지. 문득 선생님이 일어나시더니 이런 풍광에 어찌 춤이 없을쏘냐, 하시며 둥실둥실 춤을 추셨다는구먼. 거기 있던 젊은 분들한테는 노래를 부르며 장단을 맞추라 하시곤 말이야. 좋은 경치, 좋은 사람들이 있어서 선생님은 솟구치는 홍을 참을 수가 없으셨던 모양일세. 당초엔 연방 사제도, 아무리 좋기로소니 선생님이 춤까지 추실까, 의아해 하면서 건성으로 노래를 하고 장단을 맞추었다더군. 허나 나중엔 그게 아니었대. 다들 함께 춤을 추고 그랬다니깐 …. 저절로 그렇게 되더라는 거야, 허허. 그만큼 선생님은 홍이 많았던 분이셨어. 경치와 사람뿐이랴, 초당 사형이 말씀하시더군. 우리 선생님은 책을 읽다가 정말 좋은 구절만 보셔도 그 자리에서 일어나 둥실둥실 어깨춤을 추시는 분이라고 …. 장자가 《논어》를 두고 하신 말씀이 있지? 논어를 읽고 난 사람들은 각자 여러 가지 반응을 보이게 마련인데 그 중 어떤 이는 너무도 기쁜 나머지 자신도 모르게 춤을 추기도 한다고 하지 않았던가. 화담 선생이 그런 분이셨어."

그 무렵이었다. 여자가 천천히 몸을 일으켰다. 다들 측간에 가려나보다 여겼는데 그게 아니었다. 허공으로 한 손을 길게 뻗쳐 올리곤 빙그르르 한 바퀴 몸을 돌렸다. 이어 두 손이 공중에서 흐느적거리다 가볍게 가라앉았고, 두 어깨를 가볍게 흔들었다. 내려진 손이 허리를 휘감아 도는 때는 다시 전신이 따라 돌았다. 이윽고 버선발 하나가 가볍게 땅바닥을 차고 오르는가 싶더니 한껏 고개가 뒤로 꺾여졌다. 어둠을 헤쳐나가는 손동작, 지축을 어루만지는 발

놀림, 손발 따라 요동치는 전신 ···. 가볍고 유연하기 짝이 없는 여자의 춤사위였다.

서기와 학동들은 이 뜻밖의 광경에 놀라 입을 벌린 채 망연히 바라보기만 했다.

문득 여자가 춤동작을 멈추었다. 턱을 당겨 고개를 숙이고 합장한 자세로 한동안 미동도 하지 않았다. 사람들은 숨을 죽인 채 그녀를 쳐다봤다. 다시금 어깨가 가볍게 움직이는가 싶더니 그 흔들림 좇아 노래가 나왔다.

보아라, 보아라, 이 명월과 이 물결을
뉘라서 보는 이 없건만
골 물은 산을 에돌아 흐르고 달빛은 그를 따르느니
천지간 적막에도
네가 달빛 되고 내가 냇물 되면
무엇을 더 채우랴, 무엇을 더 얻으랴···.

대숲을 관통하는 소슬하고도 청량한 바람소리 같은 그녀의 노랫가락이었다. 한숨처럼 꺼지는가 하면 용천수처럼 돌올히 솟구치는 어조는 듣는 이의 폐부를 흔들기에 족했다.

서기는 저도 모르게 그녀의 음조를 따라 흥얼거렸고, 학동들은 학동들대로 그런 스승이 더 놀라워 벌린 입을 다물 줄 몰랐다. 서기는 알았다. 이미 그녀의 춤과 노래 속에는 그녀의 생애를 버팀해 온 한과 열락이 모두 담겨 있음을.

이젠 굳이 그녀에게 이 지리산 함박골에는 무슨 일로 오셨느냐고 물을 일이 없을 듯싶었다. 얼마나 좋겠는가. 지금 이 자리에 정다운 이의 노랫소리를 듣고 화담 선생께서 달려오시기만 한다면, 그 생각밖에 들지 않았다.

"술 더 없죠?"

노래를 마친 여자가 쓰러지듯 자리에 앉으며 말했다. 술 없는 것이 제 죄이기나 한 듯이 득보가 몸둘 바를 몰라했다.

"됐어요. 더 마시면 우리 처사님이 화를 내실 것 같애 ….."

"별 말씀을. 좀더 쉬시다가 드십시오. 소생은 이제 ….."

여자를 편케 해준다는 뜻으로 서기가 먼저 자리에서 일어났다. 학동들에게 사모님을 모시라 하곤 방으로 들었다. 호롱불을 마주하고 앉았는데 눈에 보이고 귀에 들리는 것은 아까의 그 춤사위요 노랫소리였다.

도란도란 바깥에서 주고받는 여자와 학동들의 말소리가 방안까지 들려왔다. 귀담아 듣지 않는다 해서 떨쳐지는 말소리가 아니었다.

물정 없는 녀석들, 아무리 흥미가 발동한다 한들 사모님 면전에서 진랑(珍娘)의 얘기를 꺼낼 수 있는가. 만당이 먼저 그 이야기를 한 듯싶다. 여자의 웃음소리가 들렸다.

"황진랑이 누군가, 누군가 … 아, 그 유명한 황진이 …. 도성 사람이 다 알고 평양 사람이 다 안다는 송도 황진이, 그 천하명기의 소문이 마침내 지리산까지 전해졌나보군요."

이왕 터진 물보, 서기로서도 다음 말이 궁금하지 않을 수 없었다.

"유감이어요. 정말이지 나도 꼭 보고 싶었는데, 여태 만나보질 못했어요. 내가 화담 선생을 만나 그 골짝을 내왕한 지 세 해가 넘

는데 한 번도 그 여자를 보지 못했어요. 어떡하나 … 선생님 임종
때는 꼭 그 여자가 오리라 여겼는데, 그때도 그 이후에도 모습을
보이지 않았어요. 내가 없을 때만 골라 산소를 다녀가셨나 …. 들
리는 말로는 이 생원이랑 금강산 유람가서 아예 그곳에서 중이 됐
다는 말도 있고, 거기서 세상을 하직했다는 말도 있고, 또 누구말
로는 한양땅에서 어느 부자 나으리의 소실이 돼서 잘 산다는 말도
있고 …. 말만 이렇게 많지 딱 부러진 행적이 없어요. 나도 알고
싶은데 ….”

“화담 문도로서 여러 해 독학정진(篤學精進) 했다던데 …?”

“거짓말!”

득보의 한마디 말에 여자가 거칠게 반응했다.

“진랑이 화담에서 역학(易學)을 공부하고 당시(唐詩)를 수학했
다고 말들 하지요? 빛 좋은 개살구. 그런 이야기 들으면 진랑 본인
이 섭섭해 할 거외다. 말 같지 않은 세상에서 기녀가 사서삼경을
외고 당송의 시를 읊어서 뭐한대요. 기녀가 아니라 세상 아녀자가
다 마찬가지 아니에요? 그런다고 학사님 같은 남정네들이 우러러
뫼시기를 해요, 과거급제를 해요? 모름지기 아녀자는 부엌의 반찬
그릇만도 못한 것인데 …. 내 말이 아니어요. 화담 선생님 말씀이
셔요. 제 태생의 본원과 운명의 한계를 진랑만큼 잘 안 여자가 없
었지요. 선생님은 그걸 더욱 안타깝게 여기셨지요. 진랑은 화담
선생의 제자가 아니라 벗이요, 정인(情人)이었어요. 선생이 시를
읊으면 진랑은 거문고를 뜯어 선생을 즐겁게 해드리고, 진랑이 아
프면 선생이 보듬어 안아 위로 해주고 …. 정다운 남녀 그 이상도

24

이하도 아닌 것을 세상 사람들은 저희들 마음대로 갖다 붙이는 거예요. 그렇게 해서 선생의 모습을 달리하고 진랑의 본체를 고쳐 놓는다고 해서 화담과 황진이 달라지길 할까요? 생전에 선생님이 늘 하신 말씀이 있었어요. '두렵구나, 자연을 자연대로 두지 않음이'라고요. 스스로 그러한 것이 자연이고 그 자연을 자연으로 보는 것이 또한 자연이건만, 사람들은 제 이익과 욕심으로 그러지를 못한다고요. 그러고 보면, 여기 학사님들한테만 하는 말이지만, 나는 선생님의 제자분들한테도 참 하고 싶은 말이 많아요. 처사님도 계시지만 괜찮아요. 제발 꾸미지 말고, 없는 것 갖다 붙이지 말라고 하고 싶어요. 평소의 가르침 그대로 전하고, 하셨던 말씀 그대로 하고, 보고 느꼈던 바를 그대로 표현하면 그뿐인데 그러지 않는 분들이 계시거든요. 그것이 혹 스승에게 누가 될지 모른다 해서 그런지 몰라도, 가르침을 제 식으로 해석하고, 보지 않았던 것을 말하고, 세상의 고귀한 틀에 맞추어서 선생님을 사람 안 사는 산꼭대기에 신령처럼 모셔놓는 것이 가장 문제인 거예요. 스승을 그렇게 해놓아야만 스스로가 높아지고 귀중해지는지 몰라도, 그렇게 되면 선생님 본체가 달라지고 말지 않겠어요. 이제 세상 간섭할 수 없는 선생님이지만 선생님도 그 점을 제일 안타까이 여기실 거예요. 내가 지금 무슨 넋두리를 늘어놓고 있나……. 진랑이 얘길 한다고 해놓고선……."

"귀담아들어야 될 말씀인데요 뭐……."

만당의 목소리가 들렸다. 서기는 한순간 등줄기가 오싹해지는 느낌을 가졌다. 지금 여자의 말은 득보와 만당에게 하는 것이 아니었다. 방안에 앉은 자신에게 던지는 비수처럼 여겨졌던 것이다. 제자들, 누구를 말함인가. 차식(車軾)인가 허엽인가, 민순(閔純)인가 박순(朴淳)인가, 벌써 과거에 급제하여 사로(仕路)에 나선 잘 나가는 제자들 그들인가…. 이지함, 남언경(南彦輕), 최력(崔櫟), 이균(李均), 황원손(黃元孫)…. 괜스레 동학 사형사제들의 면면들이 망막에 스쳐 지나갔다.

스승에 대한 제자들의 도리, 그 대표적인 것이 스승의 절대화·신성화라면 화담의 문도들도 예외일 수는 없었다. 더욱이 화담 선생은 종생토록 벼슬을 하지 않고 초야에만 묻혀 있었으므로 화담의 문도들은 스승을 신비화하는 경향까지 없지 않았다. 스승의 위대성은 곧 제자들의 후광이 되기 때문에 더욱 그러했다. 그것이 결국 스승의 실체를 죽이는 일이 될 수 있다? 여자의 말은 바로 그것이었다. 그 점에서 서기 자신은 자유로운가. 그 자문(自問)이 두려울 따름이었다.

여자의 음성에도 이제 피곤기가 묻어 있었다.

"나 학사님들 공부 훼방 놓으려고 여기 온 것 아니어요. 원래 아녀자들은 이런 학사(學舍)에 머무는 게 아니잖아요. 내일 떠날까, 모레 떠날까…. 헌데, 학사님들의 선생님은 내가 모셔가고 싶은데…. 처사님이 내 말을 들어주실지 모르겠다…."

"무슨 말씀이신지요?"

득보가 묻고 있었다. 그도 적잖이 놀란 듯싶었다.

"나, 다시 화담 선생을 찾아뵈러 왔거든요. 그분이 걸으셨던 길 걸으면서 그분을 만나 뵈려고요. 그런데 나 혼자서는 그 길을 잘

26

몰라요. 처사님은 알고 계실 터인데 ···."

　서기는 몸을 젖혀 뒤뜰로 향한 봉창을 열었다. 달이 많이 기울었다. 얼기설기 밤나무 가지가 떨어뜨린 그림자가 문득 천망(天網: 도저히 빠져나갈 수 없는 그물)처럼 여겨지는 것은 무슨 까닭일까.

송도 화정(禾井) 마을.

서경덕의 낡고도 작은 기와채도 장맛비 속에 잠겨 있었다. 비는 허엽(許曄: 호는 초당. 뒷날 삼척부사, 대사간, 경상도 관찰사를 역임하며 동서 분당 때는 동인의 중심인물이 됨. 허난설헌, 허균의 아버지)이 한양을 떠나오던 나흘 전부터 잠시도 그치지 않았다.

이런 궂은 날, 선생이 홀로 화담 초옥에 머무실 까닭이 없다 짐작하곤 허엽은 곧장 송도 성내로 들었다.

굳게 닫힌 대문을 두드렸는데 한참 만에야 아녀자 하나가 문을 열어주었다. 허엽은 그녀가 출가한 화담의 따님임을 단번에 알아봤는데 되레 여자가 허엽을 몰라봤다.

"선생님 계시지요?"

"안 계세요."

머리조차 제대로 빗지 않은 여자가 퉁명스레 대꾸했다.

"우선 비나 좀 피하겠습니다."

허엽은 여자의 대꾸도 기다리지 않고 대문부터 활짝 열어젖히곤 짐 보따리 짊어진 종자를 먼저 마당에 들게 했다.

"누군데?"

비로소 사모님이 안방 문을 열고 고개를 내밀었다.

"저, 한양서 온 엽입니다."

"오셨수?"

사모님 또한 반기는 기색이 아니었다. 남정네를 대하고도 옷매무새를 고치는 시늉조차 하질 않았다. 늘 그랬다. 제자들이 들락거리는 것 자체가 성가시다고 여기는 사모님이었다.

"문후여쭙니다."

허엽이 청마루에 올라 넙죽 절을 올릴 때에야 마지못해 자리를 고치고 답례를 했다.

"선생님은 출타하셨습니까?"

행랑채를 건너다보며 물었다. 변변한 사랑채 한 칸 갖지 못한 선생님댁. 본댁에 계실 때는 행랑채 작은 방에서 손님이며 제자를 맞곤 하던 화담 선생이었다. 추녀 밑에 쪼그려 앉은 종자가 몸을 떨었다. 도롱이를 걸쳤다고는 하나 속곳까지 흠뻑 젖었을 터이니 어찌 한기를 떨칠 수 있겠는가.

"산골짝에 계시겠지 뭐."

이웃사람 소 꼴 베러 간 얘기를 하듯 한 말투였다.

"이 우중에 말씀입니까?"

"그 양반이 비 오고 눈 오는 걸 가린담….."

"길도 다 끊어졌어요."

따님이 거들었다. 장맛비에 골 물이 넘쳐흘러 건너다닐 수가 없게 되었다는 말이었다.

"그럼 식사는요?"

"길이 있어야 갖다드리죠."

따님 출가 전까지는 사모님과 따님이 번갈아가며 하루 한 번씩 화담에 가서 밥을 지었다. 따님 치운 뒤에는 한동안 사모님이 그 일을 도맡아 했는데 사모님께도 그것은 여간 버거운 일이 아니었다. 하는 수 없이 근처 농가에 부탁하여 하루 한 번 밥 짓는 일을 시켰는데 그 집 아녀자조차 두 달 전부터 다리를 분질러 운신을 못한다는 소식은 허엽도 들어 알고 있었다.

"쌀 있고 땔감 있겠다, 된장 고추장 다 있겠다, 아무리 손등에 물 안 묻히는 선비님이라지만 배고파 죽겠는데 아궁이에 불을 안 지피겠수? 산 입에 거미줄 치지는 않았을 테니 걱정 마슈."

사모님이 캭, 소리를 내며 마당으로 가래침을 날렸다.

허엽은 더 이상 본댁에 머물 까닭이 없었다.

"제가 화담으로 가보겠습니다."

종자를 일으켜 세웠다.

"길이 끊어졌다니까요."

따님은 종자의 등짐을 이곳에 풀지 않는 것이 적이 섭섭하다는 눈치였다. 따님 혼례 때는 참례치를 못했지만, 논마지기 하나 없는 빈한한 백수 선비한테로 출가했다는 소식은 허엽도 들었다. 양

30

식만 떨어지면 따님이 친정으로 달려와 징징거린다는 이야기도 들었다. 딱하디 딱한 선생의 집안사정이 아닐 수 없었다.

본댁이 있는 화정골에서 화담(花潭)이 있는 용흥 꽃골〔花谷〕까지는 좋이 십 리 길이 됐다. 산기슭을 돌아 냇물을 따라 거슬러 오르는 산길. 성거산(聖居山)에서부터 흘러내린 골 물이 영통사(靈通寺)를 감싸 돌면서 갈래를 이루는데 이 물줄기가 다시금 합쳐지는 데가 곧 화담이었다. 층층의 바위벽이 물가에 서 있고, 굽이쳐 흐르는 물이 곳곳에 소(沼)와 담(潭)을 이루며, 무성한 솔숲이 골 하나를 사이에 두고 바위벽을 상대하는 곳이었다.

일찍이 이곳을 사랑하여 자신의 아호까지 화담으로 했던 서경덕은 성균관(成均館)을 자퇴하고 낙향한 이듬해 이곳 솔숲에다 두 간짜리 초옥을 짓고 자신의 독서당으로 삼았다. 그때 경덕의 나이 마흔다섯이었다.

다행이었다. 허엽이 화담에 이르렀을 무렵, 비가 그쳤던 것이다. 언제 그랬냐 싶게 순식간에 하늘이 훤히 트이며 햇살까지 떨어졌다. 그러나 비가 그쳤다고 해서 좋아할 일만은 아니었다. 따님의 말이 전혀 틀리지 않았다. 징검다리가 놓여 있던 골에 격류가 흐르고 있어서 도저히 건널 수가 없었던 것이다. 골을 건너지 않고는 초옥에 다가가는 길이 없었다.

허엽과 종자는 너른 바위에 퍼질러 앉은 채 골 물이 줄어들기만을 기다리는 수밖에 없었다. 종자가 저고리며 바지를 벗어 볕에 말리고 있던 무렵이었다. 물소리에 섞여 무슨 소리가 초옥 쪽에서 들려왔다. 귀를 기울였던 허엽은 저도 모르게 웃음을 흘렸다.

"참으로 물정 없으신 어른, 비 그쳤다고 거문고까지 타시는구면."

이어지다 끊어지고 끊어질 듯 이어지는 흥겨운 음률. 전에도 선생은 혼자서라도 흥에 겨울라치면 거문고를 당겨 소리를 퉁기곤 했다. 굶어 돌아가시지 않은 건 분명해. 허엽은 두 손으로 입 나팔을 만들어 고함을 질렀다.

"선생님! 저 왔습니다. 좀 나와 보셔요!"

바위벽이 소리를 받아 웅웅 메아리쳤다.

두 번 세 번 소리를 질렀는데도 거문고 소리가 그치질 않았다.

한식경이 훨씬 지났다.

골 물이 눈에 띄게 줄어들었음을 알 수 있었다. 시키지 않았는데 종자가 먼저 냇물을 건넜다. 속곳차림이었다.

"나으리, 바닥이 좀 미끄럽긴 하지만 떠내려가진 않겠습니다."

그렇게 해서 내를 건넜다.

초옥엔 화담 선생 혼자였다.

"이 궂은 날, 자네가 어인 일인가?"

거문고를 밀며 화담이 크게 반색을 했다.

"좀이 쑤셔서 도무지 장마 끝나기를 기다릴 수 있어야지요."

인사를 마친 뒤, 허엽이 짐꾸러미를 끌렀다.

"때를 놓쳤더니 허기가 져서 말입니다. 저 아이를 시켜 먼저 요깃거리부터 만들어야 되겠습니다."

쌀이며 주육(酒肉), 의복가지 등속. 선생을 위해 챙길 것은 다

챙겼다.

"나도 시장허이, 있을 때 먹어보자고."

"그러셔야지요."

허엽이 직접 종자를 데리고 부엌에 들어가 봤다. 솥뚜껑을 열어 보곤 기겁을 했다. 바닥에 퍼렇게 이끼가 앉아 있었던 것이다. 그렇다면 선생은 사나흘 동안 전혀 곡기도 없이 지내셨단 말인가. 가슴이 철렁 내려앉는 심정이었다.

"그래, 《황극경세》(皇極經世, 중국의 성리학자 소강절의 저서)는 다 읽었느냐?"

선생은 또 앉자마자 공부 이야기부터 꺼냈다.

"그럭저럭 맨 뒷장까지 보긴 봤습니다. 허나 팔괘(八卦) 만큼은 도무지 알아듣지를 못하였습니다."

허엽이 머리를 긁적이며 대꾸했다. 맞은편에 앉은 화담 선생의 환한 얼굴. 사나흘 음식을 들지 아니한 사람이라고는 짐작할 수 없었다.

"그건 아직 몰라도 된다. 그래 선천(先天) 후천(後天)에 대해 소옹(소강절의 별칭)은 뭐라고 말하고 있더냐?"

"이천격양집에 나오는 '선천음'으로 대신해도 됩니까?"

"그래."

"선천은 하늘을 어기지 않고, 후천은 하늘의 때를 받는다(先天天弗違 後天奉天時)고 했사옵니다."

"그게 무슨 말인데?"

"하늘을 어기지 않는다 함은 선천이 질서와 원리의 근원이란 뜻이요, 하늘의 때를 받는다 함은 그 질서와 원리를 좇아 삼라만상이 변화한다는 뜻이 아니온지요?"

"그래. 소백온(昭伯溫, 소옹의 아들)이 주해(註解)에서 그렇게 새겨 놓고 있지. '한 조각 선천을 태허라 이름하나니 그 일이 없음에서 참되게 걸찬 것을 보노라(一片先天號太虛 當其無事見眞)' 하여 소옹이 선천을 태허로 규명하고는 있지만 그 뜻은 분명치를 못해요. 주자(朱子)는 이를 역(易)과 관련지어 설명을 하지만 변화의 있고 없음을 명시할 뿐 본체와 현상으로 나누질 못하는 아쉬움이 있지."

"그렇지요⋯."

"내가 누누이 말하지. 태허(太虛)가 곧 선천이야. 선천도 후천도 기(氣)임은 말할 것 없고. 선천 기와 후천 기가 다른 점이 있다면 선천의 기는 그 자체 다함도 없고 끝도 없이 언제나 있는 것이며, 후천의 기는 태어나 만들어지고, 변화하고, 소멸하는 것을 말함이야. 따라서 후천은 당연히 선천으로부터 나오는 것이요, 모든 변화가 끝이 나면 다시 선천으로 돌아가게 마련이지."

"그렇군요. 선천은 후천의 물상(物象)이 근원하는 곳이요, 종내는 그 물상이 돌아가는 근원지란 말씀이시군요."

"옳아."

만족한 듯 선생이 당신의 무르팍을 탁 쳤다. 허엽으로서는 언제나 선생의 이러한 간명한 강의가 마음에 들었다. 제자들의 머리를 혼란케 하는 군더더기가 없는 것이다.

산 속에 한 마리 토끼가 있다. 그것은 어디서 왔고 본체가 무엇이란 말인가. 토끼는 토끼라는 기(氣)의 덩어리다. 토끼를 토끼로 하는 기의 작용은 태허, 즉 선천으로부터 연원한다. 선천은 그 자체 시작도 끝도 없다. 다함도 덜함도 없다. 보이고 만져지는 것은 아니지만 없는 것은 아니다. 둘레가 없이 아득히 크고 빈 데가 없이 빽빽하다. 이것이 선천이다. 토끼뿐만 아니다. 한 그루 소나무, 참새 한 마리, 민들레 꽃 하나, 길가는 사람 등, 세상만물 중 어느 것 하나 선천에서 유래되지 않은 것이 없다. 기가 뭉쳐져 토끼로 태어나고, 그 토끼는 풀을 뜯어먹고, 먼 산을 쳐다보고, 암컷을 좇아가고, 새끼를 낳고 죽는다. 여기까지가 후천이다.

변화가 있는 현상의 세계가 곧 후천인 것이다. 죽음이란 무엇인가. 이윽고 변화가 끝나 뭉쳤던 기가 흩어지는 것이다. 흩어진 기는 어디로 가는가. 다시 선천으로 돌아간다. 선천에서 비롯되는 영원한 환원, 이것이 우주의 질서요 우주의 변화다.

이것이 화담 선생의 선천, 후천론이었다. 비록 선생의 이 학설 또한 소옹과 장횡거(張橫渠, 장재. 중국의 성리학자)의 이론에 힘입은 바 크다고 하지만 차별성은 분명히 있었다. 선생 스스로 말하듯이, 소옹과 장재 그리고 주자는 이 선천 후천을 어디까지나 역학(易學)과 관련짓는 데 그쳤다. 선천과 후천을 본체와 현상이라고 하는 두 개의 근본 기의 세계로 인식하여 그 구도를 확연히 한 것은 화담 선생이 처음이었다. 제자들도 이미 그 점을 알고 있기에 스승을 더욱 존숭하는 것이었다.

종자가 밥상을 들고 들어오는 바람에 더 이상 공부 이야기는 나아가지 않았다.

"이 무슨 호강이람, 비린 생선까지 있고 …."

갈치 조림의 국물을 뜨며 선생이 치사를 했다.

"선생님!"

허엽이 그윽이 선생을 불러봤다.

"왜?"

"정말 배고프시지 않으셨어요? 사나흘을 굶으시고도요?"

"내가 귀신인가, 배가 고프지 않게."

"그러면 밥을 해 드시면 되잖아요?"

"밥을 할 줄을 알아야 하지."

"생쌀을 씹어 드시든가요."

"쌀이 어디 있는지 알아야 씹지."

참으로 딱한 양반이었다. 우주의 근원을 헤아리고 삼라만상의
이치를 찾는다는 분이 벽장 안에 둔 쌀 주머니 하나를 찾지 못하다
니! 아예 밥 짓고 쌀 찾을 마음이 없었음을 왜 짐작하지 못하겠냐
마는 그렇게 해서 굶어 죽기라도 한다면 어쩔 것인가.

선생이 빙긋이 웃으며 물었다.

"초당, 자네는 쌀 씻고 밥할 줄을 아는가?"

"그럼요."

허엽이 자신 있게 대꾸했다.

"허, 대갓집 자제분이 어인 일로?"

"제가 삼척 관음암에서 책을 읽을 때의 일입니다. 암자의 중들이
매 끼니를 감당하기로 돼 있었는데 그때가 마침 하안거(夏安居)인

36

가 뭔가 하는 때인 모양입디다. 밥도 안 먹고 염불만 하는 때라지요. 아, 글쎄 저희들이 안 먹는 것은 좋은데 절에 머무는 유생한테까지 밥을 안 주지 뭡니까. 저희들이 안 먹고 앉았는데 이놈들아 밥해 내라고 닦달을 할 수는 없는 처지고…."

"그래서?"

"하루는 그냥 견뎌봤지요. 저녁때가 되니 눈이 뱅뱅 돌고…. 차마 못 견디겠습디다. 그래서 그 밤중에 공양간엘 들어갔지요. 먹을 게 어디 있나 싶어서…. 찬거리는 잔뜩 있는데 밥이 있어야지요. 그냥 솥에다 쌀을 안치고는 불을 때 봤지요. 저절로 밥이 되던 걸요. 아래는 타고 위는 설익긴 했지만 말입니다. 체면 불구하고 공양간에 퍼질러 앉은 채로 잔뜩 먹고 나니 세상 그리 좋을 수가! 다음날부터는 자신도 생기고 해서 그냥 제가 다 해먹고 그랬습니다. 그랬더니 나중에 주지란 작자가 뭐라고 하는 줄 아셔요?"

"뭐라던가?"

"도 닦는 게 별게 아니라더군요. 배고파서 스스로 해 먹을 줄 알고, 밥과 나물가지가 고마운 줄 알면 그 또한 도를 알게 된 거라고. 망할 놈의 중들…."

"일리가 있는 말이구먼 왜."

"선생님은, 배고파도 참을 줄 알고, 허기가 져도 내색을 하지 않는 것, 그 또한 선비가 지켜나가야 할 수행이라고 말씀하고 싶으신 거죠?"

"든든히 먹었으니 우리 산보나 함세."

장마중에 문득 갠 하늘이라서 그런가. 벽공(碧空)이 더없이 높고 투명했다. 눈부신 햇살이 쏟아지는 가운데 젖은 바위벽이 흰 거울처럼 햇빛을 퉁겨내고 있었다. 요란한 물소리, 갑자기 소란스러워진 풀벌레 소리…. 풀숲에 원추리꽃 한 송이가 함초롬히 고개를 떨구고 있었다.

앞서 너럭바위에 올라 골 물을 내려다보던 선생이 물었다.

"초당 자네, 서기란 문도를 만나봤지?"

"네, 지난달 보름이었지요. 처음 인사를 나누고 잠깐 이야기를 했습니다."

"눈빛을 봤는가?"

"왜요?"

"불을 담고 있어, 자네 같은 연장자들이 잘 거들어 줘야 할 걸세."

"격한 성정을 가졌다는 말씀입니까?"

"처음 자네도 여기 왔을 때 그랬어. 허나 자네는 괜찮어. 머지않아 과거도 볼 것이고 참판 판서인들 못하겠는가. 딱히 걱정되는 것은 그 욱 하는 성미 때문에 말을 가려야 할 자리에서 말을 가리지 못하고, 참고 견뎌야 하는 데서 싸움질을 하는 게 문제지. 허나 그쯤이야 귀양살이 몇 번 각오하면 그만 아니겠는가."

"아직 환로(宦路, 벼슬길)에도 나서지 못한 저더러 귀양살이부터 각오하란 말씀이시군요."

"세상이 그런 게야. 허나 고청(孤靑, 서기의 호)은 그렇지 못해. 출신이 그러하니 과장(科場)에 명패를 내놓을 수 있겠는가, 아무리 공부를 많이 하기로손 현감 군수 한 자리를 할 수 있겠는가. 그

38

런데 그의 기는 산을 허물고 바다를 엎을 정도로 세거든. 날 찾아 화담에 온 것은 그를 위해서 이롭지만 자네들이 거들어 줘야 해."

"개세혁명(改世革命)이라도 할 위인이란 뜻이옵니까?"

"꼭 그렇다는 건 아닐세. 천천히 두고 보시게 …. 참 아까운 재목이야. 그나마 토정이 곁에 있어서 천만다행이지."

"허나 토정과도 출신이 다르지 않습니까."

"기질이 같아. 비록 토정이 명문가의 자제라 하지만 자네도 알다시피 그 위인이 과거를 치르고 벼슬길로 나설 위인으로 보여?"

"명심하겠습니다."

"저길 보게. 그새 없던 폭포가 다 생겼구먼."

바위벽에서 떨어지는 물줄기를 가리키며 화담이 말했다.

허엽도 딱 한 번이지만 서기를 보곤 범상치 않은 젊은이란 것을 알았지만 선생이 이렇듯 마음에 새기고 있는 줄을 몰랐다. 충청도 공주에서 왔다는 스물 갓 넘은 젊은이. 처음 화담에 발을 디뎠음에도 불구하고 선생과 더불어 장횡거의 기를 논하여 동학들을 놀라게 했던 당찬 젊은이가 바로 서기였다. 허나 그 또한 천출(賤出, 기생이나 여종으로서 첩이 된 이의 소생)임을 뒤늦게 알고는 내심 안타까움을 가진 바 있었다.

동병상련(同病相憐)이라고나 할까. 나중에 들은 이야기지만, 서기는 동학 중에서도 특히 열 살이나 연상인 수암(守庵) 박지화(朴枝華. 뒷날 명종 때 최고의 수학자로 일컬어짐. 임진왜란 때 왜군이 고향 정선에 쳐들어오자 계곡에 몸을 던져 자결함) 및 이균(李均), 황원손(黃元孫)과 각별히 지낸다고 했다. 이들은 모두 양반가 출신이 아니었다. 선생은 이렇게 반상(班常)이며 천귀(賤貴)를 가리지 않고 공부에 대한 재목만 보고 모두 제자로 받아들여 한결같이 대하지만 제자들끼리는 암암리에 그렇지 못한 구석이 있는 것도 사실이었다. 가문과 출신에 따라 친소(親疎)가 갈리는 경우가 화담 문도 사이에도 없지 않았던 것. 선생이라고 어찌 그런 사정을 모르실까.

"댁에서 따님도 뵈었습니다."

허엽이 화제를 바꿨다. 선생은 바위에 흐르는 맑은 물을 손으로 받아 양치를 하고 있었다.

"아직 있던가?"

"유 서방(화담의 사위 유경담을 말한다)은 뭐한답니까?"

"난들 아나…."

소매 끝으로 입가를 훔친 선생이 빙긋이 웃으며 앞자리로 다가왔다. 무슨 장난스런 이야기를 꺼낼 때면 어김없이 짓는 그 미소였다.

"자네, 내가 신통술을 부린다는 소문, 듣질 못했나?"

"오래 전부터 있던 소문 아닙니까, 왜요?"

"그런 소릴 들었지? 화담 골짜기에 앉아서 내가 휘휘 손을 내젓기만 하면 중국 장안에 있던 금덩어리가 바다를 건너 날아온다고 …. 그뿐인가, 부적인가 뭔가를 태웠더니 나라님 곳간에 쌓여 있던 쌀가마니들이 가난한 집 부엌으로 휘휘 날아가기도 한다고…. 허허."

"자세히도 듣고 계셨네요."

"자넨 그런 소문 곧이 안 믿나?"

40

"저도 한 번 정말 선생님이 제자들 앞에서 그런 신통술을 보여주셨으면 좋겠습니다."

"언제쯤 될까 …?"

"선생님이 수련하시는 대로 저도 열심히 따라 해보겠습니다."

"얼씨구."

선생과 제자가 한목소리로 웃음을 터뜨렸다. 웃음소리가 웅웅 골을 울렸다. 얼마나 그렇게 웃었을까. 하도 웃어 눈가에 찔끔 눈물까지 비친 선생이 낯빛을 고치며 말했다.

"다른 사람이면 또 몰라, 유 서방 그 작자 있잖아, 그 녀석이 정색을 하고 날 찾아와서 뭐랬는지 아나?"

"네에?"

"장인 어른, 한 번만 도와주세요 하는 게야. 그래서 내가 뭘 어떻게 도와줄까 했더니, 내 사위란 위인이 말하더군. 신통술이란 게 하늘이 내려준 영통한 술수이고 그것은 의로운 데만 써야 한다는 걸 알지만 어떡하냐는 거야, 못사는 딸네를 위해 딱 한 번만 사용해줍사 하곤 털썩 땅바닥에 주저앉는 게야."

"그래서요?"

허엽은 치밀어 오르는 웃음을 간신히 참으며 물었다. 유 서방이 비록 글 하는 집안에서 자랐지만 어딘가 조금은 모자라 보인다는 말은 들었지만 이 지경일 줄은 몰랐다. 또 그런 집안사를 허물없이 드러내는 선생도 대단하다는 생각이었다.

"내가 어떡하겠나. 날 믿고 날 찾아온 위인인데 …. 그래서 부적을 한 장 써줬지. 그리곤 이걸 그믐날 자시(子時) 지나서 서쪽 하늘을 쳐다보면서 태우라고 했지. 녀석, 입이 이만큼 찢어져서 뛰어갔어."

"그게 무슨 부적인데요?"

"난들 알 게 뭐람. 부적이다 여기면 부적인 게고, 아니다 여기면 그냥 종이 쪼가리고 …."

"그믐 지났는데 다시 찾아오지 않았어요?"

"제가 어떻게 올 수 있담."

"실제로 뭔가 발복(發福)이 있었던 건 아닐까요? 쌀가마가 하늘에서 떨어졌다든가 …."

"내 집에서 내 딸 봤다며?"

"네 …."

그렇다. 요행 그런 발복이 있었다면 그 무능한 위인이 뭘 좀 얻어오라고 제 마누라를 처가로 보낼 턱이 있겠는가. 장인이 사기를 쳤다고 엉뚱하니 제 처한테 손찌검은 하지 않았는지. 선생은 제 집안 하나 건사하지 못하는 자신의 무력함을 그런 장난으로 드러냈는지도 모를 일이었다.

갑자기 건너편 바위벽이 웅웅 울렸다. 선생이 뒷짐을 진 채 시를 읊고 있었다.


물이 있어 오고 오고 오기를 다하지 않으니
오기를 겨우 다한 곳에 또 좇아서 오는구나
오고 또 와서 온다는 것이 원래 처음이 없으니
자네에게 묻건대 처음에 오는 곳이 어디메냐

물이 있어 돌아가고 돌아가도 돌아가기를 다하지 않으니
돌아가기를 겨우 다한 곳에도 아직 돌아가지 않았구나
돌아가고 또 돌아가도 돌아가는 끝이 없으니
자네에게 묻건대 돌아가는 바가 어디메냐

有物來來不盡來
來纔盡處又從來
來來本自來無始
爲問君初何所來

有物歸歸不盡歸
歸纔盡處未曾歸
歸歸到抵歸無了
爲問君從何所歸

　만물의 근원이 된다는 선천에 대해 선생이 시로 읊었다는 〈유물음〉(有物吟) 바로 그 시였다. 선생 득의의 시로 소문난 이 시는 언제 듣고 언제 읊어도 좋았다. 선생 뒷자리에 선 채로 허엽도 따라 시를 읊었다. 진정 사람 삶이 초개같다는 느낌 그뿐이었다.

이틀을 걸어 함양 땅에 이르렀다. 선생의 예전 지리산 답사 길을 그대로 답습하고 싶다던 여자는 정작 길 떠난 뒤부터는 제멋대로였다.

돌아가시기 네 해 전, 화담 선생이 밟은 길은 구례에서 쌍계사를 거쳐 하동, 산청, 진주로 해서 함양에 이르는 길이었다. 그런데 여자는 그 산청 길을 마다하고 운봉(雲峰)에서 함양으로 곧장 가자고 했던 것이다. 예전 그때는 서기 자신이 토정 사형과 함께 선생을 모셨다. 토정이 데려온 종자 셋이 짐들을 지고 뒤따랐다.

서기로서는, 당시 산청에 이르러 선생께서 남명(南冥) 조식(曹植) 선생이며, 대곡(大谷) 성운(成運) 선생과 만나던 장면은 지금도 생생히 떠올릴 수 있었다. 두 분 다 집안이 사화(士禍)의 피해를 당했기 때문에 일찌감치 자연에 숨어서 학문과 도덕의 연마에만

44

힘쓰던 분이었다. 그런 점에서 그분들 역시 한평생 벼슬을 마다하신 화담 선생과 닮은 점이 많았다. 서기가 보기에도 남명은 소문 그대로 인상부터가 대쪽같은 분이었으며, 대곡은 참으로 정 많고 너그러운 분이었다. 세 사람은 서로의 함자만 확인하고도 금세 의기투합하여 동기간처럼 반기며 친해졌다.

밤새 술잔이 돌면서 고담준론이 가시질 않았다. 특히 그 중에서도 조선 선비들을 한꺼번에 질타하던 남명 선생의 비판은 잊을 수가 없는 것이었다.

"기(氣)를 논하고 이(理)를 논하면 세상의 근원을 알 수 있다고요? 왕도(王道)를 바로 세우고 도덕을 고양할 수 있다고요? 실제로 그렇던가요. 이기가 임금의 정치를 바르게 하는 걸 보셨나요? 굶주린 백성들이 이기 때문에 배불러지는 걸 보셨어요? 그렇게 도덕 도덕 소리치던 정암(靜庵, 조광조의 호)이며, 그 무수한 젊은 선비들이 피 흘리며 죽어가는 걸 봤지 않습니까. 결단코 말하건대, 책상머리에서 머리 짜내어 궁리하는 이와 기란 것도 쓰잘데기없는 공리공담(空理空談)에 지나지 않는단 말씀입니다. 그 쓸데없는 공부로 과거에 급제하고 벼슬길에 나선 이들이 무슨 백성을 위한 정치를 하고 나라 지킬 요량을 하겠습니까. 그보다 먼저 어떻게 하면 백성들 세금을 줄여주고 부역을 줄이고 먹고살게 해주는가 하는 것이 바른 이치 아니겠습니까? 두고 보세요. 머잖아 병란(兵亂)이 일어나면 임금도 백성도 씨를 말리게 될 테니 말입니다. 왜적이 총 들고 쳐들어오는데 이와 기로 그들을 무찌를 수 있는가요? 근래 듣자하니 안동의 퇴계라는 이의 학문이 그렇게 높다고들 하더군요.

그래서 무슨 소릴 했나 싶어 나도 구해 봤더니 똑같습디다. 주자의 말씀을 앵무새 외듯이 외고 있더군요. 그것이 참 학문입니까. 큰 일이외다."

딱딱한 분위기를 고친다는 듯이 대곡 선생이 나섰다.

"화담 선생은 흘려들으십시오. 남명은 늘 이렇답니다. 항상 비분강개이지요. 아무리 나라가 어지럽다고 하지만 차마 병란이야 나겠습니까. 그래서도 안 되지요."

"대곡, 그렇게 남의 말을 함부로 자르지 말게."

남명의 서슬에 대곡도 입을 다물었다. 화담은 남명의 말을 깊이 이해한다는 태도였다. 연신 고개를 끄덕이며 그의 말을 경청하고 있었던 것이다. 그런 담론은 산청에서 사흘이나 계속됐다.

그들과 헤어져 함양으로 가던 길이었다.

발이 아프다며 선생이 앞서 냇물에 발을 담갔다. 서기와 토정도 버선을 벗고 선생에게서 멀찍이 떨어져 앉았는데, 가까이 오라 하며 선생이 토정을 불렀다.

"자네들도 들었지? 남명이 하던 말 말일세. 머잖아 병란이 있을 거라고 하던데 자넨 어떻게 생각하나?"

토정에게 묻는 말이었다. 토정은 평소처럼 주저하는 빛을 보이지 않고 대답했다.

"저희도 귀담아 들었습니다. 모두 좋은 말씀들 같았습니다. 특히 남명 선생께서는 뒷날의 병란을 미리 대비하여 제자들로 하여금 무예를 겸하도록 공부를 시킨다고 하시더군요. 말씀도 계셨지만, 아무래도 일본을 염두에 두시는 모양이지요. 한양이나 송도 쪽보다야 이곳이 일본에 가까우니 일본의 정세에 대해서도 남명 선생이 아시는 게 훨씬 많을 듯싶습니다. 허나 제가 보기에는 아직은 아닐 듯싶습니다. 나라 안에서 저희들끼리 하는 전쟁이 끝도 없이 이어지는 판에 언제 조선을 넘겨다볼 여유가 있겠습니까. 그렇지만 그 다음이 문제일 듯싶습니다. 언젠가는 나라 안 전쟁이 끝이 나고 일본이 통일되는 때가 있겠지요. 전쟁으로 권력을 쥔 최고의 우두머리도 있을 터이고요. 전쟁이 끝났다 해서 그 많은 군사와 무기들을 다 버리겠습니까. 그 많은 장수들에게 고향에 돌아가 농사나 지으라고 할 수도 없겠지요. 토끼사냥이 끝나면 사냥개는 가마솥에 들어간다는 말이 있지만 사냥개가 한두 마리가 아니고 이 사냥개들이 되레 주인을 물자고 덤빌 때는 사정이 달라지지요. 다른 사냥터를 찾을 수밖에요. 그때쯤 아마 우리 조선이 토끼가 될지도 모르겠습니다. 남명 선생은 그 어디쯤을 읽고 계시는 건 아닐까요…."

"자네다운 추리일세, 큰일이네."

화담 선생의 토정에 대한 신뢰는 이렇게 확고했다.


실상사(實相寺)에 이르렀을 때는 벌써 땅거미가 지고 있었다. 운봉 쪽에서는 제대로 보이지 않던 천왕봉이 이편에서는 선명하게 위용을 드러냈다. 크고도 아득한 높이. 석양 속에서 산은 더욱 푸른빛을 뿜는 듯싶었다.

평지에 있건만 퇴락할 대로 퇴락한 절간. 성한 문짝 하나가 없어 보였다. 늙은 중 하나가 손님을 맞아 주었는데 공양주 없다는 불평만 늘어놓았다.

"걱정 마시게. 우리 먹을 것은 우리가 알아서 챙겨 먹을 테니, 놀고 있는 방 둘만 빌려주면 됨세."

그렇게 또 하루의 거처를 얻었다. 방 청소를 끝내고 나온 여자가 다시금 천왕봉을 쳐다보며 혼잣말처럼 중얼거렸다.

"저 높은 데를 오르셨다구요?"

"네, 그 무렵만 해도 선생님은 퍽 건강하셨잖습니까."

"쉰이 넘으셨는데 …."

쉰셋이었다. 실은 선생도 오랜 여정에 많이 피로해 있었다. 그럼에도 산 정상에는 꼭 오르겠다고 고집을 부리셨다. 백무동을 거쳐 정상으로 오르는 산길. 몇 개의 짚신을 버렸는지 모른다. 새벽 해뜰 무렵에 산행을 시작했는데 어두워진 뒤에야 정상 아래의 통천문을 지날 수 있었다. 종자들이며 제자들이 번갈아 선생을 업기도 했다. 선생이 천왕봉 등정을 욕심내는 까닭을 제자들은 알고 있었다. 서른 초반에 이미 선생은 지리산을 오른 적이 있었는데 그때는 화엄사에서 반야봉을 올랐을 뿐 천왕봉은 먼 데서 바라보기만 했다는 것이었다.

정상에서 마주하는 호호망망(浩浩茫茫)한 조망이라니! 벌써 하늘에는 별들이 떴지만 진주벌이며 함양 천지가 한눈에 내려다보이고 아득히 노고단 산정이 무수한 산봉들 너머로 바라보였다.

"이런 데 올라서야 비로소 천지를 봤다 할 수 있잖겠는가?"

벅찬 음성으로 선생이 말했다.

예전에 고운(孤雲, 최치원) 선생이 이곳에 올랐으며, 고려조에는 이인로(李仁老)가 족적을 남겼다. 조선조에 와서도 사람들의 발길이 끊어지지 않았는데 김종직(金宗直), 남효온(南孝溫), 김일손(金馹孫) 등이 그 기록을 남긴 것으로 유명했다.

그날 밤은 정상 아래 굿당에서 새우잠을 자며 보냈다. 다음날 산정에서 대한 일출의 광경은 더욱 장관이었다. 사람들은 아연 넋을 놓은 채 그 현란한 빛 놀림에 빠져들고 말았다. 토정이 말했던가.

"우리는 천왕봉 꼭대기에서 별빛을 이고 잤으며, 저 황홀한 일출을 보았으니 누릴 것은 모두 누린 셈이다. 고청아, 네 사는 계룡산이 또한 천하의 명산이라고는 하나 이보다는 못할 것 아닌가?"

그랬다. 크기와 너비, 높이 어느 것 하나 계룡산이 지리산을 당할 수는 없었다.

여자는, 제 발로 오르지 못하는 산에 대한 안타까움이 큰 듯싶었다. 절 마당을 거닐면서도 거푸 산정을 쳐다보면서 한숨을 내쉬었다. 응봉이 방안에서 쪽지 하나를 들고 나와 서기에게 내밀었다.

"이거, 아버지의 시래요. 엄마가 일부러 적어왔어요."

펴보니, 〈숙지리산반야봉〉(宿智異山般若峰)이란 시제의 시였다. 예전 반야봉 등정에서 얻은 감회를 선생이 시로 적은 것임은 알겠는데 서기로서는 처음 대하는 시작(詩作)이었다.


지리산 높고 커서 해동을 누르나니
올라서 바라보매 마음 한없이 커지는구나
깎아지른 바위가 작은 봉우리를 희롱하지만
섞이어 하나 된 조화, 그 공을 누가 알랴
땅에 쌓인 현묘한 정기, 비와 이슬을 일으키고
하늘 머금은 순수한 기, 영웅을 산출했네

큰산이 나를 위해 구름을 걷어가니
천리 밖에서 찾아온 성의가 통하였구나

地理巍巍鎭海東
登臨心眼豪無窮
巉巖只玩峰巒秀
磅礴誰知造化功
蓄地玄精興雨露
含天粹氣産英雄
嶽祗爲我淸烟霧
千里來尋誠所通


그 무렵만 해도 선생 또한 영웅을 꿈꾸신 것은 아닐까. 함부로
예단키 어려운 문제였다.

"한 번 외워 보려고 적었는데 잘 안 돼요. 자꾸 잊어먹고 ⋯."

여자가 쪽지를 건너다보며 웃었다. 그리곤 생각났다는 듯이 말
했다.

"참. 처사님, 오늘밤은 저희와 한방에서 주무시면 안 되셔요? 여
긴 너무 썰렁하고 무서워서 ⋯."

여자의 뜻밖의 주문이었지만 서기는 크게 놀라지 않았다.

여자의 심정을 이해 못할 바가 아니었다. 말이 절방이지 방이 아
니었던 때문이었다. 문에 구멍이 숭숭 나 있고, 방바닥 장판이 반
쯤 벗겨져 있는 것은 참을 만했다. 뒷벽이 부서져 휑하니 바람구멍
이 나 있고, 쥐들이 사람 무서워하지 않고 횡행하는 지경에서 어찌
여자와 어린애가 쉬 잠을 청할 수 있겠는가. 요사(寮舍) 채에 있는

50

네 개의 방이 다 그 꼴이었다.

"사모님 청대로 하겠습니다."

서기는 주저하지 않고 대답했다. 이미 여자와 함께 함박골을 떠나오기로 작정했을 때부터 이 행로에는 윗사람과 아랫사람의 도리는 물론 남녀의 유별조차 제대로 지키지 못하는 경우가 많을 것임을 요량했다.

여자는, 지리산을 한 바퀴 돌아 무주에 이르고 거기서 공주 계룡산으로 가고자 했다. 공주에서는 한양으로 올라갔다가 철원을 거쳐 금강산에 다다르는 것. 그것이 그녀가 바라고 있는 행로였다. 그 길은 곧 서기 자신이 토정과 함께 화담 선생을 모시고 걸었던 행로이기도 했다. 예전, 선생이 걸었던 길을 따라 걸으면서 선생의 모습을 되찾아 보겠다는 여자의 소원. 그 기원이 무망한 것임을 알면서도 서기는 여자의 뜻을 쉬 내치지 못했다.

똑같은 골짜기를 내려다보며 변함없는 바위에 서 있지만, 눈에 보이는 물은 이미 지난해 봄에 봤던 그 물이 아니다. 흘러간 물은 사라져 없어진 물이나 다를 바 없다. 헌데, 예전 봄날의 그 물을 다시 보고자 그 골짝에 선단 말인가. 여자가 안타깝지만, 한편으로는 선생을 향한 그녀의 일념이 놀랍고 갸륵했다.

꼭 여자 때문에 결단을 내린 것은 아니었다. 서기 자신의 욕심도 없지 않았다. 그것은 여자와 마찬가지로 선생에 대한 그리움에서 비롯된 것이었다. 어쩌면 여자와 함께 스승의 옛 족적을 따라가다 보면, 여자를 통해서 지금껏 자신이 몰랐던 선생의 모습을 새롭게 구할 수 있지 않을까. 선생을 모신 시간이 하 짧아 얻지 못했던 배움을 여자의 입을 통해 얻게 되는 일이 있지 아니할까, 그런 셈도 없지가 않았던 것이다. 실은, 여자 또한 서기 자신과 비슷한 속셈에서 동행을 청한 것인지도 모를 일이었다.

한 번 마음을 정하자, 며칠간의 갈등은 씻은 듯 가셨다. 득보와 만당을 불러 제 결심을 밝히면서 서기는 그들의 귀가를 종용했다. 만당은 순순히 서기의 당부를 좇았지만 득보는 그렇지 않았다. 그는 혼자서라도 함박골 초당을 지키면서 스승이 돌아오는 때까지 공부를 계속 하겠노라고 했다. 지금 길 떠나면 돌아온다는 보장이 있는가. 서기는 내심 막막한 심정이 없지 않았지만 그의 뜻을 꺾지 않았다.

지리산에서 금강산을 가는 일. 그것은 어쩌면 서너 달의 일이 아니고 반년 혹은 일 년의 일이 될 수도 있었다. 더욱이 서기 자신에게는 고향 공주를 거치는 일이었다. 비록 한때는 쫓기다시피 그곳을 떠나왔지만 그 사이 삼 년의 세월이 흘렀다. 다시금 고향 땅에 눌러 붙지 않는다는 법이 없었다.

원체 가진 것이 없었으니 먼 길 떠난다 해서 새로 꾸릴 행장이 있을 턱없었다. 노자도 몇 푼 없는데 입은 셋이나 된다. 구걸하다시피 얻어먹고, 이슬만 피할 수 있으면 고맙다 하고 잠을 자야 마땅했다. 그에 대해선 여자도 이미 각오가 단단히 돼 있는 듯했다.

"불편할 테니, 이제부터 다른 이들 앞에서는 저를 사모님이라고 하지 마시길 바래요. 그냥 손위 누이하고 아우가 동행한다고 했으면 좋겠어요. 당연히 저 아이한테는 외숙이 되겠네요."

52

"그러지요."

여자의 마음씀이 이 정도면 크게 어려울 것은 없을 성싶었다.


저녁을 먹고 잠자리에 들었다. 여자와 아이가 벽 쪽에 눕고 서기는 젖혀진 장판을 깔고 누웠다. 호롱불을 끄자 칠흑의 어둠이 방안에 들이찼다. 어둠 속에서 더욱 요란스럽게 들리는 골 물소리와 풀벌레 소리. 긴 행로에 몹시 고단했을 터, 응봉인 이내 잠에 떨어진 듯 색색 고른 숨소리를 냈다. 여자는 쉬 잠을 이루지 못하는 것 같았다. 이불 뒤척이는 소리와 한숨소리가 간헐적으로 들렸다.

"처사님 아직 안 주무시죠?"

올빼미 소리가 들린 뒤, 적막 속에서 여자가 물었다.

"네."

"이상해요. 몸은 고단한데 눈앞이 말짱하니 …."

"애써 주무십시오."

"그래야 내일 또 걸을 수 있겠죠."

잠이 오지 않기는 서기 자신도 마찬가지였다. 여자 때문은 아니었다. 잠자리에 드는 때부터 사모님도 여자도 이 방안에 없다고 여겼다. 그동안 닦은 수양만으로도 이는 능히 가능한 일이었다. 그런데 머리 속이 맑은 만큼 잠이 멀어져 있었다.

"꼭 여기가 화담 같애 …."

여자가 혼잣말처럼 중얼거렸다.

그렇군요. 서기가 속내 소리로 대꾸했다. 정말이지 화담이 이와 다르지 않았다. 그 깊고도 청량한 물소리. 풀벌레 소리. 그리고 그 초당을 누르던 무량한 어둠의 두께 …. 그곳에 누워 있으면, 어둠의 틀에서 영원토록 벗어나지 못할 것 같은 느낌이 드는 때가 많았다. 그때 문득 확인하게 되는 동학의 숨소리가 얼마나 고맙고 다행스럽던지.

"사람 없으면 집은 금세 폐가가 된다던데 …."

여자는 그 초당을 걱정하고 있었다. 그럴 테지, 선생이 안 계시는데 어느 누가 그곳을 내왕하고 간수를 한단 말인가.

"산소는요?"

서기가 물어봤다.

"거기야 큰 마님이 계시잖아요."

그렇구나. 서기가 산소에 올랐던 때는 장례 끝난 닷새 뒤였다. 화정골이 빤히 내려다보이는 성거산 기슭이었다. 떼를 올렸지만 아직 맨 흙이나 다름없는 무덤. 상석(床石)이며 석물(石物)이 있을 턱 없었다. 뜨거운 햇볕만 무덤을 덮고 있었다. 선생이 그 무덤 속에 누워 있으리라곤 도저히 여겨지질 않았다. 서기는 무덤 앞에 꿇어앉아 오래오래 오열했다. 스승의 임종을 지키지 못한 죄, 장례조차 모시지 못한 죄, 그 통한 때문만은 아니었다. 선생이 바란 바처럼 넉넉한 배움을 갖지 못한 죄, 배운 바를 제대로 펴고 행하지 못한 죄 때문도 아니었다. 그리움 하나가 그렇게 모진 울음을 만들어냈다. 선생이 보고 싶을 따름이었다. 여느 때처럼 선생만 계시면 제 고단함, 노여움쯤은 쉬 떨칠 수 있겠는데 …. 이제 안 계시다! 그 상실의 적막감이 견딜 수 없었다.

그 산소에는 아직까지 돌층계 하나 마련돼 있지 못해 비가 올 때

마다 비탈이 빗물에 깎인다는 이야기를 들었다. 살아서도 적적했던 선생인데 죽어서 더욱 적막해진 선생의 둘레인 듯싶었다.

깜박 잠이 들었던 것 같다. 무슨 소리엔가 잠이 깼다. 신음소리였다. 여전히 칠흑의 어둠. 여자가 앓고 있는 듯했다. 푸푸, 신음 가운데 간헐적으로 거친 숨소리가 뿜어졌다.

"괜찮습니까? 사모님."

걱정이 돼서 물었는데 대답이 없었다.

신열이 있는가, 이마에 손이라도 대보고 싶었지만 그럴 수 없었다. 저 몸으로 어떻게 길을 나설 수 있담. 앞길에 대한 두려움이 덮쳐왔다.

요행 아침이 되자 여자는 언제 앓았느냐는 듯이 말짱한 얼굴로 머리칼을 빗었다.

새소리 요란스런 절간의 아침이었다.

“머뭇거리지 말고 들게.”

 기침이 없었지만, 서경덕은 장가순(張可順, 화담의 제자. 평생 벼
슬길에 나선 일이 없음)이 바깥에 와 있음을 알았다. 여자처럼 가벼
운 그의 발소리만 듣고도 알 수 있는 일이었다.

 “네, 아직 침수 안 드셨지요?”

 방문을 열고도 그는 안으로 들 생각을 안 했다. 어두운 낯빛. 툇
마루에 엉덩이를 걸친 채 주위를 두리번거리는 것도 여느 때와 달
랐다.

 “야심한데 사재(思齋, 장가순의 호) 자네가 웬일인가?”

 “못 들으셨습니까? 좀 전에 그 어지러운 소리를…?”

 “멧돼지라도 내려왔단 말인가?”

 “그럼 안으로 잠깐 들겠습니다.”

가순이 방안으로 들었다. 등불에 비친 그의 주름살이 더욱 깊이 패여 보였다. 그도 벌써 쉰을 넘겼다. 사제지간이라 하지만 화담과도 세 살 차이밖에 나질 않았다. 그렇지만 여태껏 다른 동학 앞에서도 나이를 내세운 일이 없는 사람이었다.

"뭔가?"

경덕도 비로소 무슨 별난 일이 있음을 짐작했다.

"사암(思庵, 박순의 호. 훗날 이조참의, 대사헌, 우의정을 지냄. 동서 분당 때는 화담의 다른 제자들과 달리 서인에 속함)이 왔습니다."

"사암이!?"

한양에 사는 이가 몇 달 만에 스승을 뵈러 왔으면 응당 만사 제치고 문후부터 여쭈어야 하거늘 그렇지 못한 소이가 뭐란 말인가. 반가운 것은 차치하고서도 괴이한 일이 아닐 수 없었다.

"혼자가 아니었습니다."

가순이 손바닥을 비볐다. 말하기 어려운 사정이 있는 듯싶었다.

"혼자가 아니라? 지금 어디 있는데?"

"뒤채에 있습니다. 잠시 숨을 돌렸다가 직접 사정을 여쭈러 올 것입니다."

"뒤채? 거긴 왜? 자넨 봤구먼, 동행이 누구던가?"

"자세히는 모르겠고, 연상의 유생이라고 하는 듯했습니다."

"허어 …."

도무지 짐작이 가질 않았다. 사암의 동행이라면 나이가 어리든 많든 손님이 아닌가. 밤이 깊어 선생께 문후를 여쭙기 어렵다면 응당 동학들의 공부방으로라도 모셔야 도리이거늘 어찌 사람 거처 없는 헛간에다 들게 한단 말인가. 측간이 붙어 있는 그곳엔 장작개비며 불쏘시개밖에 없질 않는가 말이다. 더럭 궁금증이 치밀지만 가순의 태도를 봐서라도 조급증을 낼 수는 없었다.

"내일은 저도 하직 인사를 올릴까 합니다."

시간을 벌겠다는 뜻인 듯, 가순이 화제를 달리했다.

"홍성으로 가시게?"

"예."

"벌써 여러 날 됐으니 그리 해야 되겠구먼."

"예."

서경덕이 책장을 덮으며 물끄러미 그를 바라봤다. 고마운 사람…. 가순을 볼 때면 늘 그 생각밖에 들지 않았다. 적적한 때면 왜 맨 먼저 그의 얼굴부터 떠오르는지. 지난 월초에는 불현듯 그가 보고 싶어 기별도 않고 홍성의 길성까지 걸음을 했다. 희한한 일. 추수철이라 퍽 분주할 때이건만 골목 초입에서부터 마당까지 티끌 하나 없이 깨끗이 치워져 있었다. 더욱 놀라운 건 먼지가 나지 않게 흙바닥에 물까지 뿌려 놓았던 것. 그리곤 경덕이 대문을 들어서는 때는 가순의 제자들이 미리 기다렸다는 듯이 모두 나와서 인사를 했다. 화담 골짜기를 떠난 5년 전부터 가순은 제 향리에서 학당을 열고 훈학에만 열중하고 있었다. 당혹스러운 건 되레 서경덕 편이었다.

"나 오는 걸 미리 알았단 말인가?"

의관을 정제하고 스승을 맞는 가순에게 경덕이 물었다.

"사람이 어찌 앞의 일을 요량할 수 있겠습니까."

58

"그런데?"

"선생님이 이러시면 제가 면구스러울 따름입니다. 어서 안으로 드시지요."

빙그레 웃기만 하는 그를 보곤 경덕도 따라 웃을 수밖에 없었다. 그날 저녁 무렵 그의 제자한테서 직접 들었다. 아침부터 가순의 분부가 있었단다. 오늘은 우리 선생님이 오실지 모르니 집안 안팎을 청소하고 의관을 바르게 하고 있거라고 했다던가.

"정말 자네가 그랬단 말인가?"

놀라 물었는데 가순은 또 웃음만 보일 뿐 대꾸를 않았다. 오랜 세월 둘만이 나눈 깊은 정의 때문인가. 이렇듯 말이 없어도 마음이 먼저 통했다. 비록 늦은 나이에 화담 골짜기를 찾아왔지만 그 공부가 또 예사롭지 않아서 몇 차례 과거에 나가보길 권했건만 스승의 말을 하늘처럼 여기는 그도 도통 이 말만큼은 따르지 않았다.

"선생님이 환로에 나서질 않으셨는데 저 같은 무지렁이가 무슨 염치로 과장에 나아가며, 또 요행 급제를 하고 벼슬을 한들 무슨 일을 할 수가 있겠습니까."

그의 대답은 한결같은 것이었다.

닷새인가 엿새, 그의 집에서 편히 지내면서 허물없이 사상(四象)과 육예(六藝)를 논했다. 떠날 때는 그가 동구 밖까지만 배웅한다 해놓고는 걸음을 계속하여 화담까지 이르고 말았다. 그리고 벌써 여기서 머문 지 사나흘, 집안사를 보나 목 빠지게 기다리고 있을 그의 제자들을 생각하면 한시라도 빨리 돌려보내야 마땅한 일이었다.

가순이 호롱불의 심지를 돋우고 있는 때였다. 밖에서 발소리가 나고 이어 '소생, 스승님께 문후 여쭈옵니다' 하는 박순의 음성이 들렸다.

　"들어오시게."

　가순이 방문을 열었다. 박순이 마루에 올라 큰절을 했다.

　"자네 왔다는 얘기는 들었네, 헌데?"

　경덕이 미간을 좁히며 그를 바라봤다. 작은 눈에 둥근 얼굴, 유독 도톰해 보이는 두 귀와 넉넉한 턱. 언제 봐도 꾸밈이 없어보이는 천연스런 박순의 얼굴이었다. 그런데 전에 없이 의복이 남루했다. 박순 또한 명문가의 자제로서 평소 의관에 하나 흐트러짐이 없었는데 이날 따라 두루마기에 얼룩이 져 있는가 하면 갓끈마저 제대로 붙어있질 못했던 것이다.

　"스승님, 먼저 소생의 죄를 말씀드리고 용서를 얻고자 하옵니다."

　"죄는 무엇이고 용서란 무슨 말인가?"

　경덕이 헛기침을 했다. 박순의 상체가 더욱 수그러졌다.

　"소생, 스승의 허락도 없이 동무를 하나 데리고 왔습니다."

　"내 집이 원래 산간무주채(山間無主寨)이거늘 사람이 오고감이 무슨 허물이란 말인가?"

　"추포(追捕, 금부나 포도청이 쫓아 체포코자 하는 짓)를 당하고 있는 자이옵니다."

　"추포? 허, 자세히 말해 보게나."

　"이는 소생보다 육 년 연상이오나, 오래 전부터 소생과 사형사제

60

하면서 친밀히 지낸 이옵니다. 평소에도 성질이 울울하긴 하나 스스로 다스림이 훌륭하여 남의 본이 될 만하였습니다. 특히 기묘년 사화(기묘사화, 조광조 일파가 왕에게 내침을 당하여 크게 화를 입은 사건)에 대한 불만과 노여움을 땅속 불덩이처럼 지니고 있긴 하였으나 그를 드러냄 없이 자신의 공부에만 매진한 것이 더욱 그러했습니다. 하온데 지난 무술년에 이미 기묘 죄인들이 모두 복환(죄에서 풀려남)되었음에도 불구하고 유독 정암 선생(조광조를 말함)께서만 신원(伸寃, 억울함을 풂)이 되지 아니하심에 그만 참지를 못하고 ….”

“어떻게 했다는 말이신가?”

가슴이 북받치는 듯 박순이 말을 잇지 못하자 가순이 물었다. 서경덕은 지긋이 눈을 감고 있었다.

“성균관 담벽에다 괘서(掛書, 벽이나 기둥에 글을 걸어 널리 알림)를 붙였습니다. 정암 선생의 신원을 청하는 가운데 일신의 안일에만 급급하는 조정의 대신들을 나무라고, 나약한 유생들을 질타하는 글이온데 그 말투가 격하고 글자의 씀씀이 과하여 식자들간에도 논의가 분분한 바 없지 않았습니다. 마침내 이는 주상의 성총(귀)에까지 이르게 되어 그 진노를 막을 수 없는 지경에 이르고 말았습니다. 이윽고 추포의 명이 있었사온데, 금부에서 일찌감치 이 이를 지목하게 되자 그는 삼각산 천축사에 피신하였다가 그 또한 여의치 못해 소생에게 도움을 청하게 되었습니다. 소생 또한 국법의 엄함을 아오나 사형사제의 정의를 앞세워 고양 별서(別墅, 별장)에다 은신케 한 바가 있었습니다. 하오나 이곳 또한 사람의 내왕이 아주 없지를 않은 곳이어서 달포가 못돼 소문이 담장 밖을 넘게 되었습니다. 어느 때 금부 나졸들이 문을 부수고 들어올지 몰라 노심초사하던 차에 제 스스로 송도 화담을 떠올리곤 이곳으로 피신토록 작정을 하였던 것이옵니다. 창졸지간에 급한 걸음을 놓아야 했기에, 소생도 사형도 의복가지는 물론 먹을 것 하나 제대로 챙기질 못하였습니다. 하여, 사형은 노상에서 급환을 얻어 운신을 제대로 하지 못하는 처지이옵니다. 스승께는 물론 동학들에게도 낯을 들 면목이 없어서 우선 뒤채에 자리를 보존하여 원기를 되찾기를 기다리고 있을 따름이옵니다. 스승님, 소생의 죄가 하늘을 찌르고도 남습니다. …"

마침내 박순이 어깨를 흔들며 울먹였다.

가순이 물끄러미 경덕을 건너다 봤다. 어떡하시렵니까? 의향을 묻고 있었다.

"급환이라니, 무슨 병인가?"

경덕이 낮은 소리로 물었다. 처음과 뒤의 표정이 전혀 달라지지 않았다. 박순이 더욱 고개를 떨구었다.

"소생이 보기엔 그냥 설사증이 아닌가 싶습니다. 임진강을 건너기 전에 허기를 못 이기어 풋과일 몇 개를 먹은 일이 있사온데 그때부터…."

"쯧쯧."

경덕이 혀를 찼다. 그 모습을 보곤 가순이 빙긋이 웃음을 지었다. 스승의 태도에서 그 자를 내치지 않는다는 뜻을 읽은 때문이었다.

"저 방에는 누구누구가 있는가?"

공부방에 몇이나 기거하고 있느냐는 물음이었다. 방 둘에 청마루 하나뿐인 화담 초당. 공부방으로 일컫는 건넌방이 곧 문도들의 기거처며 독서당이었다.

"지금 셋이 있습지요. 제가 건너가면 넷이고요."

가순의 어눌스런 대꾸가 재미있다는 듯이 경덕이 눈을 커다랗게 떴다.

"자네는 나와 같이 자도 무방하이. 아픈 사람한테 뒤채가 뭔가. 당장 환자부터 방으로 옮기고 따뜻한 미음이라도 권하게. 약은 그 다음에 쓰도록 하고….''

"스승님….''

감복한 박순이 말을 제대로 하지 못하고 거푸 머리를 조아렸다.

"나한테 고마울 것 없어. 몸이 성치 못하다니 우선 내가 받아주는 것뿐일세. 내일 아침 당장 금부나졸들이 들이닥친다 해도 어떡하겠나…. 내쫓더라도 그 다음에 내쫓아야지."

"선생님부터 잡아가시면요?"

가순이 장난스레 물었다.

"그 덕에 한양 구경이나 새로 하지 뭐."

"성균관 괘서 범인을 송도 화담에서 잡아들였다? 이 사실을 알면 조정 신료들이며 천하 유생들이 여간 재미있어 하지 않겠군요?"

"에끼, 함부로 말하지 말게. 사람 목숨이 들고나는데 재미가 뭔가."

"선생님은 도성 구경을 하신다면서요?"

"허긴 …. 날 조광조와 한통속으로 묶지는 못할 걸세."

"정암 선생도 그건 바라지 않을 것 같은데요."

서경덕이 조광조를 높이 평가하면서도 전적일 만큼 호의적이지는 못함을 아는 정가순의 언급이었다.

"젊은 혈기일세. 죽은 사람의 신원이 그렇게 요긴하던가. 죽은 자들은 하는 수 없다 치고, 산 자들이 모두 풀려났는데 조광조인들 그냥 둘까. 한두 해 기다리면 절로 풀릴 일을 두고 말일세. 그 젊은이 이름이 뭔가?"

박순한테 하는 말이었다.

"박민헌(朴民獻, 훗날 대사헌, 강원도 관찰사, 함경도 병마절도사 등 문무의 관직을 두루 거쳤으며 부승지, 한성부 우윤을 지내기도 했다)이라고 합니다. 자(字)는 원부(元夫, 뒷날 頤正, 希正으로 고침), 호(號)는 정암(正庵)입니다."

"호까지 조광조와 같단 말인가? 물론 글자는 다를 테지?"

"네, 바를 정(正)자를 씁니다."

"정암이 정암을 신원하자는 괘서를 걸었군."

재미있다는 듯이 가순이 낮게 웃었다.

서경덕이 박순을 물러가게 했다. 이어 정가순을 가까이 불러 문도들의 입단속을 당부했다.

"염려 마십시오. 사세(事勢) 어떠한지는 저들이 뻔히 더 잘고 있을 터입니다."

"그래, 자넨 어떤가? 나와 동침할 텐가?"

"선생님이 괜찮다 하시면 저야 좋습지요."

"허, 오늘은 사제 동침이라⋯. 함께 늙어 가는 이들끼리 화담 산자락을 베고 눕는구먼."

그렇게 잠자리를 같이했다. 호롱불을 끄자 달빛이 환하게 장지문을 비쳤다. 경덕은 더 이상 박순에 대한 언급이 없었다.

"자네, 손 한 번 줘보게."

벽 쪽에 누운 경덕의 말이었다.

"왜요?"

"왜긴 왜, 만져보려고 그러지."

"면구스럽게 왜 그러십니까?"

말은 그랬지만 가순도 싫지는 않았다. 정 깊은 사제가 잠자리에 누워 손을 주고받음이 어찌 아름답지 않은가. 그런데 까닭 없이 가슴이 뭉클했다. 우리 선생님도 이제 연세가 많이 드셨구나, 싶은 그런 생각 때문이었다.

경덕이 두 손으로 가순의 손을 어루만지며 말했다.

"많이 거칠구먼. 애쓴 세월이 여기에 다 있어⋯."

"저야 때 되면 모내기도 하고 타작도 하고 그래야 되질 않습니까."

"모름지기 선비의 손은 이래야 되거늘⋯."

실생활에 보탬이 되지 않는 자신을 책하는 소리처럼 들렸다.

"주무시지요."

"참, 그게 사실인가? 언젠가 자네 입으로 들어보고 싶었는데?"

경덕이 몸을 돌려 눕는 소리가 났다.

"뭔지요?"

"자네, 소싯적에 영의정을 지낸 유순정 대감을 만났다는 얘기 말일세."

"또 그 이야기이십니까."

"어린 자네는 예를 차려 깍듯이 절을 했는데도 그 대감은 본체만체했다며? 그래서 자네가 뭐라고 했다더라. 응, 성인이셨던 주공께서도 식사를 하시거나 머리를 감으시다가도 다른 사람을 만나면 예를 차려서 대했거늘, 대감께서는 대체 어떤 재주와 덕을 지니셨기에 어린 손에게 이러실 수 있습니까, 했다던가. 어린아이가 머리를 꼿꼿이 하고 그렇게 나무랐더니 유 대감 안색이 변했다고? 허허, 그게 사실인가?"

경덕이 어둠 속에서 소리내 웃었다.

"저는 기억도 못하는 일이옵니다."

"응, 장부가 되려면 마땅히 그런 기개가 있어야지 …."

"지금 저는 장부 축에도 들지 못하잖습니까."

"아니야, 아니야, 천군만마를 호령해야 장부라던가, 천하를 굽어 봐야 장부인가. 아닐세. 격물치지(格物致知. 사물의 이치를 헤아림)의 지극 정성만 가져도 헌칠한 장부일세. 가뭄에 타 들어가는 벼포기 하나가 안타까워 땀흘리며 물지게를 져 나르는 그 마음인들 장부의 마음이 아닐까. 난 그래서 자네를 장부라 하는 걸세."

"선생님, 저 이제 잡니다."

"쯧쯧, 사람 같으니라구, 그럼 나도 같이 감세."

가순은 선생의 이불을 여며드리고 몸을 돌려 누웠다. 홍성땅 무논을 가득 채우는 달빛이 눈앞에 그려졌다.

66

사나흘 계속 구름 한 점 없는 날이었다. 지극한 더위. 가만있어도 등줄기로 땀이 줄줄 흘러내렸다. 더위를 먹지 않으려면 낮 동안에는 마을 정자나 나무 그늘에 들어가 쉬고 아침저녁으로 걸음을 재촉하는 수밖에 없었다.

무주(茂州) 느티나무골(槐木)에 이르렀다. 구천동이 지척이란 말은 들었지만 들르지를 않았다. 산간 냇물 따라 걷다보니 오정 무렵에 마을에 다다랐다. 성내까지는 아직 삼사십 리 길이 남아 있었다.

"점심은 이 마을에서 얻어먹도록 하지요?"

쉬었다 가자는 뜻으로 서기가 말했는데 여자도 애초 그럴 마음이었다는 듯이 고개를 끄덕였다. 적상산이 눈앞에 우뚝 서 있었다.

공터 정자나무 밑에서 땀을 식히는 때였다. 낯선 광경이 서기의 눈에 띄었다. 이맘때 여느 마을 같으면 사람의 행적을 보기가 쉽지 않은데 이곳은 그렇지가 않았던 것이다. 밭일을 나가 있거나 집안에서 더위를 피하고 있기가 십상인데 이 마을에서는 사람들이 바지런한 걸음으로 골목을 오가고 있었다. 잔치라도 있는 듯 사람들의 차림새도 각별했을 뿐 아니라 머리에 물건을 이었거나 함박을 나누어 들고 가는 이의 모습도 심심지 않게 보였다.

"오늘이 무슨 날인가요?"

곰방대를 든 마을노인에게 물어보았다.

"저어기, 박 주부 환갑잔치 아니오. 나는 진즉에 댁들도 저 댁 손님인 줄 알았는데."

여자가 서기를 바라보며 빙긋이 웃었다. 이런 다행스런 일이 어디 있냐는 눈빛이었다. 허긴 그랬다. 초상집인들 어떠랴. 더더욱 좋은 것은 혼례거나 환갑 진갑 잔치였다. 아쉬운 소리 내지 않고도 좋은 음식을 마음대로 얻어걸릴 수 있지 않은가 말이다.

"가보시지요."

머뭇거릴 까닭이 없었다. 여자와 아이를 뒤딸리고 서기가 앞서 골목길을 걸어 들어갔다. 마을에서는 제법 행세깨나 하는 집인 듯했다. 낡았지만 안쪽에 기와채가 우뚝 서 있고 마당이 드넓었다. 우물가에 아름드리 오동나무가 서 있었다. 부잣집 잔치판답게 집 안팎으로 사람들이 북적였다. 마당에는 큼직한 차양이 두 개나 쳐졌고 그 아래 멍석자리에는 사람들이 그득 앉아 저마다 음식을 먹기에 바빴다. 갓쟁이들은 대개 대청마루에 올라앉아 있었다. 사람들 틈새로 주인의 낯을 찾아보았지만 어느 이가 주인이고 뉘가 손인지 쉬 알아볼 수 없었다.

명색이 글 하는 선비, 서기로서는 아무리 아쉽다손 명석 귀퉁이 자리를 차지할 수는 없었다. 여자와 아이를 차양 그늘에 앉혀 놓고는 성큼 대청으로 올랐다. 두루마기 자락을 움켜 올리면서 갓쟁이들 말석에 자리를 차지하고 앉았다. 나이 든 갓쟁이들이 흘깃흘깃 서기를 돌아봤지만 개의치 않았다. 앞상에 놓인 부추전부터 한 조각 뜯어 입안에 집어넣은 뒤, 제 잔에 술을 부었다. 마당을 내려다보니 여자와 아이도 용케 소반 하나를 차지했는데 여자는 아이의 입에 먹을 것을 집어넣어 주느라고 정신이 없었다.

"저쪽에 앉으신 분은 어디서 오신 뉘신지?"

서기가 소리나는 쪽을 쳐다봤다. 차림상 너머에 정좌한 노인네. 시원한 모시적삼 차림인데, 보아하니 오늘 환갑을 맞이한 당사자 같았다. 그 사이 여러 잔 술을 마신 듯 얼굴이 불콰하니 상기돼 있었다. 좌중의 사람들이 모두 서기를 돌아봤다. 서기가 얼른 자리에서 일어나 읍을 했다.

"하례 드리옵니다. 소생, 공주 사는 서고청이라고 하옵니다. 집안 누님을 뫼시고 고향으로 가는 길이온데, 우연히 어르신네 수연(壽宴)을 마주하고는 무례히 찾아들었습니다."

"그러시구먼…. 무례는 무슨 무례, 어서 편히 좌정하시오. 차린 건 없지만 많이 드시고요."

홀대를 않으니 그 또한 반가운 일이었다.

갑자기 뒤꼍이 소란스러워졌다. 뒤이은 장구소리. 놀이패까지 청했음을 알 수 있었다. 늙은 기생 하나가 장구잡이 둘을 거느리고 마당 차양 그늘로 들었다.

"허허, 쟈들이 이제 왔구먼."

주인이 그들을 보고 기분 좋다고 웃어댔다.

기녀의 카랑한 노랫소리에 장구소리가 곁들여지니 아연 잔치의 흥이 무르익었다.

서기가 세 번째 독작(獨酌)을 하고 있는데 누군가 툭툭 등을 쳤다. 돌아보니 또래의 젊은 갓쟁이였다. 갓끝 아래로 땀방울이 뚝뚝 떨어졌다.

"저, 이 집 사위 되는 사람입니다. 선비님께 저희 장인어른을 위한 축시 한 수를 청해도 괜찮을까요?"

벌써 지필묵을 대령하고 하는 말이었다. 사람은 제대로 짚었구먼…. 서기가 혼잣말로 중얼거렸다. 좋은 음식 얻어먹는 처지에 무엇을 사양하겠는가. 그러마 하고는 흔쾌한 기분으로 붓을 쥐었다. 이런 수연시쯤이야 형식과 내용이 뻔한 것, 오래 생각할 것도 없었다. 적상산 청솔처럼 오래 건강하게 사시라, 하면 그뿐이었다. 거침없는 칠언절구(七言絶句)였다. 주위의 갓쟁이들이 입을 쩍 벌린 채 서기의 운필(運筆)을 지켜봤다. 이런 촌 동리에 시 구절 하나 제대로 새길 위인이 있을까 싶었다. 입이 호박꽃만 하게 벌어진 사위는 먹물이 채 마르지도 않은 것을 제 장인한테 들이대며 자랑을 했다.

"어이구, 촌 무지렁이가 선비님을 몰라뵈었나이다. 함자가 뭐라고 하셨더라…. 행차가 바쁘지 않으시면 오늘밤은 제 집에서 묵으시고 쉬어쉬어 가시지요."

70

주인 노인이 얼른 자리를 옮겨와 손수 술잔을 채우며 법석을 떨었다. 그 무렵이었다. 서기는 갑자기 바뀐 노랫소리에 깜짝 놀랐다. 언제 여자가 늙은 기생을 밀어내고 그 자리를 차지했단 말인가. 무릎 앞에 장구까지 끌어당긴 여자가 채를 휘두르며 소리를 하고 있었던 것.

흥겹고 경쾌한 권주가(勸酒歌)였다. 휘었다 굽이치고, 치솟았다 가라앉는 소리의 드나듦이 소란스럽던 잔치판을 단번에 압도해 버렸다. 음식을 먹던 이들이 수저를 든 채 꼼짝을 않았으며, 부엌을 드나들던 아녀자들이 걸음을 멈춘 채 넋을 빼고 서 있었다. 적요한 밤 골짜기를 흐르는 골 물소리가 그러할까. 그 요란하던 매미소리마저 노래에 놀라 그친 듯싶었다. 부드러우면서 힘있고, 넉넉하면서도 예리하고, 재빠르면서도 유연한 여자의 목청이었다. 사모님이 저럴 수가! 서기로서는 소리에 대한 놀라움보다 그럴 자리가 아닌 데서 그럴 수 있는 여자의 대담성과 당돌함에 대한 경이와 당혹이었다. 비록 측실이라 해도 분명 여자는 화담 선생의 사모님이 아닌가. 학덕 높은 선생의 사모님이 어찌 한촌의 이름 없는 이 환갑잔치에서 소리를 할 수 있단 말인가. 그 파격이 놀라워 차라리 전율스럽기까지 했다.

한 소리가 끝나자 박수와 환호가 우레처럼 쏟아졌다. 어쩜 그리 소리가 좋으냐, 어디서 온 뉘댁이냐, 한 소리만 더 해달라…. 아녀자들이 여자를 둘러싸는 바람에 대청마루에서는 여자의 모습을 찾기 힘들었다. 점잖을 빼고 대청에 앉았던 사람들마저 탄식과도 같은 감탄을 놓기에 정신이 없었다. 주인 노인도 마찬가지였다.

서기한테 술을 권하던 일마저 잊고는 저런 명창이 어디서 오셨느냐
고 야단이었다.

여자가 한 소리 더 하기로 작정을 한 모양이었다. 동동동, 장구
소리가 울리자 여자를 둘러쌌던 사람들이 일제히 뒤로 물러났다.

에야디야, 에헤야 에헤헤 두견이 울음 운다,
두둥가 실실 너 불러라,
너는 죽어 만첩청산에 고드름 되거라,
나는 죽 죽어서 아이가이가 봄바람 될거나….

함양 양잠가였다. 잔치판은 다시 소리 밖의 적막이었다. 여자가
조율하는 소리의 고저, 강약, 완급은 조금 전보다 더욱 자유롭고
현란스러웠다. 지극히 아름다우면서도 지극히 처연함. 곡진한 애
달픔과 한스런 환희. 그것은 천상의 소리와 다를 바 없었다.

좌중이 여자의 소리에 빠져있는 사이, 서기는 남들 눈에 띄지 않
게 조용히 잔치판을 빠져나왔다. 무더위 속에 느끼는 취기가 고통
스러우면서도 감미로웠다. 여자의 노랫소리를 등뒤에 붙인 채 골
목을 빠져나왔다.

정자나무가 있는 공터의 석축 아래로 개울이 흐르고 있었다. 찬
물을 떠올려 얼굴의 열기를 식혔다. 이편에서 들리는 것은 매미소
리 뿐이었다. 우리 화담 선생님이 이 일을 아시려나. 지하에서도
사모님의 이런 모습을 보시면 어떤 낯빛을 하실까…. 웃음이 치밀
어 올라 견딜 수 없었다.

해질 무렵에야 느티나무골을 벗어났다.

산길이었다. 서기가 앞서 걸었고 여자와 아이가 십여 보 뒤떨어져 걸었다. 여자의 입에서도 술 냄새가 풍겼지만 걸음걸이는 말짱했다. 왜요? 처사님은 제가 소리를 하는 게 흉하게 보이던가요? 나중에 보니 우리 처사님 어디 가시고 안 보이시더라…. 절 두고 혼자 도망을 가셨나…. 그래도 어떡해요, 사람들이 청하고 청하는데 소리를 해야지…. 웅봉아, 넌 어떻든, 이 엄마가? 괜찮지 그지? 걱정 말아요. 우리 이제 한 사나흘은 아무 걱정 없어요. 그 영감이 노자 하라면서 두둑이 줬으니까요…. 처사님, 얼마나 더 가야 무주 읍내인가요?

산모롱이를 돌았다.

또 달이 돋았다.

문득 뒤의 행적이 느껴지지 않아 서기가 걸음을 멈췄다. 여자와 아이의 모습이 보이지 않았다. 바윗길까지 되돌아 가봤다. 그새 여자와 아이가 길 아래 개울가에 내려가 있었다.

"더워."

여자가 달빛 속에 저고리를 벗고 있었다.

민망스런 모습이 아닐 수 없었다. 서기는 길가에 돌아앉으며 흠흠, 헛기침을 했다. 행인의 이목이 두렵기도 했지만 동행에게 일언반구도 없이 길을 벗어나 버리면 어떡하느냐는 불만의 기색도 숨기지 않았다. 그렇지만 여자는 전혀 개의치 않는다는 태도였다. 고개도 돌리지 않은 채 제 할 얘기만 불쑥 던졌던 것이다.

"처사님은 안 더우셔요? 저쪽으로 오셔서 땀이라도 좀 씻으세요."

　뽀얀 어깨를 다 드러낸 여자가 얼굴에 물을 끼얹고는 이어 팔과
목 줄기를 닦는 모습이 내려다보였다. 응봉인 아예 바지를 걷어올
리고 물 속에 들어가 장난을 치고 있었다. 놔두자. 술기운도 있을
터인데 얼마나 더우면 저러실까. 서기는 무료히 앉아서 여자가 올
라오기만을 기다렸다. 이 적적한 산중에서 불현듯 공주땅에 남겨
둔 아내의 얼굴이 떠오른 것은 웬일일까. 오늘은 콩밭에서 잡초를
뽑았을까. 아니면 보리타작을 위해서 사람들을 구하러 다녔을까
…. 어쩌면 이맘때 아내도 더위를 이기지 못해 뒤꼍에서 제 몸에
물을 끼얹고 있을지도 모르는 일이었다. 먹을 감는 아내를 떠올리
면서도 그 알몸이 떠오르지 않았다. 그 사이 사내아이 하나까지 생
산했으니 별나게 부부의 금실이 나쁘다고는 할 수 없는데 그와 맺
었던 남녀의 정합(情合)에 대한 기억은 아득하기만 했던 것이다.
　잔정이라곤 티끌만큼도 없는 사내, 공부를 한답시고 집 나가 있
는 날이 집에 들어앉아 있는 때보다 훨씬 많은 사내, 집안에 일거
리가 밀려 있어도 책방에서 나올 줄 모르는 사내를 서방으로 섬기
고 사는 여자가 어찌 딱하지 아니한가. 혼례는 열아홉에 올렸다.
그때 여자 나이 스물. 그 이듬해 서기는 공부를 위해 화담으로 떠
났다. 그날부터 홀로 있는 시어머니를 봉양하며 농사짓는 일에서
부터 집안 대소사가 모두 젊은 아낙 혼자의 몫이 됐다. 그뿐인가,
시댁 양아버지나 다를 바 없는 이 평사(平事)의 집안 일까지 도맡
아 해야 되질 않던가. 아내의 수고가 안쓰럽고 그 정성과 노력이
고맙지만 이맘때까지 서기 자신은 그녀에게 따뜻한 위로의 말 한

74

번 전하질 못했다.

　유성(儒城)에서 계룡산 동학사로 가는 산 고개를 넘으면 이내 삼거리 정자거리가 나타난다. 거기서 온천골을 거쳐 상신 하신의 산동리로 들어가는 동구까지 버리면 곧바로 공암(孔巖) 마을이었다. 산기슭에 삼십여 호 초가와 기와채가 올망졸망 엎드려 있는 촌동리, 아내는 그곳에 있었다. 산모롱이를 돌아가면 비단강〔錦江〕 청벽(靑壁)으로 넘어가는 마티재가 산허리에 걸려있다. 마을 뒤편에는 천황봉에서부터 관음봉 삼불봉을 일으키며 뻗어온 계룡산 줄기가 마지막 획점을 찍듯이 일으켜 세운 고청봉(孤靑峰)이 솟아있다. 어릴 때부터 이 평사네 소를 끌고 가서 풀을 뜯게 했으며, 진달래꽃 숲에 드르누워 망연히 하늘을 처다보기도 했던 그 산은 언제 떠올려도 어머니 품속처럼 전신을 훈훈하게 해주었다. 애당초 자신의 아호를 '고청'이라 했던 연유도 거기에 있었다.

　"고고청청(孤孤靑靑)이란 말이구나. 적막하니 홀로 푸르겠다는 기상은 좋다만 그리하여 일신이 고단하면 어떡하나?"

　맨 처음 화담 선생을 뵈었을 때, 호가 뭔가를 알아보곤 선생이 하던 말씀이었다. 마음에 썩 든다는 낯빛은 아니었는데, 단지 산봉우리 이름 하나를 빌렸을 뿐이라는 서기의 말을 듣고는 고개를 끄덕였을 뿐 더 이상 말이 없었다. 허나 산봉우리 하나가 뭐 대수란 말인가. 공암마을은 천연동굴 공암을 떠나서 있을 수 없기 때문이었다. 더더욱 서기 자신에게 있어서 공암은 천형(天刑)의 상흔이며, 무량한 업보의 등짐에 다름 아니었다. 마을앞 깎아지른 바위벽에 뻥 둘린 동굴. 공암은 곧 그 바위동굴을 지칭하는 말이었다. 따라서 산기슭에 사람들이 모여 살기 훨씬 이전부터 바위굴은 그곳에 그렇게 있었다. 암흑을 머금고 있는 동굴의 아가리는 먼 데 정자거리에서도 빤히 바라다 보인다. 마을을 향해 걷는 이들은 저도 모르게 그 동굴의 흡인력에 이끌리게 마련이었다.

태생의 정처(定處), 한(限)과 원망, 그리움과 기다림의 응집처. 바위동굴은 그렇게 서기의 내면에 깊이 들어앉아 있었다. 집을 떠나 있는 동안에도 그 동굴은 언제나 두려움과 그리움의 대상이었다. 그리하여 마침내 대상이 본체가 되고 말았다. 서기 스스로 그 동굴이 돼 있었던 것이다. 물샐 틈 없는 견고함, 억만 년의 함묵(緘默)을 가슴에 담으려 하지만 그 가운데는 늘 속절없는 공허요 암흑일 따름이었다. 어둠의 소리가 그 동굴에서 웅웅대고 있었다.

어머니는 그 동굴에서 아버지를 만났다고 했다. 이름도 모르고 얼굴도 알 수 없는 아버지. 어머니는 그 단 한 번의 연분으로 아이를 잉태했다. 그날 이후부터 어머니가 가진 것은 기다림의 세월뿐이었다. 삼십 년 가까운 세월이 그렇게 무참히 흘러갔다. 그 경황 중에 어머니는 어떻게 아버지의 성씨(姓氏) 하나는 알았을까. 서가(徐哥).

여자가 비칠거리며 비탈을 올라왔다. 서기가 아이와 여자의 손을 차례로 잡아주었다.

"아이 시원해, 이제 좀 살 것 같애 ···."

여자가 손사래를 치며 말했다. 바람결에 여자의 살 냄새가 풍겼다.

달빛을 디디며 다시 산길을 걸었다.

"왜 여태 안 물어보셔요?"

여자가 물었다.

"무슨 말씀이신지 …?"

"처사님도 궁금하시잖아요. 제가 어떻게 화담 선생님을 뵙게 됐으며, 어떻게 그곳에 눌러 붙어 살게 됐는지, 그리고 누가 중매를 놓았고, 선생님은 또 어떠하셨는지, 안 궁금하셔요?"

"네에 …."

무엇이 재미나는지 여자가 쿡쿡 웃음부터 터뜨렸다.

"아무도 몰라요. 저 지금 처사님께만 처음 말씀드리는 거예요, 아셨죠? 송도 방아실이란 데 아실는지 모르겠다. … 저 거기 살았어요. 화담에서 산등성이 하나만 넘으면 되죠. 그래서 일찌감치 선생님은 여러 번 뵈었어요. 빨래하러 가서도 그랬고, 나물 뜯으러 가서도 그랬고…. 허지만 언감생심, 명성 높으신 선비님을 제대로 쳐다볼 수나 있어야 말이죠. 모르겠어요, 그땐 왜 그랬는지, 그냥 먼 데서만 뵈도 좋더라. …"

서기로서는 토정한테서도 듣지 못했던 이야기였다. 여자가 아이의 손을 붙잡았다.

"저, 사람들 몰래 거기 학당에 가서 선비님들 글 읽는 모습 훔쳐본 거 여러 번인 것 모르시죠? 실은 그때부터 저 처사님도 뵈었어요. 젊고 잘 생긴 선비분이 한두 분 아니었잖아요. 헌데 제 눈엔 선생님밖에 보이질 않는 거예요. 미쳐도 단단히 미쳤었어 …. 헌데, 좋기만 하면 뭐해요. 천하디 천한 상것인데다 생기길 제대로 생겼나 …. 과년하다고 해서 중매쟁이도 오고 그랬지만 얼굴 한 번 쳐다보고는 그들이 먼저 천 리 밖으로 도망을 치는데 …. 황진이 같은 참한 여자만 보시던 선생님이 저를 거들떠보실 턱이 있으시겠어요. 지금 생각해도 우스워 ….”

돌부리를 찬 듯한 순간 여자가 몸을 휘청했지만 이내 수습했다.

서기가 짐작건대 화담 선생 연치 쉰넷 무렵인 듯싶었다. 지리산 금강산 주유를 마치고 화담으로 되돌아가신 그 다음해쯤. 선생과 황진이의 소문 많던 연분도 선생의 원유(遠遊) 이전에 끝이 난 듯싶었다. 서기가 화담을 찾기 이전에 이미 황진이의 내왕이 끊어졌다는 것이 토정의 말이었다. 서기로서도 천하명기라고 이름이 떠들썩하던 그 기녀를 보지 못한 데 대한 아쉬움이 없지 않았다. 어쩌면 선생의 산천유람도 그 적적함에서 기인됐던 것은 아닐까 …. 서기 홀로 짐작해 볼 따름이었다.

“칠월 열나흗날이었을 거예요. 아무튼 보름날은 아니었어. 작심을 하곤 화담골을 찾아갔어요. 그렇게라도 해야 이 흉한 얼굴이라도 가릴 수 있잖아요. 환한 달이 중천에 떠 있긴 했지만, 처녀 혼자서 겁도 없이 산을 넘었어요. 술병이며 안주거리도 챙겨 들었어요. 이날 따라 학당에는 선비님들이 한 분도 안 계시다는 것은 미리 알고 있었거든요. 큰마님이 낮에 잠깐 다녀 가셨고요. 그 밤중에 선생님은 앞뒤 방문을 다 열어놓곤 책을 읽고 계셨어요. 그 다음에 제가 어떻게 한지 아시겠어요?”

“모릅니다.”

“처사님도, 재미없으시긴 …. 계곡 물에 들어가서 멱을 감았어요. 선생님이 잘 가시는 너럭바위 있잖아요, 거기. 속곳만 입은 채

물 속에 앉아 있으니 참 시원하더라구요. 달빛은 밝지 물소리는 명랑하지…. 거기가 바로 선경(仙境)이잖아요. 이제 선생님을 불러 뫼실 차례였어요. 노래를 불렀어요. 무슨 노래였더라…. 말씀드려도 처사님은 모르실 것 같애…. 소리는 황진이만 잘하란 법이 어디 있어요. 저도 어릴 적부터 노래만 하면 동네 사람들이 깜박깜박 죽고 그랬는데요. 두 곡을 불렀나, 세 곡을 불렀나…. 그런데 선생님이 오셔야 말이지요. 참 무심한 양반, 하곤 주섬주섬 옷을 주워 입고 있는데 깜짝 놀랐어요. 언제 오셨는지 선생님이 소나무 아래에 앉아 계시는 거예요. 바라고 바랐던 일인데도 불구하고 그때의 당혹스러움이란! 겨우겨우 정신을 수습하는데 선생님이 말씀하셨어요. 자네 〈명월만산〉(明月滿山)도 부를 줄 아는가? 그 말씀이셨어요. 알죠. 황진이가 특히 잘했다는 그 소리잖아요. 그렇지만 저는 대답도 못하고 그냥 술자리부터 봐드렸어요. 상이 있어요 뭐가 있어요. 바위 위에다 보자기를 펴놓고는 부침이며 도라지 무침을 안주로 놓고 술잔부터 채울 수밖에요. 선생님도 대단하셔…. 다른 이들 같으면 웬 여우가 내려왔나 할 텐데, 뉘 집 아이냐, 야심한데 어찌 이곳에 혼자 있느냐, 뭘 물어보시는 게 없었어요. 오냐, 술까지 가져왔구나, 하시곤 훌쩍 잔을 비우시는 거예요. 눈물이 막 나려는 걸…. 정말이에요. 억지로 참았어요. 그리곤 〈명월만산〉을 불렀어요. 그 노래가 또 얼마나 사람 가슴을 휘어잡아요. 흥이 나서 부르면 더없이 흥겹고, 애처롭다 하면 한없이 애처롭고…. 선생님은 거푸 술잔만 비우고 계셨어요. 저는 그냥 눈물을 뚝뚝 흘리며 노래를 부르고…. 이윽고 선생님이 말씀하셨어요.

'네가 돌아왔구나. 오냐, 네가 돌아왔구나….' 한숨인 듯 탄식인 듯 하시는 그 말씀에 저는 저대로 가슴이 미어지고…. 제가 그랬어요…. 그때부터는 저절로 말이 막 나왔어요. '네, 선생님, 천첩(賤妾) 선생님 못 잊어 다시 찾아왔습니다. …' 선생님 눈가에도 눈물이 맺혀 있었어요. 그날 그 순간만은 제가 틀림없는 황진이었어요. 그렇게 진랑이 다시 화담으로 돌아왔던 거예요."

"엄마, 다리 아파."

응봉이 그녀의 말을 끊었다. 아이도 북받치는 제 어미의 감정을 느꼈던 모양이었다.

"그래, 그래, 조금만 더 가자꾸나."

서기가 아이를 들쳐업었다. 놀라운 일이었다. 진랑에 대한 선생의 애틋함이 그토록 곡진했단 말인가. 아이는 금세 잠이 들었다. 아이의 체온을 고스란히 등짝으로 느꼈다.

"그날 밤, 꿈에도 그리던 선생님을 제가 뫼셨어요. 이튿날 선생님은 정식으로 매파(媒婆)를 저희집으로 보내셨고요…."

언제 그랬냐 싶게, 건조한 여자의 음성이었다.

"그러셨군요."

그렇지만 서기로서도 아직 이해되지 않는 바가 있었다. 여자의 말을 빌리면, 그녀는 농사를 짓는 상민의 딸이었다. 서당 언저리에 가봤을 턱이 없는 것이다. 그런데 그 동안 자신이 겪어본 그녀는 그렇지가 않았다. 깊이야 알 수 없지만 경전이며 불경까지 읽을 줄 알았던 것. 그리고 그 가무(歌舞)의 능함은 어디서 연유한단 말인가. 물론 선생이 여자와 함께 하는 동안 책을 읽게 하고 노래와

80

춤을 익혀 주었다고 볼 수도 있었다. 선생은 그럴 만한 분이었다. 남녀의 지극한 정분은 눈 먼 자를 눈뜨게 하고 앉은뱅이를 일으켜 세운다는 옛말이 헛말은 아닌 듯싶었다.

서기는 새삼 공주(公州)에 있는 어머니를 떠올리지 않을 수 없었다. 지리산에서 처음 여자를 대하고, 그녀의 얼굴 반점과 반쯤 감긴 눈을 봤을 때도 문득 스쳤던 어머니의 얼굴이었다. 오 척이 안 되는 작은 키, 게다가 얼굴이 흉하게 얽은 어머니였다. 네 엄마는 곰보다! 어릴 때부터 또래 아이들로부터 뼈아프게 들었던 말이었다. 종년의 아들, 지아비도 모르는 곰보의 자식. 이것이 어려서부터 천형처럼 붙이고 다녔던 자신의 별칭이었다. 그 어머니가 원망스러웠던 적이 한두 번 아니었다. 어머니가 이 여자만큼의 자태를 가졌고, 이 여자만큼의 꾀와 당돌함을 가졌다면 자신의 운명이 달라졌을까.

부질없는 일. 무주가 여기서 얼마나 남았나, 그 생각만 하기로 마음을 고쳤다.

그날 어머니는 길 건너 벼논에 참새를 쫓으러 나가 있었다. 떼지어 덤벼들고 떼지어 날아오르는 참새떼를 어머니 혼자 감당하기 어려웠지만 쌀알 한 톨을 더 건지겠다고 작대기를 쥔 채 논두렁을 뛰어다녔다. 실은 그 논도 이 평사네 것이었다. 그때 어머니의 나이 스물둘. 때를 넘겨도 한참을 넘긴 나이였지만 인근의 종노(從奴)들 가운데도 어머니를 아낙으로 데려가겠다는 사내가 없었다.

뜻밖에 먹구름이 몰려왔다. 금세 고청봉이 구름에 가려졌나 싶었는데 소나기가 쏟아졌다. 억센 빗줄기였다. 집으로 달아날 겨를이 없었다. 급한 마음에 어머니는 가까운 바위동굴로 뛰어들었다. 벌써 적삼이며 치마가 흥건히 젖어 있었다. 당장의 소나기는 피했지만 하늘은 더 어두워지고 빗줄기는 더욱 굵어지고 있었다. 그때였다. 웬 사내 하나가 논두렁길을 달음박질쳐 왔다. 큼직한 등짐을 지고 있었다. 뜻하지 아니한 상황에 겁을 먹은 어머니는 동굴구석에 쪼그려 앉아 몸을 떨었다. 사내가 성큼 동굴 안으로 들어섰다. '마른하늘에 벼락이라지, 웬놈의 소나기람' 사내가 투덜거리며 등짐을 벗어내렸다. 그리고 적삼을 벗어 툭툭 물기를 털었다. 떡 벌어진 사내의 앞가슴, 번들거리는 두 어깨가 완강했다. 정말 벼락이라도 떨어지려는지 먼 산이 우르릉 우르릉 울었다. 한기 때문이었을까 아니면 놀라움 탓이었을까. 어머니는 참으려 참으려 했던 기침을 터뜨리고 말았다. '거기 누구 있수?' 사내도 흠칫 놀란 듯했다. 그도 비로소 어둠에 눈이 익은 듯싶었다. 동굴 안쪽으로 걸어 들어왔다.

"오호라, 뉘 댁 규수인데 이런 데서 몸을 떨고 있수?"

사내가 어머니 앞에 쪼그려 앉으며 물었다. 사내의 땀냄새가 코끝에 끼쳐왔다. 어머니는 아무 소리도 할 수 없었다.

"저 동네 사슈?"

사내가 묻는 말에 간신히 고개만 끄덕였다.

"겁먹지 말아요, 나 사람 잡아먹는 짐승은 아니니깐. 나도 비 피하러 온 것뿐이니까 함께 기다려 봅시다 그려. 지나가는 소나기 같은데 언젠가는 그치겠지 뭐, 안 그래요?"

뭔 말인지 알아듣지도 못하고 어머니는 또 고개만 끄덕였다. 어둠 때문에 사내의 얼굴을 볼 수 없었다.

"오늘, 날 배려부렷네 …."

사내는 아예 바닥에 퍼질러 앉아 동굴 밖을 내다봤다. 싸릿대를 두드리는 듯한 빗소리. 간헐적인 천둥소리.

"나, 소금장수요."

회덕 진잠을 거쳐오는 길인데 재수 없게 이 궁벽진 데서 소나기를 맞고 말았다는 불평이었다. 소금장수한테는 그야말로 소나기가 한 모금 마시면 금방 숨이 끊어지고 마는 비상이나 다를 바 없었다. 아무리 귀한 소금이라고 해도 물기를 머금은 다음에는 지푸라기보다 못한 것. 어머니로서도 적이 걱정이 되지 않는 바 아니었다. 험한 사내 같지는 않다는 안도감 때문이었을까. 소금은 괜찮수? 물어보고 싶은데 말이 입 밖으로 나오지 않았다.

"고뿔이라도 걸리면 어떡하려고 거기 그러고 있수? 이쪽으로 와봐요, 내가 따뜻하게 해줄 터이니 …."

뭔 소리인지 새겨볼 틈도 없었다. 언제 다가왔는지 모른 사내의 큼직한 손이 듬쑥 허리를 안아버렸기 때문이었다.

"왜, 이러셔요!"

비로소 어머니가 비명을 질렀는데 그 소리도 이내 지워졌다. 사내의 입이 어머니의 입을 덮쳐 버린 때문이었다. 손발 하나를 제대로 놀리기는커녕 숨조차 쉬기 힘들었다. 한 손으로 어머니를 번쩍 들어올린 사내가 다른 한 손으로 젖은 제 적삼을 끌어당겨 바닥에 폈다. 그리곤 어머니를 그 젖은 자리에 눕히고는 크고 무거운 제 육신을 온전히 어머니 몸 위에 실었다.

"앙탈하지 말어! 지랄하면 모가지를 꽉 눌러 숨을 끊어버릴 거여."

씩씩대며 사내가 어머니의 저고리를 벗겨내고 치마를 걷어냈다. 사내의 가슴팍에 머리를 눌린 어머니는 숨이나 제대로 내쉬어야겠다는 생각밖에 하질 못했다. 여자를 올라타고도 사내는 단숨에 제 옷가지들을 말짱하게 벗을 줄 알았다. 지독한 땀냄새 …. 태산 같은 사내의 체중이며 역발산의 기운에 놀라 지레 포기한 탓일까. 어머니는 문득 그 땀냄새며 질식할 것 같은 숨막힘이 아주 싫지만은 않았다. 이윽고 하초가 찢어지는 통증이 왔을 때는 깜박 의식을 놓기도 했지만 그것도 잠깐이었다. 그 드세던 빗소리가 어쩌면 저렇게 아득히 멀어져 있을까, 어쩜 천둥소리가 저리도 고요하담 …. 그런 희한한 상념들만 머릿속을 지나가고 있었기 때문이었다.

"씨부럴, 오늘 장사는 황이다마는 운 좋게 날고기는 처먹고 자빠졌네, 어이구, 이 맛있는 것 …."

쉼 없이 몸을 놀리면서도 사내는 한시도 입을 가만있지 않았다.

갑자기 사내가 경련이 난 듯 급히 몸을 떨었다. 욱욱, 숨 넘어가는 소리까지 토해내며 야단을 떨었다. 실제로 숨막히는 이는 아래에 깔린 작은 몸인데 죽는 시늉은 사내가 다 하고 있었던 것. 그것도 잠깐이었다. 한순간 사내의 몸이 솥뚜껑 위의 엿가락처럼 늘어지는가 싶더니 금세 옆으로 떨어져나가 큰 대(大)를 하곤 자빠졌다.

84

"너, 쥑이는 년이여 ···."

사내가 고개를 돌리며 씩 웃었는데 어머니는 그 위인이 썩 밉지만은 않았다. 뒤늦게 정신을 수습하곤 옷가지를 챙겨 입었다. 몸을 움직일 때마다 아랫도리의 통증이 느껴졌지만 못 견딜 바도 아니었다.

비가 그치고 있었다.

어머니는 옷고름을 만지며 쪼그려 앉아 있었는데, 울어야 할지 웃어야 할지 가늠을 할 수 없었다.

"어이, 소나기덕에 생각지도 못한 만리장성을 쌓았는데 얼굴이라도 한 번 보더라고."

사내가 귓가에 더운 입김을 불며 말했다.

"집이 어디여요?"

용기를 내 어머니가 물었다. 비만 그치면 금방 이곳을 떠나버릴 사내, 그렇게 보내서는 안 될 것 같았다.

"나? 왜, 나하고 살림 차리고 싶어?"

"그냥요."

"그런 것 알 필요 없어, 천하 떠돌이 소금장수가 집이 어딨어?"

"성(姓)이 뭐예요?"

"성? 이젠 별 걸 다 묻는군. 그냥 김가 아니면 이가라고 여겨."

사내는 벌써 등짐을 짊어지고 있었다.

어머니가 동굴 입구까지 따라나섰다. 하늘이 개고 있었다. 비로소 남자의 얼굴을 제대로 봤다. 눈이 크고, 코가 크고, 입이 컸다. 다 큰 남자. 제 키는 남자의 가슴팍에도 미치지 못했다. 남자도 처

음으로 어머니의 얼굴을 본 모양이었다. 쯧쯧, 혀를 차고는 가래
침을 뱉었다.

"박색일수록 밑엣 것이 좋다더니 틀린 말이 아니구먼. 나 김가도
이가도 아녀. 서가여. 그렇게만 알어."

남자는 뒤도 돌아보지 않고 떠나갔다. 어머니는, 사내의 뒷모습
이 시야에서 사라질 때까지 그렇게 동굴 입구에 쪼그리고 앉아 나
무 작대기로 땅바닥만 치고 있었다.

박민헌은 다음날 해질녘에야 제대로 운신을 할 수 있었다. 박순과 함께 서경덕의 방을 찾아 예를 올렸다. 키가 크고 낮색이 맑은 헌칠한 청년이었다.

　"그래 설사기는 가셨는가?"

　경덕이 서탁을 밀어놓고 빤히 민헌을 쳐다봤다.

　"예, 모두 선생님이 거두어주신 덕분입니다. 이 은혜는 백골이 되도록 잊질 않겠습니다."

　"나한테 고마워할 것 없어. 저기 사암(박순)한테 고맙다고 하면 돼. 그래, 이젠 어쩔 요량인가?"

　"예, 선생님이 허락하신다면 사나흘 여기서 머문 뒤에 평양으로 갈까 하옵니다. 그곳 감영에 제 종질이 있사온데 …."

　"내 얘기는 어딜 가겠느냐 그 뜻이 아닐세. 이번 가을에도 내년

봄에도 정암(조광조)이 복환(復環, 죄를 벗음)되지 아니하면 자네는
또 벽서를 붙이고 유생들을 부추기겠느냐 그 말일세."

"……."

"대답을 않는 걸 보니 그럴 마음이 아주 없지는 않다는 뜻이군."

"선생님."

민헌이 똑바로 고개를 들고 경덕을 바라봤다. 며칠 앓은 이답잖
게 안광이 빛났다.

"말해보게."

경덕도 그의 시선을 마주했다. 박순이 불안한 빛을 떨치지 못
했다.

"선생님은 왜 조정에 나가시지 않고 평생을 이곳 산간에만 계시
옵니까?"

"나보고 왜 정승 판서를 하지 아니하느냐 그 질문인가?"

"미거한 소생이 아옵기로, 선생님은 천지의 이치를 궁구(窮究)
하시는 데 생애를 걸었다고 하였습니다. 이(理)와 기(氣)의 본체
를 알고 천지만물의 운행과 변화를 깨닫는 일이 그리도 중요한 것
이옵니까? 맹자께서도 말씀하셨듯이, 사람의 공부는 사람에게 유
용해야 그 공부의 본체를 얻는 것이 아니겠습니까. 소생이 보건대,
수신(修身)이 있은 다음에 마땅히 치국(治國)이 있어야 한다는 것
도 그 공부와 덕이 널리 모든 이에게 끼쳐야 된다는 말에 다름 아
니라고 여기옵니다. 위로는 주상을 교화하여 성군(聖君)이 되게
하고, 아래로는 만백성을 감화하여 인의예지(仁義禮智)를 갖게 하
여 나라와 사직을 강성히 하고, 백성들의 민리민복(民利民福)을

도모하는 것이 이 땅의 선비된 도리라고 여기는 까닭도 그 때문입니다. 하온데, 선생님은 조정이 불러도 마다하시고 수령방백이 천거하여도 응하지 아니하시니 소생은 그 연유를 모르겠습니다."

"허, 자네 얘기를 듣다보니 마치 내 공부가 세상에 도움이 되지 않고 내 덕성이 옹졸하다고 탓하는 것도 같지만 괜찮으이. 윗사람에게 잘못이 있으면 그 잘못을 분명히 나무랄 줄 아는 것도 젊은 선비의 도리가 아니겠는가. 나는 자네 말을 다른 각도로 새겨보고 싶네. 공부를 마친 뒤에는 치국을 해야 한다? 좋은 말일세. 헌데, 공부의 경계가 어디에 있는가? 수신은? 보게, 이만 하면 공부가 됐다, 해서 벼슬길에 나서는 이들의 나이가 몇인가? 스물? 서른? 그 나이에 다 이룰 수 있는 공부가 세상에 있을 수 있는가. 그렇지, 그렇다고 다들 머리 허옇게 될 때까지 책방에만 앉아 있으면 치국은 누가 해? 하늘이 준 사람의 목숨이 고작 쉰이고 예순인데 말일세. 그래서 사람들은 제 그릇대로 나눠지는 게야. 내 비유가 어떨지 몰라, 세상에는 수천 수만 가지의 꽃이 있어. 그것들이 죄 봄날 한시에만 피고, 햇빛 좋은 담장 아래에서만 핀다고 해봐. 뭔 재미가 있겠어? 그래서 꽃들은 꽃들대로 나눠 피고 자리까지 달리하는 건 아닐까? 봄날 비안개 속에 피는 꽃이 있는가 하면, 가을 서릿발 밑에서 피는 꽃도 있어. 사람 손길 받으며 대갓집 화단에 피는 꽃이 있는가 하면 인적 없는 무덤에서 남몰래 피었다 지는 꽃도 있어. 이걸 두고 참된 꽃 삿된 꽃, 가치 있는 꽃 그렇지 못한 꽃으로 구분할 수가 있겠느냐 말일세. 꽃마다 그에 맞는 때를 일러주고, 그에 어울리는 장소를 정해주고, 향기와 꽃모양까지 정해주는 것이 천심(天心)이야. 곧 선천(先天)의 마음이지. 꽃들은 그 하늘의 마음에 따라 피고 지고 나비와 벌을 모으고 그래. 난들 어떡하겠나. 나를 만든 하늘의 마음이 그러하고 내 몸과 마음을 움직이는 기가 그러한걸. 따라서 세상에는 정암처럼 조정에 나아가 목숨을 걸고 세상을 혁파(革罷)하려는 선비가 있는가 하면 나처럼 이런 산골에 앉아 저런 사암 같은 천진한 것들을 모아놓고 헛수작을 하고 있는 선비도 있는 게야."

"당돌한 말을 내치지 않으시니 소생 더욱 몸둘 바를 모르겠습니다. 하오면 제 눈앞의 이익과 욕심 때문에 옳은 것을 행하고자 하는 이를 되레 해치고 부정을 저지르는 자 또한 하늘의 마음이 만들고 시킨 것이옵니까?"

"아닐세, 선천의 마음에 따라 기가 사람과 꽃을 만들지만 사람의 기와 꽃의 기가 같질 않아. 기는 크게 양기(陽氣)와 음기(陰氣)로 구분되지만 이 또한 여러 기들이 섞이고 합쳐진 것들일세. 꽃의 기가 순일(純一)한 데 비해 사람의 기가 복합적이고 가변적인 것도 그 때문이야. 꽃에는 없는 사단칠정(四端七情)이 사람에게 있는 것도 바로 그런 까닭에서지. 이렇게 기들의 분배, 교합(交合)에 따라 착함과 어짐, 삿됨과 편협됨이 생기는 게야."

"하오면 선생님의 제자분들도 그 기의 성질에 따라 제각기 달리 나아가겠군요?"

"아무렴, 내게서는 잠깐씩 공부만 하는 이들이야. 그 다음은 저들이 알아서 가지. 저기 있는 사암이 나중에 이조판서가 되고 영의정이 될지 누가 알아? 내가 하지 말라고 해서 안 되는 것도 아니며, 또한 하라고 해서 하는 것도 아니야. 또 이들 중에는 나처럼 산간 초옥에서 글이나 읽다가 종생하는 이도 있을 터이고 …. 사람 앞일은 아무도 몰라. 그러나 섭리는 있어. 선천의 마음이 곧 섭리야. 그 마음 그 섭리를 알고 싶어서 내가 여기 이렇게 있다고도 할 수 있지. 그럼 이제 내가 자네한테 물어봄세."

"하문 주십시오."

"그래, 자네는 조광조의 개세혁파(改世革罷)가 왜 실패했다고 생각하나? 그 뜻이 바르고 그 힘이 당찼는데도 말일세."

미리 준비하고 있었던 듯이 민헌이 거침없이 대답했다.

"첫째, 임금이 왕도를 따르지 않아서 그랬습니다. 처음에는 정암 선생의 뜻을 높이 사 그의 든든한 힘이 됐던 것은 사실입니다만 머지 않아 돌아선 것은 임금 스스로 성군이 되기를 포기한 것이 됩니다. 둘째는 반대세력들입니다. 그 동안 누려오던 이익과 권세를 잃을까 걱정이 된 권신들이 한무리가 되어서 정암 선생을 모함하고 내친 것이 잘못이었습니다."

"쯧쯧, 그렇다면 조광조는 잘못이 없다는 말인가?"

"성인이 아닌 한 잘못이 없는 사람이 어디 있겠습니까. 하오나 정암 선생이 가진 부족함은 그분이 가지셨던 높은 뜻, 이상에 비하면 미미한 것이라 생각합니다."

"임금을 가르친 이가 누구인가? 조광조가 임금을 그렇게 만든 것은 아닌가? 주상이 성군이 될 수 있는가 그렇지 못한 가를 가장 잘 알 수 있었던 이도 정암 아닌가? 그런데 임금을 탓해? 반대세력이라고? 애당초 그런 세력과 그런 무리가 있음을 정작 몰랐단 말인가? 밥을 먹고 앉아 있는데 밥그릇을 뺏어가는 이가 있어. 그럴 경우, 오냐 당신이 좋은 일을 하고 있으니 숟가락 젓가락까지 다 가져가시오 하고 순순히 내놓는 사람이 세상이 있어? 힘이 미치지 못할 때는 억울하고 화가 나도 참고 있지만 기회가 되면 이눔, 내 밥그릇 가져간 놈 그냥 두지 않겠다, 하는 것이 사람이 아닌가 말일세."

"이런 저런 것을 다 따지다가 개혁은 언제 하고 혁신은 언제 할 수 있습니까?"

"그래도 따져야 하는 게 도리야. 하루에 할 일을 닷새 걸려서 하고, 열흘에 하고픈 일을 스무날에 하면 되는 게야. 그래, 그렇게 서두르고 그렇게 밀어붙이니까 세상이 달라졌어? 조광조는 지금 어디 있는데? 그를 따르고 그를 칭송하던 이들은 다 지금 무엇을 하고 있는데? 송장이 돼서 썩어 문드러졌어. 죽지 않고 매맞지 않아도 될 아까운 인재들 수백이 죽고 수천이 곤욕을 치렀어. 그게 세상 바꾸는 일인가? 그렇게 안타깝고 아쉬운 일이 어디 있는가 말일세."

"비록 기묘년 그 일로 아까운 사람들이 무참히 살육당한 것은 실로 안타까운 일입니다마는 정암 선생이며 그를 따랐던 이들이 한 의로운 행위는 결코 무모하지 않았다고 소생은 생각합니다. 지금 당장에 얻은 것은 없고 잃은 것뿐입니다만 그것은 역사의 교훈으로 남기 때문입니다. 모든 성공은 그러한 실패들을 교훈으로 삼았기에 가능한 것이 아닐까요? 모든 이들이 현실의 실패와 좌절이 두려워 애당초 일을 도모하지 아니한다면 역사의 발전이 어디 있겠습니

92

까?"

"그러니까, 자네는 피 흘리고 죽어도 좋다, 세상이 갈가리 찢겨져도 좋다, 이것이 거름이 되어 나중에 좋은 일이 있을 터이니 마땅히 그리해야 한다, 그 말 아닌가?"

"……."

"세상에 가장 무서운 것이 무엇인 줄 아는가? 큰 것을 내세워 작은 것을 해치는 것이야. 큰 게 뭔가? 종묘사직, 충효(忠孝), 정의(正義) 그런 것일세. 개세혁파란 것도 마찬가지야. 전체를 위해서 부분을 죽인다는 그 허구를 모르겠는가. 임금의 위신을 살리기 위해 천한 농사꾼 서넛은 죽여도 아무렇지도 않다? 아비의 병간호를 위해 딸의 몸을 판다? 정의를 위해 부정한 것을 뿌리째 없앤다? 그럴싸하지 않는가? 그 충효, 그 정의, 그 혁파란 가치는 누가 만들었는가? 그 기준은 뭔가? 모두 자네나 나 같은 사람이 정해 놓은 것 아닌가? 우리가 하늘인가? 우리는 절대 옳으며 그른 것이 없는가? 사심(私心) 없이 하늘의 도리처럼 모든 걸 엄정하게 할 수 있는가? 아닐세, 아닐세…. 형틀에서 죽어가는 농사꾼은 차치하고 그 처자들을 생각해 보게, 그 딸아이가 돼 보게, 스스로 부정이 돼 보게, 그럴 수 있는가? 그래서 내 이야기는 순리는 좇아야 한다는 게야. 순리가 뭔가? 자연의 이치야. 물 흘러가는 것을 보게. 바위가 있으면 급하게 돌아가고 너른 땅이 나오면 넓직히 퍼져 천천히 흘러. 그게 순리야. 정치는 물 흘러가듯이 해야 하는 게야. 모두를 보듬어 안고, 모두를 타이르면서, 모두가 따라오게끔 해야 하는 게야. 늦으면 어때, 하루를 미루면 어때? 우리는 누누이 요순(堯

舜)을 말하면서 요순한테서 무엇을 배우는가? 정치를 하면서도 정치를 없는 듯이 하는 것, 그것이 바로 요순의 정치 아니던가. 현란한 기치를 내세우고, 내가 옳으니 너희는 나를 따르라, 소리를 높이는 요란한 정치는 정치가 아니야. 위선이고 허위일 따름이지. 그 깃발과 함성이 피를 부르고 죽음을 부를 따름이야. 반목과 질시, 갈등과 살육은 거기서 오는 게야. 왜 그런 정치를 하려고 하는 걸까…. 단언컨대, 조광조의 가장 큰 잘못이 뭔지 아는가? 조광조 스스로 나는 잘못이 없다, 나는 전적으로 옳다고 믿고 실천한 그 자기 무오류(無誤謬)의 성정(性情)과 조급성이야. 조광조라는 이의 실체가 그렇다 해도 그건 독선이요, 편견일 따름이야. 그 독선과 편견이 일을 그르쳤어. 스스로 목숨을 재촉했어. 그것도 수많은 다른 생목숨까지 끌고 말이야. 너무 젊었던 탓이야. 공부와 수양이 조금만 더 있었더라도 그 지경에 이르지는 않았을 것이야…."

"제게는 꼭 선생님이 정암 선생만 탓하시는 걸로 들려 조금 면구스럽습니다."

여전히, 민헌은 서경덕의 말을 온전히 수용할 수 없다는 빛이었는데, 갑자기 경덕의 음성이 높아졌다.

"그럼 누굴 탓해? 물정 없이 용상에 앉아 계시는 주상을 탓할까, 아니면 배부른 훈신(勳臣)들을 나무랄까? 그들한테는 나의 이런 말조차 필요가 없는 게야. 알아들을 사람도 아니고 듣겠다고 귀를 내밀 사람도 아니니깐. 그래서 그 똑똑한 조광조를 탓하는 게야."

박순은 선생의 이런 모습을 본 적이 없었다. 가능하면 제자들 앞

94

에서도 정치 이야기는 삼가던 스승이었기 때문이었다. 그리고 평소 분명한 표현을 즐기지만 격한 말은 좀체 쓰지 않던 선생이었다. '똑똑한 조광조'라니, 선생의 어법이 아니었다. 정치에 대해서 이렇고 하고픈 말씀이 많았던 선생이 어찌해서 제자들한테는 그렇게 말씀이 인색했던 것일까. 또한 박민헌의 무엇을 보고 그 속내 말씀을 거침없이 토로한단 말인가. 박순은 의아한 느낌마저 갖지 않을 수 없었다.

박순으로선 이쯤에서 두 사람의 토론을 그치게 하고 싶었는데 선생은 또 그럴 겨를조차 주지 않았다.

"그게 언제 일이었지? 여진이 함경도 산간고을을 쳐들어와 노략질을 하고 그랬을 때, 조광조가 어찌 했는가 하는 이야기는 들었겠지? 조정 신료들이 나름으로 머리를 맞대고 전략인가 짠다고 그러고 있었겠지. 그 중 나온 계책 하나가 여진 족장을 잘 회유하여 우리 진영으로 초대한다는 것이었어. 너희들 원하는 걸 들어주겠다, 그러니 와서 잔치에도 참석하고 선물도 받아가라…. 그렇게 족장을 속여 우리 진영에 온 다음 잡아 가두자는 그런 책략이었어."

"정암 선생이 반대하셨지요."

"그렇지, 상감까지 좋은 방책이라고 하셨는데 뒤늦게 회의에 들어온 조광조가 크게 노하면서 안 될 말이라고 했어. 전쟁터에서도 정도(正道)가 아닌 속임수는 쓰면 안 된다는 것이 그의 주장이었어. 결국 신료들도 머쓱해서 물러났고 임금도 내심 심기가 안 좋았지만 총신(寵臣, 총애하는 신하)이 고집을 부리니 더 이상 어쩔질 못하셨어. 자넨 어찌 생각하나?"

"정암 선생의 주장에 일리가 있다 여기옵니다."

"그렇군, 그렇다면 제갈공명도 군자는 못되는 위인이다, 그지? 그게 조광조의 한계였어."

애기가 끝났다는 듯이 서경덕이 몸을 일으켰다.

무주에서 이틀을 머문 뒤 영동(永同)으로 걸음을 옮겼다.

여자와 동행을 하는 가운데, 서기가 갖는 또 하나의 이해 못할 것이 있었는데 그것은 여자의 돈 씀씀이였다. 도무지 아껴 쓸 줄을 몰랐던 것이다. 수중에 돈이 있으면 있는 대로 쓸 줄만 알았지 아껴서 뒷일을 대비하겠다는 뜻이 추호도 없었던 것이다. 무주에서도 그랬다. 환갑잔치에서 얻어걸린 돈이 있답시고, 맛있는 것은 다 사먹고 옷가지까지 새로 사 입었다. 그 덕에 서기로서는 남의 눈치 안 보고 잘 먹기는 했지만 내심의 불안감은 떨칠 수 없었다.

"걱정 말아요, 궁즉통(窮卽通)이란 말도 있잖아요. 궁하면 통하느니라, 이런다고 우리가 굶어죽길 하겠어요, 가야 할 길을 가지 못할 리 있겠어요."

찜찜해 하는 서기를 보고 여자가 하던 말이었다. 영동으로 가는 노정에는 여자의 수중에 엽전 한 닢이 남아 있지 않음을 서기가 알았다.

심천(深川) 냇가에서 또 한참의 시간을 보냈다. 여전한 무더위. 강가 풍광이 썩 좋았다.

"장례 때는 오셨어요. 하루를 묵고 떠나셨던가…?"

여자가 박민헌의 이야기를 하고 있었다. 화담 선생 말년에 선생이 가장 사랑해 마지않았던 제자가 바로 박민헌이었는데 민헌은 선생의 사랑에 제대로 보답을 한 적이 없다는 섭섭함을 말하고 있었다.

"선생님이 간혹 말씀하셨어요. 재주로 따지자면 내 제자 중에 이정(頤正)이를 따를 자 없다고요. 그 재주에 덕성과 용력을 갖춘다면 능히 이 땅에서 다시 주자(朱子)를 보지 못할 까닭이 있겠는가, 그런 말씀까지 하셨는데요. 헌데 제자의 마음은 그렇지 않았던가 봐요. 도통 서신도 없으시고, 그렇게 신병이 중한 때에도 문안 인사 한 번 없으시고…."

괘서 사건으로 의금부(義禁府)에서 추포의 손길을 뻗었을 때, 박순의 도움을 받아 송도 화담으로 피신했던 박민헌이 그 길로 화담 선생의 문도가 되었다는 이야기는 서기도 토정한테서 들어 알고 있었다. 선생의 학문과 덕성에 감복하여 그 길로 화담에 눌러 붙었다는 것이었다. 때가 달라 서기는 그를 만난 적이 없었다.

언젠가 토정도 말하지 않았던가.

"돌아가실 날이 멀지 않아서 그러셨던 것일까…. 언제 우리 선생님이 드러내 놓고 네놈 재주가 좋구나, 네놈 공부가 세상을 떠들

98

썩하게 하리라, 칭찬을 하신 적이 있었던가 말일세. 그런데 이정이한테는 그렇지 않으셨어. 여러 동학이 있는 자리에서도 네가 놀랍구나, 하시며 상찬을 하신 것이 한두 번 아니었으니까 말이야. 하물며 선생님의 말씀에서 주자가 나왔으니, 그런 칭찬이 다시 있을 수 있는가 말일세. 어느 때, 나도 그 무리중에 있었는데 무척 섭섭했어. 선생님이 저러시니 이정이만 제자고 우리는 모두 제자 축에도 못 든다는 말씀이신가, 그런 야속함까지 드는 것 있지."

선생은 손수 민헌의 자(字)를 고쳐 주었다. 그의 본래 자는 원부(元夫)였는데 거칠고 욕심이 있어 보인다면서 이정(頤正)으로 고쳤던 것이다. '이정'의 '이'(頤)를 두고 선생은 스스로 노력하는 뜻이 있고 아울러 기약한 바의 수를 채운 뒤에 그만 두는 바가 있다고 풀이하였으며, '정'(正)은 인의(仁義)를 뜻한다고 하였다. 선생의 각별한 마음씀이 민헌의 자 하나에까지 미쳐 있음을 동학들이 모두 알았던 것이다.

그런데 민헌은 선생 몰세(沒世, 세상 떠남) 후 선생이 지어준 자를 버리고 '희정'(希正)으로 고쳤다고 했다. 무슨 까닭인지 알 수 없었다.

"까닭은 무슨, 마음에 안 든다는 것이지. 선생님도 안 계시는데 …."

토정이 그렇게 의미심장한 말을 했던가.

박민헌도 허엽과 마찬가지로 화담 선생 돌아가시던 그해 치러진 사마시(司馬試)며 증광문과(增廣文科)에 급제하여 벼슬길에 들어섰다. 해남 현감의 외직(外職)을 거쳐 지금은 홍문관 수찬(修撰)

으로 있다던가. 아직 그 형체도 드러내지 못하고 있지만, 선생의 무덤에 신도비(神道碑)를 세우는 문제가 문도들 사이에 논의되었을 때, 비문(碑文) 작성은 박민헌이 해야 한다는 데 대해 이의를 제기하는 이는 없었다. 그만큼 그가 선생 생전의 애제자였음을 모두가 공감했던 탓이었다.

"허나 아니야, 이정이는 아니야⋯."

모두 토정이 전해준 말이었다.

"그의 재주가 뛰어나다는 것은 누가 모르나. 그러나 그의 타고난 그릇이 그 재주를 담을 수 없어. 선생님이 무얼 보시고 그랬는지 모르지만 두고 보시게. 욕심은 욕심대로 많아서 학문도 하고 정치도 하고 모두 한다고 나서겠지만 어느 하나도 제대로 하는 것이 없을 것일세. 선생의 사랑에 보답한다는 것까지는 바라지도 않아. 훗날 선생을 부정하고 선생을 내치지만 않아도 다행이지⋯."

어느 때, 토정은 그런 섬뜩한 말까지 하기를 사양치 않았다. 선생의 문도들 가운데 누가 선생의 학통(學統)을 제대로 이어갈 재목인가 논하던 자리에서였다. 이정의 어떤 점을 보고 토정이 그런 예단을 놓는지 서기로서는 짐작키 어려웠다. 토정은 이정보다 한 살이 어렸지만 화담 문도로 지낸 세월은 곱으로 더 많았다. 따라서 토정만큼 문도들 하나하나에 대해서 잘 아는 이도 드물었다.

그나마 제자들 가운데는 허엽과 박순만한 이가 없다는 것이 토정의 단언이었다.

"청출어람(靑出於藍)이 얼마나 좋은 말인가. 그러나 원통하게도 우리들 가운데는 그런 인재가 없어. 이는 선생님의 불행이고 우리의 불행이지 뭐겠는가. 선생을 뛰어넘지 못한다면 선생을 감당할 인재라도 있어야 하는데, 그렇지가 못해. 우리 선생님이 워낙 걸출하신 탓도 없지 않지. 동학 중에서 그래도 따진다면 내 또래로서 초당(허엽)을 꼽을 수 있겠고, 아래로는 아무래도 사암(박순)을 쳐야 할 걸세. 어느 때 나는 이들 두 사람이 차라리 명문가 자제가 아니었으면 훨씬 나았겠다 그런 생각을 해보거든. 그렇다면 벼슬을 하지 않아도 될 터이니 공부밖에 달리 할 것이 뭐 있겠어. 외곬스런 성격들이니 그렇게 공부에만 매달린다면 능히 화담의 학통을 이어나갈 수 있겠지. 그런데 주위가 이들을 그렇게 한가한 공부에 매달리게 내버려 둘 턱이 없어. 삼정승 육판서를 지내도 괜찮을 바탕이고 재목인데 조정 정치판에서 소일을 해야지 산간 학당에서 지낸다는 게 말이 되는가. 우직하고 성미 급한 초당은 정치판에서도 우두머리가 되지 못하면 못 배길 걸, 허허. 성미로 보면 제 명에 못 살 것 같아 보이지만 내가 관상을 보니 그렇지가 않아. 누릴 것 다 누리고 편안히 가게 돼 있거든. 그게 초당의 타고난 복이야, 천복(天福)이지. 그 점은 사암도 마찬가지야. 적은 나이인데도 그 온후함이 얼마나 좋은가. 본체가 그렇게 너그럽고 따뜻하니 어느 누가 그를 해치겠나. 동학들한테도 그렇지만 좋은 일을 참 많이 할 그릇이거든. 훗날 이런 인재가 임금의 아랫자리에 앉아서 정치를 할 수 있으면 얼마나 좋겠는가."

"정승 복은 없는가 보죠?"

짐짓 서기가 물었던 말이었다. 관상 수상을 보는 데 있어 토정을 따를 자 없다는 것은 이미 문도들 사이에 널리 퍼져 있던 말이었다. 〈주역〉(周易)》을 깊이 공부하다 보면 사람의 운세를 점(占) 보는 것쯤은 타작마당에서 콩알 줍는 것만큼 쉬운 일이라고 하는데 토정이 꼭 그 식이었다. 화담 선생의 깊은 공부 가운데 〈주역〉만큼은 온전히 토정한테 대물림 됐다고들 했는데 서기가 보기에도 역(易)에 있어서만큼은 토정이 선생을 능가하는 날이 있을 것만 같았다.

"정승? 허허, 자네가 직접 산(算, 점칠 때 쓰는 도구)을 놓아 보시게나. 생년월시(生年月時)를 모르시나?"

확답을 않고 웃음으로 회피하는 게 수상쩍었다. 허엽은 토정과 동갑, 박순은 서기와 마찬가지로 토정보다 여섯 살 연하였다. 평범한 인정에서는 또래와 연하자에 대한 상찬이 쉽지 않은 법인데, 토정은 일찌감치 그들의 사람됨을 알았다는 듯이 그들을 자신의 윗자리에 놓고 평가하기를 마지않았다. 이 또한 토정의 그릇됨을 보여주는 대목이 아닐 수 없었다.

"아무튼 두 사람 모두 천복을 타고난 이들이야. 두고 보시게. 이들 동학들 때문에 돌아가신 우리 선생님이 호강하실 날이 올 터이니까. 벌써 선생님도 아시고 가셨을걸 …. 이렇게 보면, 우리 문도들은 죄 선생님의 한쪽들만 가진 셈이지 뭔가. 선생님의 덕성은 사재(장가순) 사형과 사암이 지녔고, 선생님의 예학(禮學)은 수암(守庵, 박지화) 사형이 가졌고, 선생님의 문장은 이재(頤齋, 차식)가 차지했고, 선생님의 역학(易學)은 나와 고청 자네가 받은 셈 아닌가. 그런데 정작 중요하기 짝이 없는 선생님의 성리학(性理學)을 떠받들고 키워 나갈 인물이 없단 말일세. 모두한테 뿔뿔이 흩어져

102

있을 따름이거든. 이게 화담 문도들의 가장 큰 폐단이야. 선생님
인들 그걸 왜 모르셨겠는가. 이정 박민헌이한테 선생님이 가졌던
각별한 애정 또한 그 때문이 아니었을까 싶은 요량이 가네. 네 재
주가 특출하니 너만은 이(理)든 기(氣)든 그것 하나 갖고 물고 늘
어져 봐라, 그러면 너는 능히 주자의 반열에 오를 수 있다, 그 원
망(願望)과 다그침이 선생님의 그런 별난 사랑이었다고 보면 무리
가 없을 것도 같아.”

　서기는 더 이상 박민헌에 대한 궁금증을 갖지 않기로 마음먹었
다. 그가 스승의 뜻을 좇아 학문의 대성(大成)을 보든, 아니면 무
슨 곡절이 있어서 스승을 버리는 경우가 있더라도 그것은 박민헌의
운명일 따름이었다.


　여자와 아이는 물 속에서 다슬기를 줍느라 정신이 없었다. 여자
는 치마가 물에 다 젖는 것도 개의치 않고 치맛자락을 걷어올려 주
운 다슬기를 담았다. 마음 같아서는 서기 자신도 찬물을 덮어쓰고
싶었지만 갓쟁이 체면에 그럴 수가 없었다. 버드나무 그늘에 앉은
채 망연히 냇가 풍경을 보고 있는데도 얼굴에는 땀방울이 뚝뚝 떨
어져 내렸다.
　“처사님, 오늘 우리 이걸로 국 끓여 먹어요.”
　여자가 치맛자락을 모두어 쥔 채 그늘로 다가오며 말했다.
　“엄청 많이 잡았어요.”
　응봉이도 얼굴에 자랑기가 넘쳤다.
　물정 없는 여자가 한심스럽긴 했지만, 서기는 웃음으로 응대할

수밖에 없었다.

"그럽시다. 어디 쥔 없는 집 하나 빌려서 국도 끓이고 고기도 굽고 그래 봅시다."

영동 큰 마을에 들면서부터 저녁밥 얻어먹을 집을 물색했다. 가능한 한 큰집일수록 어려운 청을 놓기가 편했다.

"저 집요."

벌써 여자가 기와채 하나를 찍었다. 냇가 솟을대문집. 아름드리 감나무가 담 너머로 보였다. 대문이 활짝 열려 있어서 거침없이 안으로 들었다. 뉘 없느냐, 목청을 놓았는데도 내다보는 하인배가 없었다. 그리고 보니 왠지 집안이 썰렁했다.

"아무도 없어요?"

여자는 아예 대청마루에 엉덩이를 걸치며 안방을 향해 소리를 질렀다.

"뉘시오?"

상투머리 노인 하나가 뒤늦게 대문을 들어서며 물었다. 늙은 여인네를 뒤딸린 걸 보니 내외가 마실이라도 다녀오는 걸음 같았다. 예순은 넘어 보이는 노인장인데도 다부져 보이는 몸에 안면의 혈색이 좋았다.

서기가 노인에게 예를 표한 뒤 사정 이야기를 했다. 늘 해오던 것. 집안 누님과 조카아이를 데리고 공주로 가는 길이다, 폐가 되는 줄 알지만 하룻밤 유하게 해달라…. 서기가 이러는 동안, 여자와 아이는 또 등 뒤에 서서 처분만 기다린다는 듯이 다소곳한 자세를 취하고 있기만 하면 됐다. 어느 때는 식구 둘 딸린 것이 내침을 당하는 사유가 되기도 하지만 대개는 그 불쌍한 형색이 주인의 마음을 돌리게 하는 데 보탬이 되곤 했다.

"방은 많소마는 우리도 늙은이 둘밖에 없는 처지라…."

밥 해주고 그러지는 못한다는 뜻인데, 그건 아무런 문제도 아니었다. 여자가 직접 부엌에 들어가 주인장 것까지 차리겠다는데 누가 마다하겠는가.

행랑채 방 둘을 얻었다.

여자가 밥을 짓는 동안 서기는 마당 평상에 앉아 주인과 막걸리 잔을 주거니받거니 했다. 아들 내외와 함께 살고 있는데 사돈집에 초상이 있어서 오늘따라 노인네 두 내외만 남았다고 했다.

영감이 마당에 모깃불을 지핀 탓에 매캐한 연기가 자꾸 눈으로 들었다.

"그래 선비님은 어디서 수학하셨다고?"

영감도 연기를 피하느라고 실눈을 떴다. 얘기를 하다보니 영감이 문자속 없는 농투성이만은 아닌 듯싶었다. 가까운 집안에서 판서가 나왔다고 은근히 자랑을 할 뿐만 아니라, 집안 봉제사(奉祭祀)며 손님 접대사(接待事)가 어떠네 하며 알은 체 하기를 마다하지 않았던 것이다. 그 덕에 서기는 저도 모르게 화담 문도임을 말했는데 영감이 그 이야기를 듣고는 크게 반색을 했다.

"화담이라면 서경덕 선생이 아니시던가. 이런 반가울 데가…. 선생이 돌아가셨다는 얘기는 나도 진즉에 들었네만, 그 문도를 내 집에서 뵙게 되다니, 이런 광영스러울 데가…. 그래, 선비님이 화담 선생의 제자라면 선비님도 신통술은 배우셨겠구먼?"

혹여 선생을 뵌 적이라도 있어서 그리 반가워하는 줄 알았더니 또 그 신통술 수작이었다. 도무지 어찌 된 영문인지 알 수 없었다. 살아 생전부터 세간에는 선생이 신통한 도술가로 소문이 났었는데, 이는 돌아가신 뒤에 더욱 부풀리고 커져서 한촌의 어린아이들까지 화담 선생을 매양 구름 타고 다니는 도인인 양 여기고 있었던 것이다.

"그렇지 않습니다. 소문이 잘못 퍼져서 그렇지 화담 선생께서는 도술을 부리고 그러시는 분이 아닙니다. 그냥 학덕이 높은 학자분이셨지요. 그래서 저희는 신통술 같은 것은 듣지도 보지도 못했습니다."

변명을 해보아도 소용이 없었다.

"무슨 그런 겸손의 말씀을. 마음만 먹으면 한나절에 천리 길을 가신다던데⋯. 화담 선생께서는 하룻밤에 중국 장안에도 다녀오셨다면서요? 그런 걸 축지법(縮地法)이라고 하지요? 나, 선비님께 그런 걸 시범 보여달라고 해서 이러는 것 아닙니다. 그냥 궁금해서요."

영감이 또 술잔을 건네면서 은근한 눈빛을 보냈다. 아니라고 백 번을 말해도 곧이 들을 것 같지 않았다.

"어르신네가 절 보시면 모르시겠습니까. 제가 그런 축지법이라도 쓸 줄 안다면 내친걸음에 공주땅까지 달려 갈 것이지 잠잘 곳 하나 못 얻어 여기서 어르신네 신세를 지고 있겠습니까?"

"그건 나도 모르지. 이곳에 무슨 다른 볼일이 있으신지도⋯. 그건 그렇고 황진이란 기생은 보셨겠수다? 화담 선생과 그렇게 정분이 깊었던 기생이라던데?"

이번엔 또 황진이 이야기였다. 선생이 일생에 걸쳐 천착하신 선천(先天) 후천(後天)에 대해서는 일언일구 관심이 없는 이들이 있지도 아니한 선생의 신통술이며 황진이와의 잠깐 연분에 대해서만큼은 입이 닳도록 말하기를 좋아했던 것이다. 이런 때마다 난감하기 짝이 없는 것이 선생의 문도들이었다. 황진이와의 소문은 누가 냈는가? 화류마당의 풍류객들이 심심풀이 삼아 늘어놓은 말들도 없지 않겠지만 대개는 황진이 본인이었다는 것이 문도들의 생각이었다. 그녀 스스로가 떠벌리고 다닌 것이다. 선생을 높이 치켜세우면서 그 애틋한 정분을 탄식하듯 말하지만, 실은 그로 인해 자기 자신이 더 고귀해지고 유명해진다는 것을 황진이 스스로가 잘 알고 있었던 것이다.

한때 선생 또한 그녀를 어여삐 여겨 각별한 정을 주기는 했겠지만, 그녀는 처음부터 그랬듯이 몸 팔고 춤과 노래를 파는 기녀일 따름이었다. 미색이 좀더 나았고 재주가 뛰어났다는 정도가 여느 기생과 조금 달랐을 뿐인 것이다. 기생이 화류마당에서 제 몸값을 올리는 최상의 방법이 무엇인가. 세상에 널리 이름을 퍼뜨리면서 제 몸을 고귀하게 하는 것밖에 달리 있는가. 황진이 제 발로 화담을 찾아와 선생께 수학(修學)을 청한 연유도 바로 거기에 있었다. 그리곤 산을 내려가서는 제 입으로 선생과의 연분을 소문냈던 것이다. 선생의 명성이 드높아지면 드높아질수록 저절로 제 이름도 높아진다는 것을 그녀가 모를 턱 없었다. 이것이 화담 문도들의 대체

적인 생각이었다.

토정의 생각 또한 다르지 않았다.

"도대체 송도삼절(松都三絶)이란 게 뭔 말인가, 박연폭포, 우리 선생님 그리고 황진이가 송도에서 제일 빼어나다 이거지? 과연 대단해, 박연폭포에다 만월대(滿月臺), 선죽교를 넣었으면 모를까. 불변의 자연에다 가변적인 인간을 갖다 붙여놓았단 말이야. 말 안 되는 것을 슬쩍 말 되게끔 해놓았단 말일세. 교묘해. 그리고 앞으로도 영원히 딴 사람은 끼워 넣지 않겠다는 뜻 아니겠어? 황진이다운 발상이야. 황진이가 아니면 과연 누가 그런 소리를 퍼뜨릴 수 있을까. 정말이지 우리 선생님은 복도 많으셔. 제자복 있으신 데다 여자복까지 있으니 말일세. 제자 열 명이 할 수도 없는 것을 황진이 혼자서 하고 있잖는가. 우리 선생님을 더 유명하게 만드는 일 말일세."

토정의 말마따나 깜찍하고 대담한 그녀의 처신이지만 그녀를 나무랄 수는 없는 일이었다. 그녀는 여전히 기녀이기 때문이었다.

황진이 또한 모르는 바라고 서기가 힘써 말했지만 영감은 곧이 들으려 하질 않았다.

"선비님이 말씀 안 하시겠다니 나도 더 물어보질 못하겠구먼. 헌데 이 시는 들어 보셨지요?"

어울리지 않게, 영감이 시 한 수를 읊겠다고 목청을 가다듬었다.

　　월하오동진(月下梧桐盡)하고
　　상중야국황(霜中野菊黃)이로다

108

누고천일척(樓高天一尺) 한대
인취주천상(人醉酒千觴) 이로세
유수화금랭(流水和琴冷) 한대
매화입적향(梅花入笛香) 이라
명조상별후(明朝相別後) 하면
정여벽파장(情與碧波長) 이런가

(달빛 아래 오동잎 다 떨어지고
서리맞은 들국화 아직도 누른데
하늘이 지척인 듯 누각은 높고
사람들은 흠씬 술에 취해 있구나
흐르는 물, 거문고 소리와 어울리고
매화 향기 피리 소리 함께 흐르나니
내일 아침 님 보내고 나면
내 시름 저 물처럼 끝없이 흐르리라)

　영감은 무르팍을 탁탁 치며 스스로 추임새를 놓아 흥을 부리기
까지 했다. 왜 모르겠는가. 황진이의 시였다. 황진이 제 정인(情
人)이었던 소(蘇) 아무개 판서(判書)를 떠나보낼 때 읊은 시라고
하던가. 서기 스스로 화담 문도들과도 심심풀이 삼아 흥얼거려본
적이 있었다. 이를 보곤 황진이의 한시 능력도 예사롭지 아니함을
알았다. 감정이 무르녹아 있는데 그것이 천박하질 않다. 운(韻)이
격에 맞다. 눈에 보이는 것[視覺]과 귀에 들리는 것[聽覺]의 섞음
이 교묘하고 능란하다.
　"좋습니다."
　서기는 손뼉으로 박자를 맞추며 영감의 흥에 동조해 주었다. 영

감은 시를 읊은 뒤에도 아주 흐뭇한 표정을 지었다.

"황진이의 시인 줄 아시면 소 판서가 누군지도 아시겠습니다?"

"그렇지요."

"아까 말했던 집안 판서어른이란 분이 바로 이 소 판서이십니다. 그러니까 나도 소가이지요. 촌수(寸數)는 가깝지 않지만 항렬이 저랑 같습니다. 형 아우인 셈인데 내가 일곱 살을 더 먹었으니 형뻘이지요."

"아, 그러시군요."

집안에 판서 하나 나온 것이 그렇게 대단스러운 모양이었다. 여자가 저녁상을 내오고 있었다. 그사이 차리기도 많이 차렸다. 상다리가 휘어질 정도였다. 향내 풍기는 다슬기국이 먹음직스러웠다. 대청에 앉아있던 안주인도 평상으로 옮겨 앉고, 응봉이까지 숟가락을 들었는데도 영감은 집안자랑을 멈추지 않았다.

"그럼요. 한 집안에 진사 생원이 나오기도 힘든 일인데 판서가 나왔으니 예삿일이 아니지요."

목이 말랐던 것일까. 여자가 스스로 잔을 당겨 듬뿍 막걸리를 부었다. 그리곤 단숨에 잔을 비웠다. 안주인이 놀라서 여자를 바라봤다.

"이런 실례가 있나. 남의 집 부엌에서 밥 짓느라고 고생하신 분한테 박주(薄酒, 보잘것없는 술) 한 잔을 드리지 못했네. 자, 자, 내가 한 잔 드릴 테니 쭈욱 드시고 갈증을 씻으시게. 오늘이 예사 더운 날인가. 시장들 할 터이니 어서 들면서 얘기들 나누시고 ···."

영감이 손수 여자의 잔을 치며 말했다. 여자는 또 사양치도 않고 그 잔을 받아 비웠다.

"말씀하시는 그 소 대감은 여태도 대감으로 계시는지요?"

여자가 소매끝으로 입가의 술방울을 쓱 문지르며 물었다. 여자인들 황진이와 소 대감의 일을 모를 턱 없었다.

"아닐세, 우찬성(右贊成) 좌찬성(左贊成)을 다 지내시곤 올 봄에 편안히 은퇴하시었지. 익산(益山) 향리에 내려가셔서 전원에서 소일하신다더군. 나도 진즉에 한 번 찾아가 뵈어야 하는데 짬을 얻지 못해 그러질 못하고 있어요….."

아직 살아 있구나…. 여자가 그렇게 중얼거린 듯싶었다.

소 판서, 소세양(蘇世讓). 그는 올해 예순넷인가 다섯인가. 그쯤 되었음직했다. 홍문관 직제학(直提學) 등을 거쳐 사성(司成)이 되었다. 그 후 왕자사부(王子師傅)의 직(職)에 있다가 전라도관찰사로 나갔으나 왜구에 대한 방비를 소홀히 했다 하여 파직되기도 했다. 그러나 그 후에도 용케 관운(官運)이 있어서 조정에 중용되었으며, 형조판서 등의 요직을 거쳤다. 중추부 지사(中樞府知事)로 있을 때는 진하사(進賀使)로 명나라에 다녀오기도 했다. 이어서 형조·호조·이조의 판서를 두루 거쳐 우찬성(右贊成)이 되었다. 그는 윤원형(尹元衡), 윤원로(尹元老)와 가까운 소윤(小尹) 쪽 사람이었다.

십여 년 전, 김안로(金安老)에 의해 조정에서 쫓겨났던 문정왕후 쪽 세력인 윤원로, 윤원형 형제가 소윤의 우두머리였다. 김안로가 실각하여 세상을 떠난 뒤 그들은 다시 등용되었으며. 이윽고 정권을 좌지우지하는 지경에 이르게 되었다. 따라서 정국은 윤여필(尹

汝弼)의 딸인 중종의 제1 계비(繼妃) 장경왕후와 윤지임(尹之任)의 딸인 제2 계비 문정왕후의 외척간의 권력투쟁으로 양상이 바뀌었다. 장경왕후에게는 원자(元子) 호가 있고 문정왕후에게는 경원대군 환이 있었다. 이들 가운데 누가 다음의 왕위를 계승하느냐에 따라 세상의 권세가 어느 쪽으로 가느냐 정해져 있었다. 윤원로, 윤원형 형제는 경원대군으로 왕위를 계승하고자 하여, 세자의 외척인 윤임(尹任) 일파(大尹)와 끊임없는 대립과 알력을 빚었다.

중종이 승하하고 세자(仁宗)가 왕위에 오르자 세상은 대윤의 것이 되었다. 대윤은 정치적 반대파라 해서 소윤측을 크게 박해하지도 않았다. 그러나 소세양의 경우는 달랐다. 그 동안 외척들의 세력을 믿고 함부로 권세를 희롱했다 하여 윤임 등의 탄핵을 받아 조정에서 쫓겨났던 것이다. 대윤은 나름으로 바른 정치를 펴고자 애를 썼다. 유관(柳灌)·이언적(李彦迪) 등 사림의 명사들이 중용된 것이 그 예였다. 이조판서 유인숙(柳仁淑)에 의해서도 사류(士類)들이 많이 등용되어 기묘사화 이후 은퇴한 사림(士林)들이 다시 정권에 참여하였다. 이런 과정에서도 소윤은 호시탐탐 재기의 기회를 노리고 있었다. 정권에 참여하지 못한 일부 사림들이 소윤인 윤원형 일파에 가담함으로 해서 이제 사림마저 대윤·소윤으로 갈라져 있었던 것이다.

그 사이 소윤의 공조참판 윤원형이 대윤의 대사헌인 송인수(宋麟壽) 등으로부터 탄핵을 받아 계자(階資)를 박탈당하고 그의 형 윤원로 역시 파직된 사건이 생겼다. 이로 인해 문정대비와 소윤측의 불만이 비등했다.

112

불운의 임금 인종이 재위 8개월 만에 세상을 떠나자 세상은 다시금 소용돌이쳤다. 인종의 이복 동생인 어린 경원대군이 왕좌〔명종〕에 오르고, 문정대비가 수렴청정(垂簾聽政)을 펴면서 조정 권세를 한 손에 쥐게 되자 세상은 홀연 소윤의 손아귀로 넘어갔던 것이다. 새 왕의 즉위와 함께 다시 등용된 윤원로는, 윤임 일파의 세력을 숙청하기 위해 그들이 경원대군을 해치려 하였다고 무고하였으나 일단 실패로 돌아갔다. 영의정 윤인경(尹仁鏡)과 좌의정 유관 등이 들고나서서 이들이 망언을 하고 천친(天親)을 이간한다고 탄핵함으로써 오히려 윤원로는 파직, 해남에 유배되었던 것이다. 그러나 문정대비의 세력을 배경으로 한 소윤의 음모는 끈질기게 진행되었다. 윤원형은 형인 윤원로의 책동이 실패하자, 대윤 일파와 개인적인 감정이 있던 중추부지사 정순붕(鄭順朋), 병조판서 이기(李芑), 호조판서 임백령(林百齡), 공조판서 허자(許磁) 등을 심복으로 하여, 윤임이 그의 조카인 봉성군(鳳城君: 중종의 8남)에게 왕위를 옮기도록 획책하고 있다고 무고하였다. 한편 궁궐 밖으로는 인종이 승하할 당시 윤임이 경원대군의 추대를 원치 않아서 계림군(桂林君)을 옹립하려 하였는데, 유관·유인숙 등이 이에 동조하였다는 소문을 퍼뜨렸다.

이로써 윤임·유관·유인숙 등은 반역음모죄로 유배되었다가 사약을 받았으며, 계림군도 주살(誅殺)되었다. 그 외 이휘(李輝)·나숙(羅淑)·나식(羅湜)·정희등(鄭希登)·곽순(郭珣)·이중열(李中悅)·이문건(李文健) 등 10여 명도 사형 또는 유배되었으며, 무고한 이덕응도 사형되었다. 이것이 바로 화담 서경덕이 세상을 떠나기 한 해 전(1545년)에 벌어진 을사사화(乙巳士禍)였다. 물론 사화는 거기서 끝나지 않았다. 그 다음 다음해(1547년) 9월에는 문정대비의 수렴청정과 이기 등의 농권을 비방하는 벽서(壁書)가 발견되어 봉성군 송인수 등이 사형당하고 이언적 등 20여 명이 유배당하는 일이 있었으며, 그 이듬해에는 홍문관박사 안명세(安明世)가 을사사화 전후의 시정기(時政記)를 쓰면서 윤임을 찬양하였다 하여 사형되는 등, 을사사화 이래 수 년간 윤원형 일파의 음모로 화를 입은 반대파 명사들은 백여 명에 달하였다.

소세양은 소윤의 득세와 함께 조정으로 돌아와 우찬성, 좌찬성 등의 고위직을 지내면서 대윤 일파의 축출에도 지대한 공을 세웠다. 그 끔찍한 비명과 살육을 뒤로한 채 이제 그는 여생을 편안히 쉬기 위해 향리에 돌아가 있다는 영감의 말이었다.

소세양 그가 황진이를 만났던 때는 언제 무렵인가. 서기는 술잔을 들면서 내심 시간들을 계산해 보았다. 황진이 서른 안팎의 나이였다고 하니 십여 년 전의 일일 수 있었다. 화담 선생이 황진이와 연분을 맺기 전의 일. 아마도 소세양은 마흔 중반의 나이, 판서의 현직에 있었음은 분명했다.

"천하 명기라는 황진이한테서 이런 절절한 시까지 받았으니, 우리 소 판서처럼 호방한 쾌남아는 고금에 다시없을 것이외다, 그렇지요? 남아 일생에 이런 풍류도 한 번 있어야 하는 법인데…. 나 같은 촌것은 퇴기(退妓) 치맛자락 한 번 밟아보지 못하고 이렇게 늙어 버렸수다. 허허."

영감이 데친 호박잎에 큼지막하니 밥을 싸면서 껄껄 웃었다. 늙은 안주인은 영감이 그러거니 말거니 들은 척도 않고 밥숟갈만 놀렸다.

"결국 황진이가 이긴 셈이지요?"

여자가 물었는데 영감이 절레절레 고개를 저었다.

"이기고 지는 게 어디 있담. 남녀 사인데 …. 나라도 그런 놀이라면 백 번은 더 지겠다. 그렇지요? 선비님."

"모르겠습니다."

서기로서는 별로 흥미있는 이야깃거리도 아니었다. 소세양, 그가 제 벗들과 내기를 했다고 했던가. 송도에 콧대 높은 기생 황진이가 있다고 하던데 내가 가서 단번에 꺾어 놓겠다, 두고 봐라. 까짓 기생이면 스스로 내 품에 안겨 들겠지. 내가 그녀를 데리고 놀지만 결코 한 달은 넘지 않으리라, 내기를 하자고. 한 달에서 단 하루라도 더 그 여자한테 붙잡혀 있으면 내가 진 걸로 하여 자네들이 하라는 대로 다 함세.

그렇게 소세양은 송도로 가서 황진이를 껴안고 놀았다. 일국의 판서라는 이가 그렇게 기생방에서 술 파작이나 하고 있었으니 국사 (國事)는 언제 챙겼단 말인가.

벗들과 약속한 30일 기일이 됐다. 소 판서는 내일이면 한양으로 떠난다 했고, 황진이는 황진이대로 그 내기의 내막을 알고 있었다. 이별의 정회를 나눈다는 마지막 술자리. 사내와 기녀들이 질펀하니 놀았겠다. 하늘에 닿을 듯했다는 그 높은 누각이란 도대체 어디를 말함인가. 굳이 알 필요도 없다. 취흥이 무르익을 무렵 황진이 시 한 수를 읊겠노라 했겠다. 아마 며칠 동안 곰곰 궁리해서 만든 시였을 테지. 시를 읊으며 눈물이나 찔끔거리지 않았는지. 소 판서가 거기에 녹아났단다. 내기에 지는 것도 아랑곳 않고 기방(妓房)에서 다시 한 달을 더 머물렀다는 소 판서였다.

세월이 한참 흘렀는데도 불구하고 그 수작이 뭐 대단하다고 아직도 사내들은 술자리에 앉기만 하면 소 판서가 어떻고 황진이가 어떻고 떠들어댄다. 그리곤 그 칠언율시(七言律詩)를 음송하는 것이 호남아의 징표나 되는 듯이 되뇌곤 한다. 여기 촌로(村老)라고 해서 다를 바 없었다.

생전에 화담 선생도 그 소문을 못 들었을 턱없다. 그 시를 보지 않았다고 단언할 수도 없다. 황진이를 대한 선생의 반응이 여하했을까. 서기의 궁금증은 또 엉뚱하니 화담 선생에게로 옮겨졌다.

술을 마시고도 여자는 설거지까지 도맡아 했다. 그리고 고단하다면서 응봉이를 데리고 일찍 행랑채에 들었다. 평상에는 영감과 서기 둘만 남았다. 어느덧 모깃불마저 스러져 가고 있었다.

"쯧쯧, 누님이란 분, 본상은 그럴 수 없이 고운데 어쩌다 저렇게 한쪽이 상하셨수?"

허리춤을 긁으며 노인이 물었다. 참 아깝다는 표정.

"소시에 집안일 하다 다쳤습니다."

"그러셨군, 쯧쯧."

그랬던가? 서기가 자신에게 반문했다. 왜 여태껏 자신은 여자에게 그 궁금증을 토로하지 못했던가, 이상스러웠다. 그러고 보면 여자에 대해서 제대로 아는 것이 없었다. 선생의 여자, 그뿐이었다. 선생을 알자면 여자를 알아야 하는 건 아닐까. 그것이 제자의

116

지극한 도리에서 벗어나는 일인가.

"어르신네도 쉬시지요. 저는 냇가에 가서 등물이라도 하고 오겠습니다."

서기가 먼저 자리를 털고 일어났다.

대문앞 채마밭을 지나면 곧바로 냇물이었다. 어느덧 달이 중천에 떠 있었다. 벌써 많이 기운 달. 그믐 안에 고향땅을 디딜 수나 있을지. 서기는 냇가 돌밭에서 윗저고리를 벗는 사이 잠깐 달빛 흐린 천공을 쳐다봤다. 무논쪽에서 맹꽁이 소리가 한바탕 밤공기를 흔들었다. 마음 같아서는 아랫도리까지 모두 벗고 물 속에 들고 싶었지만 차마 그럴 수는 없었다. 술기운으로 달아오른 얼굴부터 물을 찍어 바르고, 이어 상투를 풀고 머리채를 물에 풀어놓았다. 한결 살 것 같았다. 머리채를 걷어올린 뒤에는 가슴팍을 문질렀다. 등목을 할 수 없는 게 아쉽기만 했다.

종아리까지 씻은 다음 천천히 물가로 나왔다. 시원스런 밤바람이 몸에 묻은 물기를 날려주고 있었다. 물소리 듣고 바람소리 감으면서 여기서 잠들어도 괜찮을 것 같았다. 벌러덩, 돌밭에 드러누웠다. 팔베개를 하고 누운 채 희미한 별자리들을 헤고 있노라니 다시금 화담이 그립고, 지리산 함박골이 그립고, 공주 공암땅이 사무쳤다. 토정 사형, 그대는 지금 어느 산야를 활보하고 계시는가. 그가 또 그리웠다. 지리산을 나오기 보름 전, 인편을 통해 짤막한 서신 하나를 받았다. 영월 영주를 거쳐 안동으로 가고 있노라는 토정의 편지. 잠시도 한곳에 오래 머물지 못하는 그의 성미는 그의 짧은 서간에도 잘 나타나 있었다. '나 자신이 구름이고 냇물인 걸 어찌 하겠는가.' 안동에 가면, 대사성(大司成)을 지내다 을사년에 삭직(削職) 당한 퇴계 이황이나 잠깐 만나볼 요량이라고 했다. 벌써 영남에서는 그를 추종하는 선비들이 구름처럼 일고 있다는 이야기는 서기도 듣고 있었다. 진정 그가 빼어난 성리학자인지 토정인들 왜 확인하고 싶지 않겠는가. 허나 서기가 보건대, 퇴계라는 이는 화담 선생과는 근본부터가 달랐다. 화담 선생은 이(理)를 논한 일이 없었다. 세상에는 오로지 기(氣)가 있을 뿐이었다. 물론 선생이 이를 부정하지는 않았지만 그 이는 기 안에서만 존재할 따름이었다. 그런데 퇴계라는 이는 그렇지 않았다. 이가 앞이고 기가 뒤였다. 이가 끌고 기가 따르는 것으로 이기의 관계를 보고 있었다. 주자를 기준으로 하자면 퇴계가 화담 선생보다 훨씬 주자쪽에 가까이 있지만 그만큼 새로움이 덜했다.

"내 몸이 기(氣)다."

서기는 졸음이 오는 걸 느끼곤 떨쳐 일어났다. 대충 머리채를 말아 올리곤 적삼을 걸쳤다.


대문을 들어서던 서기가 흠칫 놀라 걸음을 멈췄다.

잘못 봤나 싶었다. 마당을 가로질러 가는 영감의 뒷모습. 그는 조금 전 분명 여자의 방에서 나왔다. 그럴 리가!

서기는 발소리를 죽여 여자의 방 앞으로 다가가 봤다. 불꺼진 방. 제 가슴 뛰는 소리밖에 아무것도 들리는 것이 없었다.

"선생님, 저 토정입니다."

밝은 아침햇살을 적시고 있는 장지문을 쳐다보며 토정이 제 왔음을 고했다.

소리 없이 방문이 열렸다.

"들어오시게."

문을 연 이는 허엽이었다. 그가 먼저 선생께 아침 문후를 드리러 와 있었던 모양이었다.

절을 올린 뒤, 허엽의 옆에 꿇어앉았다. 방안 어둠에 눈이 익으면서 비로소 선생의 안색도 살필 수 있었다. 아침부터 무슨 기분 좋은 일이 있으신가. 선생의 만면에 웃음이 가득했다.

"그래, 아침은 잘했는가?"

"네."

"간밤에 그런 일이 있었는데도 아침밥은 거르지 않고 잘해주던가 말일세."

"네에?"

순간, 토정은 등줄기가 써늘해짐을 느꼈다. 그럼 벌써 선생도 그 일을 아셨단 말인가. 옆에 있던 허엽이 참지 못하고 웃음을 쿡쿡 터트리는 것도 수상쩍었다.

"무슨 말씀이온지 …?"

"어젯밤 자네 거처가 뒤숭숭했을 것 같아서 그러네. 아무 일 없었다면 다행이고 …."

"괜찮아, 말씀 다 드려도. 새벽같이 박 작대기가 여길 다녀갔다네."

"뭐?"

허엽의 훈수에 금세 얼굴이 화끈 달아올랐다. 다시금 선생께 넙죽 허리를 숙였다.

"송구스럽습니다."

"송구스럽긴, 잘못한 것도 없는데 …?"

"앞으로 더욱 조신하겠습니다."

"쯧쯧, 작대기에 흠씬 얻어맞고 쫓겨났으면 훨씬 보기 좋았을 터인데, 안됐어."

선생이 마침내 껄껄 웃음을 놓았다.

간밤, 박 작대기 마누라가 제 침방에 와서 부린 수작이 이 아침 화담에 전해졌으리라곤 추호도 생각해 보지 않았다. 아침에 본 그 마누라의 입이 손가락 하나 길이만큼 튀어나와 있긴 했지만, 아무

120

일도 없거니 여겼던 것도 불찰이었다.

술시(戌時)가 훨씬 넘었던 무렵 같았다. 여느 때마냥 서책을 놓고 앉았는데 작대기 마누라가 방문을 두드렸다. 아무리 한 집 거쳐라고 하지만 야심한데 아녀자가 사내 혼자 있는 방을 찾아오다니. 괴이한 느낌을 떨치지 못한 채 방문을 열었다. 순간 분냄새가 진동을 했다.

"이거 드시고, 쉬어 가면서 공부하시라구요."

여자는 홍시(紅柿) 몇 개를 담은 소반을 들고 있었는데 전에 없이 몸을 꼬며 뱅긋뱅긋 요염한 웃음을 흘리기까지 했다. 그러곤 들어오라 말을 하지 않았는데도 냉큼 몸을 넣고는 제 손으로 방문을 닫았다.

놀랍고 당혹스러운 건 토정 자신이었다.

"선비님, 이거 정말 잘 익었죠, 그죠? 한 번 들어봐요, 어서."

제 서방에게나 하듯이, 여자는 반으로 쪼갠 홍시 한 조각을 사내의 입가에 들이밀었다.

"홍시는 감사히 잘 먹겠습니다. 이제 돌아가 보시지요."

토정은 여자의 수작을 받아들일 마음이 전혀 없을 뿐만 아니라 그녀가 풍기는 분냄새도 견디기 힘들었다.

"선비님도…. 오늘은 그냥 저랑 노시면 안 되요?"

토정의 얘기는 들은 척도 않고, 여자는 슬쩍 서탁 앞으로 몸을 당겨 앉았다. 아주 노골적인 유혹이었다. 박 작대기가 또 집을 비웠나? 퍼뜩 떠오르는 생각이 그것이었다. 처음 이 집을 거처로 얻을 때부터 동학들이 농 삼아 하던 이야기도 생각났다.

"자네, 그 집 여편네 조심하게. 사내들 홀리는 데 이력이 난 여자라고 소문이 자자해. 얼굴 반반하겠다, 딸린 애 하나 없겠다, 게다가 서방님은 이틀이 멀다고 집을 비우겠다 …. 사내들이 탐낼 만도 하지. 헌데, 박 작대기한테 얻어맞아 허리 부러진 작자가 한둘 아니란 것만 알아둬."

장기간 선생께 수학하러 오는 문도들은 대개 화담 인근 마을에 따로 거처를 얻었다. 화담 초당에는 그럴 만한 방도 없거니와 매 끼니를 감당해 줄 아녀자의 손길도 없기 때문이었다. 서너 달 작정으로 토정이 정처한 집이 바로 이 박 작대기네였다. 왜들 그를 가리켜 '작대기'라고 부르는 것일까. 평소 바보처럼 순박하지만 더러는 범같이 화를 낼 줄도 아는 사내. 솔 갈비며 장작 등속의 땔감을 지게에 지고 팔러 다니는 것이 그의 업이었다. 성 안에만도 단골이 여럿이라는 이야기를 들었다. 지고 간 물건이 쉬 주인을 만나면 그날로 집에 돌아오지만 그렇지 못한 때는 남의 집 추녀 밑에서 새우잠을 자서라도 다음날엔 꼭 팔아야 직성이 풀린다는 위인이었다. 성이 박가인데다 늘 지게 작대기를 들고 다닌다고 해서 다들 그렇게 부르는 모양이었다. 가진 전답이 없으니 여자는 여자대로 화담을 찾아오는 글쟁이들에게 하숙을 치거나 남의 집 일을 거들어서 살림을 보탠다고 했다. 서른 네댓은 된 여자. 토정이 처음 봤을 때도 그녀는 미색이라고 할 수는 없지만 전혀 박색도 아니었다. 게다가 천성인 듯 음기(淫氣)를 풍기는 데다 붙임성이 많았다. 촌의 남정네들로서는 남의 여자 불문하고 욕심을 내보게 돼 있었던 것이다.

122

토정은 마지못해 홍시 한 조각을 입에 넣었다. 여자가 방만스레 한쪽 다리를 뻗으며 혼잣말처럼 중얼거렸다.

"글쎄, 우리 그인 오늘밤도 내일밤도 못 온대요. 나뭇짐 팔러 간 이가 남의 집 구들장까지 고쳐주고 해야 된다나….'"

토정은 난감하기 짝이 없었다. 여자가 무엇을 원하는가는 알았지만 그에 응할 마음은 전혀 없었다. 윤리도덕 때문만은 아니었다. 욕구가 없었다. 내일 당장 선생님 앞에 가서 읽어야 될 책을 이제 겨우 반밖에 보지 못했다는 부채감도 컸다.

"돌아가 쉬시지요. 저는 이제 보던 책이나 마저 봐야겠습니다.'"

음성을 고쳐 엄중히 말했건만 여자는 들은 척을 하지 않았다. 과즙이라도 묻어 있었던 것일까. 갑자기 여자가 품에 안기듯이 다가와 제 손바닥으로 토정의 입가를 썩 훔쳐 주었다.

"이것 봐요. 껍질이 붙었어. 선비님 입에.'"

떨어지지 않은 채, 그녀가 또 코코코 소리내 웃었다. 토정은 참을 수 없었다. 냉큼 자리를 차고 일어나 방문을 활짝 열었다.

"바람 쐬고 오리다.'"

그렇게 제가 방을 나와버렸던 것이다.


"어찌 그리 신통하단 말인가? 자네 혹여 신수점을 미리 뽑아보곤 자리를 차고 일어났던 것은 아닌가?"

허엽이 물었다. 장난으로 하는 말임을 알았지만 의미심장한 구석이 있었다.

"뭔 말인가?"

"박 작대기가 문밖에서 자초지종 제 마누라 하는 짓거리를 살피고 있었다는 것을 자네가 어찌 알았느냐 말일세."

"박가가 밖에 있었다고?"

"그럼 그것도 몰랐는데 자네가 그리 용감히 여자를 떨쳤단 말인가. 선생님, 토정의 이 말을 곧이 들어야 합니까, 말아야 합니까?"

이젠 아예 선생께 동의를 구하고 있었다. 박 작대기가 밖에 있었다니, 상상도 해본 일이 없었다. 다시 등골이 오싹해지는 느낌. 선생은 마냥 두 제자를 넘겨다보며 빙긋이 웃기만 할 뿐 대꾸가 없었다.

"아까 박 작대기가 와서 다 얘기해 주더군. 요즘 마누라의 행실이 하도 수상쩍어서 벼르고 벼르고 있었다고 말일세. 그래서 일부러 며칠 집에 못 온다 하고선 지게 지고 나갔대요. 그리곤 밤 돼서 몰래 집에 돌아와 제 마누라 동정을 살폈다는구먼. 그런데 아니나 다를까, 해 떨어지자마자 이 여편네가 살금살금 별채 자네 방으로 가는 게 아닌가. 옳다구나, 이것이 이제 보니 집안에 들여놓은 젊은 선비랑 붙었구나. 오냐, 너희 둘 오늘밤 사지를 멀쩡하게 놔두면 내가 사람이 아니다, 손바닥에 침을 바르곤 지게 작대기를 움켜잡았다는구먼."

"지금 자네가 지어내는 말이 아니고?"

"이 사람 보게. 박 작대기가 나한테 한 소리가 아니라니까. 선생님께 올린 말이라구. 그렇지요, 선생님?"

허엽이 뭐라든 선생은 여전히 같은 자세 같은 미소뿐이었다.

"아무튼 들어보게, 글쎄. 그 박 작대기가 장지문에 귀를 대곤 엿

들어보니까 가관이더라는 거야. 제 여편네는 몸이 달아 어쩔 줄을 모르지…. 헌데, 이상하더라는 거지. 젊은 선비님은 그 수작에도 꿈쩍을 않는 게, 아무래도 사내구실 못하는 양반 아닌가 그런 생각까지 했다는구먼. 그리곤 불쑥 방문을 열고 획 나가 버렸다지…. 감복한 건 바로 그 박 작대기였어. 저럴 수가 있단 말인가, 놀랐다는 게야. 그리곤 과연 화담 출입하는 선비님은 뭐가 달라도 다르다는 걸 알았다는구먼. 날 밝기가 무섭게 이리로 달려와서 선생님께 고해바친 것도 그 때문이야. 알아들었어?”

“나는 금시초문일세.”

“그 작대기 여편네, 아침에 보니 얼굴이 멀쩡하던가?”

“이 사람이….”

“밤새 소리도 안 나게 두드려 팼을 걸세. 작심을 한 작대기가 그냥 넘어갔을 턱이 없지. 그 얘기 듣고 내가 선생님께 뭐라고 말씀드렸는지 알겠나? 아마도 토정이 저녁상을 물리고는 스스로 신수점을 봐 봤을 거라고…. 그리 보아하니 괘(卦)가 영 엉망이었던 게지. 작대기 마누라가 찾아온다는 괘는 썩 좋은데 그 다음이 문제인 게야. 박가가 작대기 쳐들고 있는 괘가 따라나왔지 뭔가. 내 말 틀려?”

“허튼 수작.”

“자네들….”

허엽의 다음 소리는 선생이 막아 주었다. 두 사람은 얼른 자세를 고치며 선생을 쳐다보았다. 선생은 방금 뭔가 재미난 생각이 났다는 그런 표정이었다.

"한 고을에 원님이 있었다네. 내 말 들어보게. 헌데 고을에는 그 사또를 흠모해 마지않았던 기생이 하나 있었어. 오래 연정을 품었는데도 이 원님이 거들떠봐 주기나 해야 말이지. 병이 날 지경인데도 말일세. 그런데 세월이 흘러서 그 원님이 임기를 마치고 한양으로 돌아갈 때가 되었어. 사또가 떠나는 날, 기생 또한 따라나섰다지. 마지막 가시는 모습이라도 봐야겠다는 그런 마음이었겠지 뭐. 행차 도중에 날이 저물어 사또가 객사에 들었는데 기생은 그곳까지 따라왔어. 그리곤 사또 앞에 꿇어앉아서 간절한 청을 놓았어. 단 하룻밤이라도 좋으니 사또님을 뫼실 수 있으면 여한이 없겠다고 말이야. 그 사또도 앞뒤가 꽉 막힌 사람은 아니었던 모양일세. 사정을 알고 보니 참 딱하기도 한 게야. 그런데 도의(道義)를 생각하면 기생의 청을 들어줄 수가 없는 게야. 한참 고심을 하던 사또는 기생으로 하여금 자신의 침방(寢房) 옆에 있는 측실에서 묵게 했다는 구면. 물론 가운데를 막았던 사잇문을 트고서 말일세. 사또가 생각한 것은 이것이었다네. 여자의 청을 들어주면 의(義)를 어기는 것이 되고, 그렇다고 의를 지키기 위해 여자를 내치면 인(仁)을 그르치는 것이 된다, 따라서 인과 의를 함께 아우르는 방법은 이것밖에 없다, 해서 그렇게 합방 아닌 합방을 했다는 게야. 다음날 여자는 감복해서 편안히 돌아갔다 하고, 후세 사람들은 인의를 다치지 아니한 그 원님이야말로 참으로 도덕군자로다, 하곤 칭송들 했다지 …. 그래, 초당과 토정, 자네들 둘이 다 그 원님의 경우라면 어찌 하겠는가? 그대들도 그와 같이 하겠는가?"

말끝에 선생이 몇 차례 헛기침을 놓았다. 허엽이 언뜻 토정을 돌아봤지만 토정은 그와 눈을 맞추지 않았다. 허엽이 먼저 조심스럽게 입을 열었다.

"이미 선생님께선 저희 둘이 어떤 대답을 할지 아시고 계시잖습니까?"

그 점은 토정도 동감이었다. 선생의 진정한 뜻이 무엇인가. 그것이 궁금할 따름이었다.

"아닐세."

선생이 분명하게 말했다. 이제 제자들이 답할 차례였다. 또 허엽이 먼저 말했다.

"저는 여자를 품습니다. 그것은 인의의 문제가 아니라고 여기기 때문입니다. 남정네가 여자의 연정을 뿌리치는 것이 인을 버리는 것이라 할 수 없고, 남정네가 기녀를 품음이 또한 의를 저버리는 것이 아니라고 여기기 때문입니다. 저는 단지 그 방안에 혈기왕성한 젊은 남녀가 있다는 점 하나를 보고자 합니다. 내칠 것이었으면 애초에 내쳤고, 이왕 방안에 들였으면 그 다음에는 제 본심을 좇을 것이옵니다."

"초당은 그렇고, 토정은?"

선생의 물음에 토정이 얼른 허리를 숙였다.

"선생님, 소생은 확답을 드리기 어렵습니다. 이유는 제가 지금 그 자리에 없기 때문입니다. 모든 일은 일을 맞는 그 당시의 상황이 크게 작용한다고 생각합니다. 생각과 실천이 다른 까닭도 거기에 있을 것입니다. 하오나, 저 또한 그 원님처럼은 하지 않을 것입니다. 사또는 인의를 중히 여긴다 하지만, 실은 인의의 기본이 되는 사람을 놓치고 있기 때문입니다. 그가 말하는 인의는 그 자신의 배움과 처신, 명분을 위한 인의에 지나지 않는다는 생각입니다. 남정네의 인의가 있다면 천한 기녀라 하더라도 기녀에게도 인의가 있을 것이옵니다. 헌데, 사또는 기생의 편에서 기생을 생각하는 바가 없습니다. 그리 선잠을 자고 떠나면서 감복할 여인네가 세상에 있다고 저는 생각질 않습니다. 사람의 본심, 그 욕심도 기(氣)의 작용이라고 하신 선생님 말씀을 떠올립니다. 선천에서 순정(純正)했던 기가 사람의 기로 옮겨와서 옳고 그름으로 나눠지는 것도 사람의 마음에 따른 것이리라 여기옵니다. 체(體, 마음이나 몸의 본질) 그 자체는 선과 악으로 나눠질 수 없는 것인데, 용(用, 마음씀, 행위)을 여하히 하느냐에 따라 잘잘못이 있을 것입니다. 따라서 참된 군자는 기의 흐름을 그대로 따라서도 안 되거니와 명분으로 하여금 기를 막아도 안 된다는 생각입니다. 소생이 상황을 먼저 감안하고 싶다는 말씀을 드린 것도 그런 연유에서입니다."

"알았네, 나도 그 사또가 마음에 들지 않는 것은 자네들과 똑같아…."

선생은 더 이상 그에 대한 말이 없었다. 어제 읽던 책을 마저 읽자면서 화제를 돌렸기 때문이었다.

"그리고 자네 둘, 저녁답엔 나와 같이 성안 유람이나 한 번 함세."

책장을 뒤적이던 선생이 지나가는 투로 또 한마디 던졌다.

토정으로서는 송도에 와서 두 번째 해보는 성안 나들이 같았다.

128

더욱이 선생을 모시고 이렇게 한가한 걸음을 해보기는 이번이 처음이었다.

　한참 해가 기울어졌을 무렵에 화담을 떠나왔는데 숭인문(崇仁門)을 지나자 벌써 땅거미가 졌다. 승평문을 거쳐 왕륜사터 쪽으로 걸었다. 소슬한 바람 줄기가 큰길을 지날 때마다 땅바닥에 쌓였던 낙엽들이 저마다 서걱서걱 소리를 내며 몸을 뒤척였다. 부산교(扶山橋)를 지나자 행인들의 행적도 뚝 그쳤다. 너른 골목 좌우로 퇴락한 기와채들이 서로의 이마를 맞대고 있는 반촌(班村)이었다.

　"찾는 집이 따로 있으십니까?"

　허엽이 선생을 쳐다보며 물었다. 성안에 들고도 여태 선생은 어디로 가자거나, 어디를 가야겠다는 말씀 한마디가 없어서 내심 허엽도 토정도 궁금하기 짝이 없던 터였다. 당초 생각에는 선생이 개성부의 어떤 벼슬아치의 청이라도 받지 않았는가 여겼는데 이제는 그 생각도 지워야 했다.

　"여기가 광문동(廣文洞)인 건 맞지?"

　선생이 솟을대문들을 살피며 물었다.

　"제가 물어볼까요?"

　토정이 거들었는데 선생이 고개를 저었다. 허기야 송도 지리는 선생이 밝았음 밝았지 한양 출신인 제자들이 알 턱 없었다. 뒷골목을 벗어나자 소나무 우거진 산자락 하나가 길을 막았다. 제자들은 선생이 길을 잘못 드셨다 여겼는데 선생은 태연스레 어둔 야산으로 올라갔다. 산길이 있음을 선생이 미리 알고 있는 듯했다. 어디선가 풍악소리가 들렸다. 높지 않은 등성이를 타넘자 아연 별세계가 나타났다. 고래등 같은 기와채 십여 호가 줄지어 산기슭에 들어차 있는데 집집이 청사초롱을 환하게 켜고 있었던 것이다.

"대체 여기가 어딥니까?"

토정과 허엽은 처음 보는 광경에 입을 쩍 벌렸다.

"글쎄 …."

선생은 제대로 대꾸도 않은 채 벌써 담벼락을 따라 난 길을 내려 가고 있었다.

"기방촌(妓房村) 같지 않어?"

"그러게."

젊은 제자들이 눈을 맞췄지만 자신은 없었다. 먼 데서 와자지껄 떠드는 소리가 들리기도 했지만 차마 선생이 당신의 발로 기방을 찾을 까닭이 없다는 생각이 앞섰던 탓이었다. 다시 널찍한 골목길 나타났고, 뒷짐을 진 선생은 그 한가운데를 성큼성큼 걸어갔다. 대문 기둥마다 환한 등이 매달려 있었기에 골목길도 보름밤처럼 밝았다. 맨 끝집인가. 그쯤에서 선생이 걸음을 멈췄다. 유독 담 너머 가 적요한 집이었다.

"이 집일 걸세. 자네가 문을 두드려 보게."

선생이 허엽을 돌아보며 말했다.

문을 두드렸는데도 굳게 닫힌 대문은 쉬 열리지 않았다. 허엽이 참다못해 다시 두드리려는데 선생이 손을 저어 말렸다.

"놔두게, 사람을 청해 놓고 집을 비우지는 않았을 거야."

"뉘 댁이온지요?"

선생이 초청을 받았다는 뜻이었다. 기방에서 선생을 청했단 말인가? 갈수록 희한하기만 한데 선생은 도무지 속 시원한 답을 해줄 줄 몰랐다. 마침내 종종걸음 하는 발소리 나고 힘겹게 대문의 틈새가 벌어졌다.

"화담 선생님이시온지요?"

집안 하녀쯤으로 보이는 나이 든 여자가 공손히 읍을 하며 물었다.

"오냐."

"기다리고 있었사옵니다. 어서 안으로 드십시오."

세 사람이 대문을 들어서자 마당에 있던 하인배들도 꺾어져라 허리를 숙였다.

"오냐, 황해감사 행차이시다."

허엽이 토정에게 들으란 듯이 중얼거렸다. 뜻밖의 기방출입에다 환대까지 받고 보니 절로 신명이 난다는 낯빛이었다.

"이상하지 않어? 오늘 우리 선생님."

토정으로선 선생의 낯선 행동이 적이 불안스럽기만 했다.

"걱정 마, 선생님도 사내 대장부이신 걸. 어찌 참한 계집의 얼굴이 보고싶지 않으실까. 우리야 원님 덕에 나팔분다고, 이것저것 가리지 않고 먹어치우기만 하면 되는 게야. 누가 알어, 우리 곁에도 선녀 같은 아이들 하나씩 붙여주실지 …."

규모가 작기는 하지만 기와채들은 바깥채 중간채 안채로 겹겹이 이어지는데 키 낮은 사잇담들이 이들 집채들의 영역을 나누고 있어서 여염의 집안구조와는 판이했다. 마당 가운데도 수목을 심었는가 하면 곳곳이 화단이었다. 이미 꽃들이 지고 나뭇잎이 떨어져서 썰렁한 모습을 하고 있음에도 화원의 운치는 그대로 풍기고 있었다.

하녀가 사잇담 쪽문으로 선생을 안내했다. 손바닥만한 예쁜 연지(蓮池)가 있고 그 너머에 날렵한 전각 하나가 앉아 있었다. 별당인 모양이었다.

"선생님, 어느 분이 선생님을 이런 데로 청하였는지 여쭈어도 될까요?"

선생의 등뒤에서 전각 돌층계를 따라 오르던 허엽이 또 제 속궁금증을 드러냈는데 선생이 뜻밖의 대꾸를 했다.

"자네만 궁금한가, 나도 궁금하이."

"하오면, 선생님도 모르는 분이 청했는데 이렇게 오셨단 말씀입니까?"

"하면, 황진이가 오라는데 자넨 오지 않겠는가?"

"황진이요!?"

얼마나 놀랐는지 허엽이 토정의 손을 덥석 잡았다. 송도의 이름 높은 기생 황진이가 화담 선생을 제 기방으로 청하다니, 도무지 이해가 되지 않는 일이었다. 놀랍기는 토정도 마찬가지였다. 도성쯤에서 내려온 어떤 권세가가 선생을 청해 좋은 이야기라도 듣고자 하는 줄 짐작했는데 그게 아니었다.

"이거 정말…. 그럼 저희도 오늘 황진이를 볼 수 있겠습니다?"

생각만 해도 기분이 좋다는 듯 허엽이 두 손을 휘휘 내저었다. 이미 화담 문도들도 송도 기생 황진이의 명성은 익히 듣고 있었다. 콧대 높은 종실(宗室, 임금의 친척) 벽계수(碧溪水)의 코를 납작하게 했는가 하면, 3년간 불와좌선(不臥坐禪, 눕는 일 없이 참선에 매

132

진함) 한 지족선사(知足禪師)를 보기 좋게 파계시키고, 얼마 전에는 조정 권신 소세양 판서와의 내기에서 이겼다는 그 맹랑하면서도 자색과 재주가 탁월하다는 기녀의 소문은 글공부하는 화담 문도들이라고 해서 모를 턱이 없었다. 매양 서책을 껴안고 있긴 하지만 그들도 젊고 실한 남정네이기는 한결같았다. 뜻과 달리 여자에 대한 그리운 정으로 몸살을 앓는 것도 마찬가지였다. 어느 때는 작당을 해서 선생 몰래 기방을 다녀오고픈 충동이 일지 않는 바도 아니었지만 차마 행동으로 옮기지 못하는 것뿐이었다. 그런데 오늘은 선생과 더불어 보무도 당당히 기방출입을 하다니, 그것도 예사의 한량들은 명함조차 내밀지 못한다는 황진이가 아닌가. 신바람이 절로 나지 않을 수 없었다.

정갈한 별당 내실. 은은한 여자의 체취가 스며 있는데 이미 병풍 앞 큰상에는 상다리가 휘어지게 음식이 차려 있었다.

"잠시 후면 명월(황진이)이 직접 찾아뵙고 인사를 올릴 것이옵니다. 잠시만 기다려 주십시오."

하녀가 선생을 상석으로 모시곤 뒷걸음질쳐 물러났다. 허엽과 토정은 선생 앞쪽에 마주보고 앉았다.

"소생은 그냥 이게 꿈인가 생시인가 합니다. 산채에 된장국만 먹고 앉았던 위인이 이 미주진찬(美酒珍饌)을 앞에 놓고 보니⋯."

허엽이 짐짓 감개스런 표정으로 음식들을 둘러보고 있는데, 선생은 덥석 숟가락부터 쥐어 들었다.

"자네만 그런가. 나도 이 귀한 것들 언제 보고 다시 보는지 모르겠네. 우리들 먹으라고 차린 것일 테니 어떤가, 자네들도 먹어보게, 어서."

주인이 와서 인사를 올리지도 않았는데 선생은 이것저것 음식 맛부터 보기 바빴다. 평소의 선생 모습이 아니었다. 허엽과 토정은 차마 선생을 따라하지 못하고 멍하니 바라보기만 했다.

"소생이 한 잔 올려도 되겠습니까?"

뒤늦게 토정이 술주전자를 들고 선생의 안색을 살폈다.

"아무렴, 책방 앉은뱅이도 기방에 왔으면 응당 술은 마셔야 하거늘…."

선생은 거침없이 잔을 비웠다.

문밖에서 여럿의 발소리가 나는가 싶더니 이내 소리 없이 방문이 열렸다. 선녀 하강(下降)이 이러할까. 화사하게 치장을 한 꽃 같은 여인네 다섯이 차례차례 문지방을 넘어 들어왔다. 삽시에 향내가 방안을 덮었다. 토정은 눈이 부셔 여인네의 얼굴조차 제대로 살필 수 없었다. 미리 정해 놓기라도 한 듯, 한 여인네가 맨 앞에 섰고 두 여자가 그 뒷줄에 그리고 나머지 두 여인네가 맨 뒷줄을 만들어 섰다. 모두 큰머리를 얹었으니 기녀들임에 틀림없었다. 맨 앞의 여자, 유독 백옥 같은 살결에 눈이 크고 코가 오뚝한 그녀가 황진이임은 짐작이 갔다. 도톰한 턱에 비해 입이 작아 보이긴 했지만 소문대로의 절색이었다. 그녀가 이마에 두 손을 올리며 말했다.

"천첩 명월이, 광영스레 화담 선생님을 뵈옵고 문후 여쭈옵니다."

황진이 큰절을 올리자 나머지 여자들도 따라 절을 했다. 서걱거리는 여인네들의 옷자락 소리. 먼 데서 들리는 은은한 거문고 소리, 가볍게 흔들리는 황촛불들. 선경(仙境)이 어찌 무릉에만 있고 인간사에 없단 말인가. 토정은 잠깐이지만 그런 상념을 가져보기까지 했다. 상 너머에서 여인네들을 굽어보던 선생이 빈 잔을 들며 황진이를 불렀다.

"자네가 진랑이구먼. 반갑고 고마우이. 백면서생을 청해 이렇게 융숭히 맞아주니 말일세. 이리 와서 내 술 한 잔을 받으시게. 내 고마운 정을 넘치게 담아 따라줄 것일세."

황진이 기다렸다는 듯이 치마 끝을 쳐들며 날렵하게 몸을 옮겼다. 그것이 신호가 되는 양 뒷줄의 여인네 둘도 제각각 허엽과 토정의 옆자리에 와서 앉았다. 보아하니 나머지 둘은 노래를 하고 거문고를 뜯을 여인네들이었다. 언감생심. 선생 앞에서 제자들이 기녀를 차고 앉을 수는 없는 법, 토정과 허엽이 동시에 여인네들을 물리쳤건만 평소의 선생이 아닌 선생이 손사래를 쳐서 그를 막았다.

"아닐세, 아닐세. 자네들도 오늘밤은 나와 같은 한량이거늘 어찌 그리 무참히 아리따운 여인네를 물리치려 하는가."

마지못해 여자를 앉히긴 했지만 가시방석에 앉은 기분은 떨칠 수 없었다.

선생과 황진이가 오늘밤 처음으로 만난다는 것이 맞는 말이기는 한 것인가. 제자들은 도무지 그 말이 믿어지지 않았다. 저들이 보기에도 선생과 황진이는 첫 대면이라고 할 수 없을 만큼 무르익은 다정함을 내색했던 것이다. 황진이는 기녀이니 응당 그렇다 해도 선생의 수작이 도무지 이해되질 않았다. 기둥서방이기라도 한 듯이, 혹은 천하의 난봉꾼이기라도 하듯 선생은 옆에 앉은 황진이의 허리부터 담쏙 안았을 뿐만 아니라 여자의 낯짝 가까이 얼굴을 대고는 연신 귀엣말을 하기에도 바빴는데 제자들이 보기에도 민망스런 구석이 없지 않았다. 호방한 허엽마저 선생의 이런 모습은 처음 본다는 듯이 머리를 절레절레 젓기도 했다.

아무튼 흥취가 없을 수 없었다. 선생은 선생대로 마시고 제자들은 제자들대로 마셨다. 황진이의 손짓 한 번에 풍악이 울리고 노랫소리마저 높아졌다. 선생의 주량은 제자들이 알고 있었다. 자주 즐겨 마시는 편은 아니지만, 주량만큼은 젊은 제자들마저 범접키 어려웠다. 홀로 한 동이 술을 마시고도 취기를 보이지 않는다는 선생이니만큼 아무리 마셔도 술로 쓰러질 분은 아니었다.

어느 무렵인가. 선생이 황진의 노래를 듣고 싶다 한 모양이었다. 스스로 거문고를 끌어당긴 그녀가 가볍게 눈을 감은 채 〈만수가〉(萬愁歌)를 불렀다. 지상에 쌓인 낙엽을 뚫고 흘러나온 물소리처럼 처연하게, 혹은 벼랑에서 떨어지는 낙수소리처럼 예리하고 애틋하게, 더러는 반석을 쓰다듬고 흐르는 석간수처럼 부드럽고 잔잔하게 …. 혼령을 앗아갈 듯한 그 노랫소리는 차마 사람의 목청에서 나오는 것이라고 여기기 힘든 것이었다.

선생 또한 눈을 감은 채 스스로 여인네의 노래결에 심령을 실어 보내는 듯싶었다. 토정은 전신에 사무쳐 오는 감흥을 느끼면서도 황진이의 저런 양이 뭇 사내의 넋을 앗았다 싶은 생각을 하지 않을 수 없었다.

황진이 세 곡의 노래를 하고 자리에서 물러난 뒤, 취흥이 오른

136

허엽이 스스로 시 한 수를 읊겠노라고 나섰다.

"옳거니, 이제야 우리 초당이 하는 소리를 한 번 들어볼 수 있겠구나."

선생이 박수를 치며 과장되이 환영의 태세를 보였는데 허엽은 그에 더욱 고무됐다. 평소 문도들 가운데서도 소리 못하기로 소문이 난 허엽인만큼 토정으로서도 그가 무슨 소리를 어떻게 하는지 적이 궁금치 않을 수 없었다.

목청을 가다듬은 허엽이 이윽고 큰소리를 뽑아냈다.

산(山)은 옛 산(山)이로되 물은 옛 물이 아니로다
주야(晝夜)로 흐르니 옛 물이 있을쏘냐
인걸(人傑)도 물과 같아 가고 아니 오노매라

토정은 저도 모르게 웃음을 터뜨렸다. 허엽의 어눌한 소리 때문만은 아니었다. 이백(李白)이며 두보(杜甫)의 시라도 나오는 양 여겼는데 이게 대체 누구의 시란 말인가. 이 집 주인 황진이 것이 아닌가. 기녀의 시를 유생이 읊는 것도 우습거니와 남정네가 여인네를 시늉내어 청승을 떠는 것은 더욱 목불인견(目不忍見)이었다. 방안 기녀들이 배꼽이 빠져라 웃는데 당자인 황진은 하도 웃어서 눈물까지 찔끔거렸다. 유독 선생만 까닭을 알지 못하는 듯싶었다.

"왜들 그러는가? 시도 좋고 소리도 좋고 다 좋구먼⋯?"

"소생도 영문을 모르겠습니다, 선생님."

허엽이 시침을 뚝 떼고 주위를 둘러보았다.

뒤늦게 선생도 사정을 안 모양이었다. 귀여워 못 견디겠다는 듯이 황진의 손등을 어루만지고 또 만졌다.

"그래, 이 손으로 떠나보낸 인걸이 그 동안 몇이란 말이더냐?"

선생이 물었는데 황진의 대답이 재미있었다.

"산 속을 흐르는 녹수가 언제 스치는 산봉(山峰)들을 죄 세어본다고 하더이까."

"옳거니 …. 그래, 네 아직 젊고 곱거늘 어디까지 흘러야 너른 들을 지나 바다에 든다고 할 수 있을까?"

"소첩 오늘은 제 눈앞의 큰 봉우리 하나밖에 뵈는 게 없습니다."

"이름하여 화담봉인 모양이구나?"

허엽이 거들었다.

"그렇습니다."

"허, 그 산이야 못생긴 바위투성이에다 삭정이만 잔뜩 있어서 너나 내나 모두 오르거늘 무어 그리 볼 게 있다고?"

"하오면 소첩 또한 아무 때나 야유(野遊)를 가도 무관하겠나이까?"

"고소원불감청(固所願不敢請)이로고."


주흥(酒興)은 자시(子時)가 넘어서야 마무리되었다.

"이네들도 쉬어야 할 터, 이제 우리는 떠나야 하겠다."

선생이 먼저 자리에서 일어났다. 황진이 나서서, 야심한데 산길을 어찌 가느냐며 모두 이곳에서 주무시라 했지만 선생이 굳이 마다했다. 황진이는 종자들을 거느리고 성문까지 배웅을 나왔다. 잡인의 통금이 넘은 시각, 성문도 굳게 닫혀 있었지만 황진이 수문장을 불러 귀엣말 몇 마디 하고 나니 그 또한 쉽게 열렸다.

영통사를 지나 화담으로 가는 산길로 접어들었다. 밤하늘에는 별들만 초롱초롱했다. 싸늘한 밤 공기가 술기운을 쫓아주는 것만도 여간 다행스럽지 않았다.

"선생님, 이제 말씀 좀 주시지요. 황진이가 어인 일로 선생님을 청해 그런 융숭한 대접을 합니까?"

허엽이 선생과 보행을 나란히 하며 물었는데 선생의 대답이 어정쩡했다.

"이 사람 보게, 내가 어찌 그 연유를 아는가."

"혹시 지족선사처럼 선생님을 파계하려는 건 아닐까요?"

"내가 수계불자(受戒佛者)라도 된단 말인가."

"도덕군자로 소문이 나 있질 않습니까?"

"내가?"

어처구니없다는 듯이 선생이 공허한 웃음을 흘렸다.

"치마 속에 꼬리가 아홉은 들어 있을 것 같습니다. 선생님도 조심하셔야…."

"에끼, 네 말이 그러하다면 진정 나는 그 꼬리를 보고 싶구나."

무엇이 그리 기분 좋은지 선생은 연신 알아들을 수 없는 소리를 흥얼거리고 있었다.


허엽마저 도성으로 돌아간 며칠 후였다.

간밤에 내린 서리가 하얗게 산야를 덮었는데 이는 해가 중천에

떴을 때까지도 녹지 않았다. 토정은 부엌에 들어가서 점심상을 봤다. 문도들도 죄 떠난 뒤라 토정이 자청해서 초당의 공부방을 지키고 있던 터였다. 박 작대기 집에 둔 짐들까지 옮기지는 않았지만 숙식을 선생과 오로지 하면서 주역공부에 더욱 힘을 쏟은 며칠이었다.

손님이 오려고 아침부터 까치들이 그렇게 짖었던 것일까. 상을 차리고 있는데 뜰에 사람 발소리가 들렸다. 고개를 빼어 바깥을 내다보던 토정은 제 눈을 의심했다. 장옷을 걸친 여인네 둘. 저 여인네가 뉘란 말인가. 모양새가 전날과 판이했지만 한눈에 황진이임을 알아봤다. 그 큰머리도 얹지 않았는 데다 얼굴에는 화장기 하나 없었다. 허나 백설 같은 얼굴빛이며 유독 붉은 입술은 전혀 전날과 다름이 없었다.

그녀가 토정을 보곤 가지런한 치열을 드러내 환하게 웃었다.

"선비님이 부엌에 계세요? 이런… 어서 나오세요."

장옷을 벗어 하녀에게 건넨 황진이 냉큼 부엌으로 들어왔다. 토정은 대낮에 여우한테 홀린 기분이었다. 하는 수 없이 책방에 들어가 선생에게 그 사실을 일렀는데 선생은 또 "그래?" 하곤 달리 반응이 없었다. 무료히 선생의 책 읽는 양만 지켜보고 있는데 황진이 손수 밥상을 들고 들어왔다.

"상 앞에서는 절을 하지 않는다 하오니 문후는 나중에 여쭈겠습니다."

그녀가 다소곳이 앉아 머리를 숙여 보이곤 상을 밀었다. 그새 이렇게 차렸단 말인가. 토정은 상을 보곤 또 한 번 놀랐다. 그녀가 먹을 걸 몇 가지 챙겨 왔다고 해도 이렇게 재빠를 수가 없었던 것이다. 전병이며 산적, 조기구이가 아직도 김을 피워 올리고 있었다.

"하마 오시는가 기다리고 있었네."

선생이 그녀를 지긋이 바라보며 또 뜻밖의 말을 했다.

황진이 점심상을 물릴 때 토정도 선생의 방에서 나왔다. 허나 따로 갈 곳이 없었다. 하나 있는 공부방은 이미 한기에 몸을 떠는 하녀에게 내준 터였다.

초당 옆 숲길로 들었다. 응달에는 아직 서리가 남아 있어 발걸음을 뗄 때마다 뽀드득 뽀드득 소리가 났다. 숲길을 벗어나면 이내 너럭바위. 골 물 너머의 높다란 바위벽은 여느 때처럼 큰 거울이라도 되는 양 투명한 햇살을 튕겨 내고 있었다. 물소리도 계절마다 달라진다는 사실은 화담에 와서 깨달았다. 겨울 문턱에서 듣는 골 물소리는 여느 때보다 명랑하지만 또한 그만큼 날카롭다. 겨울이 저만치 다가오고 있었다. 토정은 제 무르팍을 끌어당기고 앉은 채 물결에 쓸리는 고엽들을 내려다보았다. 다시 화담골을 떠날 때가 온 것 같았다. 이제 이곳을 떠나면 또 어느 때 다시 이 물소리를 들을 수 있단 말인가. 속절없는 제 청춘도 그렇게 흘러가고 있음을 토정은 느꼈다.

"밥상도 물렸으니 이제 우리 뭘 할까?"

경덕이 지긋이 황진을 넘겨다보며 물었다. 장난기 섞인 음성이었지만 농만은 아닌 듯했다.

"차를 마셔요."

황진이 고개를 숙인 채 대꾸했다.

"그 다음엔?"

"시를 가르쳐 주셔요. 지난번에도 말씀하셨잖아요. 그러마, 하시곤…."

"그렇게 시간을 보내면 우리의 운우지정(雲雨之情, 남녀가 몸을 섞는 일)은 언제 나누나?"

"네?"

황진이 짐짓 경악스런 표정을 지었는데 경덕은 예의 그 표정이었다.

"놀라긴, 그렇지 않은가? 아직 기운이 정정한 사내와 꽃다운 여인네가 인적 없는 산간 초당에 있거늘, 마땅히 음양(陰陽)의 교합(交合)이 있어야 하지, 쓰잘데없는 당시(唐詩)가 뭐고 송시(宋詩)가 뭐냔 말일세."

"선생님?"

황진은 완전히 의표가 찔렸다는 표정이었는데 경덕은 여전히 천연덕스러웠다.

"저기, 이불이 있으니 펴시게. 비록 비단금침은 아니지만 그렇다고 남루하지도 않으이."

한동안 아미를 숙인 채 말없이 있던 황진이 이윽고 고개를 끄덕였다.

"선생님 분부시라면 따르겠습니다."

그녀가 소리 없이 일어나 벽장으로 다가갔다. 이불과 요를 꺼내

142

방바닥에 펴는 때에도 그녀의 태도는 지극히 조신스러웠다.

그리고 등을 돌리고 앉아 제 저고리 고름을 풀고, 벗었다. 작고 동그란 그녀의 속 어깨가 방안 흐린 빛 속에 드러났다. 박 속처럼 흰 살결이었다. 저고리를 곱게 개어놓고 잠깐 벽면을 쳐다보던 그녀는 다시금 치마끈을 끌렀다. 치마까지 단정히 개어놓은 뒤 그녀는 천천히 이불 속으로 제 몸을 밀어 넣었다. 속곳가지는 그 안에서 벗는 듯 한동안 이불이 출렁거렸다.

그녀가 말간 눈을 뜨고 경덕을 쳐다보았다. 어서 들어오지 않고 뭐 하시느냐, 그런 눈빛.

"오냐."

경덕도 알몸인 채로 여자의 옆자리로 파고들었는데, 황진이 기다렸다는 듯이 냉큼 몸을 돌리며 남정네의 허리를 감싸 안았다.

"선생님."

약간의 콧소리가 섞인 음성으로 그녀가 제 등짝을 어루만지는 경덕을 불렀다.

"그래."

"제가 이러고 싶어한 걸 어찌 아셨어요?"

"내가 이러고 싶었으니까 자네도 그러리라 여겼지."

"대단하셔."

대담하게도 그녀는 손을 아래로 뻗쳐 사내의 음경을 더듬었다. 그리곤 감탄의 빛을 감추지 않았다.

"대단하셔요."

"나도 네 몸을 보고 싶구나."

서슴지 않고 경덕이 이불자락을 제쳤다. 여자의 상체가 환하게 드러났다. 그린 듯 선이 고운 목 줄기, 여윈 듯하면서도 도톰한 어깻죽지, 윤기로 반질거리는 가슴팍 그리고 탐스럽기 짝이 없는 두 젖봉우리…. 장지문을 여과해 들어온 빛은, 가릴 것은 가리고 드러내 보일 것은 보이면서 은은하고도 그윽하게 여체가 갖는 아름다움을 한껏 더해 주고 있었다. 탄식인 듯 감탄인 듯 신음을 뱉었던 경덕이 여자의 목줄기에 입술을 갖다대고 정성스레 문질렀다. 양 어깨를 더듬고 내린 입술은 두 젖봉을 만나자 한결 움직임이 둔해졌지만, 번갈아 핥고 비비는 정성이 더 곡진해졌다. 베개 너머로 고개를 젖힌 채 신음소리를 내던 황진이 이윽고 경덕의 어깨를 가볍게 밀었다. 맑은 눈에 물기까지 촉촉히 칠해진 듯싶었다.

"선생님."

그녀가 빤히 경덕을 쳐다보았다.

"그래."

짧게 여자의 입술에 제 입술을 갖다댔던 경덕이 그녀를 내려다보았다.

"선생님도 이러실 줄 아시는군요?"

"왜, 나는 지게 작대기를 들고 덤비는 줄 알았더냐?"

"그건 아니지만…."

"음양지합(陰陽之合)은 누가 가르쳐주고 배워서 하는 게 아니야. 그걸 두고 순기(順氣)를 탄다고 말하지. 눈도 못 뜬 돼지새끼가 제 어미 가슴팍 찾아 들어가서 젖꼭지를 무는 것 봤어? 그런 순기들이 모인 것을 섭리(攝理)라고 하거든. 나는 오늘 돼지새끼야…."

144

"저는 돼지어미고요?"

"옳거니, 젖 주시오, 꿀꿀, 꿀꿀….."

경덕은 정말 자신이 돼지새끼이기나 한 듯이 다시금 여자의 가슴에 얼굴을 담고는 입술을 놀려 젖꼭지를 찾았다.

"너무 좋아요."

깔깔 웃던 황진이 탄성을 놓으며 경덕을 부둥켜안았다.

경덕은 여자의 아랫도리며 등짝, 엉덩이 심지어 발등까지 다 핥고 비빈 다음에야 제 몸을 여자의 몸 위에 포갰다. 그리곤 합궁(合宮)을 이뤘다. 그때까지 거칠고 격렬한 동작은 한 번도 없었다. 조급하고 억세게 굴지도 않았다. 난초를 완미(玩美)하듯이, 수석(壽石)을 탐미하듯이 부드럽고 은근하게, 그윽하고 유연하게 애무에 몰두하던 경덕이었다. 이는 온전히 이인지합(二人之合)이 이뤄진 뒤에도 마찬가지였다. 천천히 그리고 조근조근, 때로는 제법 **빠르**게 그리고 곡진하게…. 완급(緩急) 강약(强弱) 고저(高低) 심박(深薄)이 다 갖춰진 몸놀림이었던 것. 남녀 정사를 마치 선유농월(船遊弄月)하듯 하는 사내가 경덕이었다.

숱한 사내를 거쳐 본 황진이의 몸이었지만 이런 사내를 맞아 본 것은 극히 드물었다. 젊은것들은 거칠고 급하기 짝이 없는 경우가 태반이요, 늙은이들은 사람만 귀찮게 할 뿐 제대로 기운 한 번 쓰질 못하고 나자빠지기 일쑤였다. 그런데 지금의 이 사내는 모든 걸 갖추고 있었다. 몸이 실한 데다 여자를 다루는 솜씨가 일품인 것이다. 난봉꾼으로 치면 천하의 호한(豪漢)일 수 있었다. 헌데 그가 바로 도덕군자 화담 선생임에야! 그 뜻밖의 처지에서 갖는 성감(性

感)은 더욱 자극적이며 충동적이었다. 따라서 황진은 경덕의 몸이 제 몸에 들어오는 순간에 이미 절정의 열락(悅樂)을 느꼈으며, 이는 금세 다음의 환열(歡悅)로 이어졌다.

"과연 네 몸이 명기(名器)로다. 네 몸이 이러하거늘 안목있는 호한들이 너를 탐해 무슨 짓인들 못하겠느냐. 이게 네 복이고 네 불행이거늘…."

경덕 또한 여자의 몸에 대한 경탄을 금치 못하고 있었다.

들고나는 몸의 수작과 더불어 주고받는 음한 대화도 계속됐다.

"자고로 속이 온(溫)하고 유(柔)하며, 색이 붉고〔赤〕, 자리가 높으며〔高〕, 애액(愛液)이 넉넉하고〔富〕, 맛이 긴(緊)할수록 명기라고 했거늘, 너는 그 모든 걸 갖추었으니 말이다."

"선생님은 제자분한테도 그런 걸 가르치십니까?"

"녀석들, 날 닮아서 저희도 나 몰래 잡서들은 다 읽었을 테니 방중술(房中術)이라고 해서 모를 턱이 있는가."

"저는, 선생님이 차마 이러실 줄은 모르고…."

"왜, 서너 달 교태를 부리고 아양을 떨어야 네 치마폭에 엎어질 줄 알았느냐?"

"작심을 했습지요. 선생님이 열 번을 내치시면 스무 번을 찾아뵈마…."

"그렇게 내가 좋더냐, 그렇게 날 품은 뒤에 무슨 즐거움이 있다고…?"

"아니오, 워낙이 도학이 높다하시어…. 그렇지만 선생님도 남정네는 분명 남정네일 터, 그런 마음이었습니다."

146

"허어, 이걸 어떡하나. 사나흘 공들이겠다고 마음먹고 찾아온 여인네를 사내가 먼저 손을 뻗어 옷을 벗겼으니 말이다. 진정 하찮은 화담이로다, 그지?"

"아니어요. 제 꾀가 너무 천박스러웠어요."

"예전에, 어떤 점잖으신 도학군자가 있었다고 하는구나. 명성이 세상에 넘쳤으니 제자들이 구름처럼 모여들었을 것 아니냐. 어느 날 그 양반이 천명을 다 누리고 세상을 떠났지. 제자들이 곡(哭)을 하고 있는데 학자님 부인이 쯧쯧, 혀를 차더라나. 무슨 소리인고 해서 가만 들어보니 '저 양반 살아 생전 밤중에 나한테 한 짓거리를 봤어봐, 저렇게 곡이 나오는가' 그러더라는 거야. 허허, 재미있지? 그래, 그건 그렇고, 천하의 명사들이 그렇게 하나둘 이 몸뚱어리 앞에 꺾이는 걸 보니 무슨 재미가 있더냐?"

깔깔 소리내 웃던 황진이 웃음을 거두며 고개를 저었다.

"재미가 아니어요. 그들이 천하다 여기는 이 몸 앞에서 그들이 애걸하는 모습을 보고 싶었을 따름입니다. 한 입 갖고 두 말을 하고, 그렇지 않음을 그렇다 하고…. 위세와 명분으로 많은 이 위에 군림하는 그 분들의 허위와 속의 초라함을 볼라 치면 이 몸밖에 달리 방법이 없질 않습니까. 그 고소(苦笑)를 즐겼다 하오면…?"

"괜찮다. 천하의 기녀라면 응당 그런 오기도 있어야 하지…. 헌데 무릇 범인(凡人)의 본성이 그러하거늘 굳이 그를 보자 함은 무엇인가? 그것이 위안이 된다 함은 제 또한 그 그릇에서 벗어나지 못하는 것은 아닐는지…. 하여, 그 사내들이 뒷날에 자네를 우러러보기라도 하던가? 자네가 천하지 않다고 말이라도 하던가? 그렇지 않지. 그들은 그들대로 당차고 몸뚱어리 좋은 계집아이 하나 제 몸으로 깔아 뉘었다고 자랑이 더 클 텐데?"

"압니다. 그렇게 안달복달하다가도 날 밝은 뒤에는 측간을 한 번 다녀온 양하는 것이 남정네라는 것도요. 선생님이 그릇을 말씀하셨지요. 측간 또한 그릇은 그릇 아니겠어요? 제 몸이 별나다는 건 제가 알아요. 위세 좋은 남정네를 무너뜨리려 제 몸을 쓴다고요? 그것만은 아녜요. 마음이 그렇더라도 몸이 따라주지 않으면 안 되는 것이 여인네거든요. 제 몸이 스스로 원하는 바 없이 마음만으로 어찌 제가 그럴 수 있겠어요. 헌데 저는 제 몸이 앞서서 나서요. 몸이 먼저고 마음이 다음이에요. 미움과 노여움으로 사내 품에 들었다가도 이내 제 스스로 그 사내가 어여쁘고 정다워 눈물을 흘리고 말거든요. 그게 제 사랑이었어요. 그게 제가 사내를 좋아하는 방식이었고요. 알아요. 저는 타고 난 기생의 몸이란 걸 말이에요. 어느 때는 그것이 끔찍스러운 적도 있었지만, 저는 제 몸을 나무라지 않아요. 비록 남들이 천한 것이라고 해도, 그리고 오로지 한 남자만을 맞이하지도 못하지만 제가 그 그릇인데 어찌 아껴 보듬지 않을 수 있겠어요."

"네 말이 옳다."

"선생님, 힘드실 텐데, 제가 위로 올라가겠어요."

"오냐, 나는 좀 쉬자구나."

체위를 바꾸었다. 황진이 말 타듯 경덕을 타고 앉았는데 풀어헤친 머리칼이 앞가슴으로 쏟아져 젖봉들을 덮었다. 경덕이 손을 뻗어 머리칼을 헤치며 그것들을 찾아 움켜쥐었다. 세 번째인가 네

148

번째인가. 황진이 또다시 상체를 뒤로 젖히면서 경련하듯 몸을 떨었다. 비명과도 같은 탄성이 그녀의 입에서 새어나왔다. 저 혼자 열락의 절정으로 치솟았던 여자가 이내 평정을 되찾으며 멋쩍게 웃었다.

"흉보시기 없기."

뭔 말을 하기도 전에 그녀는 제 입으로 경덕의 입을 막았다. 그녀의 이마에 이슬 같은 땀방울이 맺혀 있었다.

이윽고 다시 춤추듯 흔들리는 그녀의 몸을 쳐다보며 경덕이 물었다.

"지족암(知足庵)에서는 어땠느냐?"

"재미없었어요."

그녀가 고개를 저었다.

"정말 제가 못된 년이죠, 그죠?"

지족선사를 떠올린 듯 그녀가 미간을 접었다. 산속 승방(僧房)에서 있었던 일. 그것을 누가 보기를 했다고 그렇게 세세한 얘기까지 세간에 퍼졌을까. 당사자는 선사와 황진이 단 둘뿐이었다. 그날 이후로 선사는 사람의 눈에 띈 바 없다고 하니 남은 이는 황진이뿐이었다. 술안주 삼아 그녀가 직접 퍼뜨리지 않았다면 호사가들이 지어낸 말임에 틀림없었다.

불공을 드린답시고 황진이 혼자 그 토굴 같은 승방에 찾아들었다고 했다. 용맹정진을 위해 홀로 불상 하나를 들고 토굴에 든 중을 홀리기 위해서였다. 3년간 화식(火食)을 아니하고, 자리에 누운 바도 없는 그의 지극 도심(道心)은 벌써 산 아래까지 소문이 나 있었다. 그런데 속진(俗塵)의 미인 하나가 그 도심을 시험한다면서, 고양이 앞에 생선을 놓듯이 냉큼 그 자리에 들어섰던 것이다. 서른다섯 나이의 젊은 중에게 그보다 더 큰 형벌이 있었을까. 아무리 도력이 높고 득도의 염이 지극하다 한들 그것이 인력으로 감당할 수 있는 것인가. 시험에 들었음을 깨달은 선사는 더욱 지극 정성으로 부처에게 매달렸을 터. 이틀이 지나고 사흘이 흘렀다. 선사의 염불소리가 높아지면 높아질수록 사내를 정복하고자 하는 여자의 전의(戰意)도 더욱 맹렬해졌다. 몸의 향내를 더욱 진하게 풍기는가 하면 노골적으로 속살을 드러내 보이기도 했다. 그날은 소낙비가 쏟아졌다고 했던가. 일부러 베 적삼을 다 적신 여인네가 몸을 떨면서 사내의 체온을 달라고 청했던 모양이다. 젖봉우리가 다 드러나고 가랑이 사이가 은은히 비치는 그 형국 앞에서 마침내 사내는 무릎을 꿇었다. 짐승처럼 포효하면서 여자를 먹어 삼켰다. 외롭게 혼자 부둥켜 왔던 그 3년의 각고와 정진을 그렇게 여자의 가랑이 사이에 쏟아 넣고 말았다는 것이었다.

그리곤? 미처 산중을 날뛰었다고 했던가, 나무 등걸에 제 눈을 찔러 봉사가 된 채 산을 내려갔다고 했던가…. 그렇게 사내를 떠나보낸 여인네가 바로 황진이였다. 그 소나기 속, 한 우직한 불자의 육신에 깔렸던 그 빛나는 육신이 햇살 맑은 이 날에는 나이 그윽한 한 유생의 몸 위에 실려 가볍고 날렵하고 춤을 추고 있었다. 경덕은 애처로운 그녀의 몸놀림을 쳐다보며, 그 아름답고도 참혹한 시간의 풍경을 그리고 있었다. 사람의 육신은 언제나 그렇게 참혹하면서도 아름다운 법이었다.

150

"나도 소문은 들었다. 맹랑한 것이라고 하긴 했지 …. 그래, 그렇게 파계를 시키고 나니 마음이 홀가분하던가?"

"아니오. 제 사악함이 그 지경인 줄은 저도 몰랐거든요. 두고두고 후회가 돼요 …."

"자네답지 않는 소리를 하는구나. 애당초 자네는 사내를 시험하자고 그랬으니 본말이 틀린 것이 아닐세. 내가 보기에, 딱한 건 자네가 아니고 선사야. 부처의 마음이 하늘의 마음이랑 무엇이 다르겠는가. 선천의 마음이 사람의 이상을 관통하여 형상을 달리한 것이 부처요, 미륵인 것을. 천지신명이며 산신령이라고 하는 것도 다 한통속이야. 그 순연하고 자연스러운 것을 찾아 좇겠다면서 생쌀을 씹고 솔잎만 먹어서 되느냐 말일세. 드러누워 잠을 자면 어때서? 공부와 수도는 그렇게 전투하듯이 하는 게 아니야. 그러니 이 곱고 참하고 맛있는 걸 보고도 전쟁하듯이 하려고 그러지. 쯧쯧. 이 몸이 어찌 황진이 것이란 말인가. 이것이 어찌 이네 아비 어미가 만든 것이라 할 수 있는가. 아니야, 하늘이 만든 몸이야. 하늘이 정성스레 빚은 것은 마땅히 찬탄하고 깊이 음향할 수 있어야 해. 진정 이 아름다운 것을 탐하고 싶어서 탐했으면 그뿐, 그것이 무슨 큰 죄라고 그렇게 미쳐 울부짖었다고 해? 사람을 해쳤는가, 남의 물건을 빼앗았는가? 억울하게 누명을 씌우기라도 했는가… ?"

그러면서 경덕은 냅다 여자의 목줄기를 끌어당겼다.

"아이구, 요 이쁜 것. 이제 다시 돌려 누워 보자구나."

남자의 몸 아래 깔린 형세가 된 황진이 제 머리칼들을 베개 너머로 활짝 폈다. 긴 머리카락들이 부챗살처럼 방바닥의 퍼져 앉았다.

그녀는 두 손을 깍지 낀 채 제 뒷머리를 받쳐 편안한 자세를 취한 다음 말똥말똥한 눈으로 경덕을 쳐다봤다.

"제가 졌다는 것 모르시죠? 선생님은."

그녀의 혀끝이 찰나적으로 경덕의 입 속을 헤집곤 재빠르게 빠져 나갔다.

"뭘 졌다는 말인가?"

경덕의 왼손이 여자의 엉덩짝 밑으로 파고들었다. 황진은 그 손길이 편하게끔 하체를 조금 쳐들어 주었다. 남자가 마지막 용을 쓸 때가 됐음을 그녀는 알고 있었다. 그 사이 황진은 또 두 번이나 까무러칠 듯한 환열을 맛본 터였다.

"사람들은 지족선사가 기생 황진이한테 졌다고 하잖아요?"

"글쎄다."

"제가 졌어요. 선사가 미쳤다느니 봉사가 됐다느니 하는 소문은 다 헛말이에요. 그건 나중에 제가 퍼뜨린 소문인 걸요."

"하면?"

"일이 끝난 뒤에 선사가 제게 그러더군요, '네가 부처님인데 여태 내가 엉뚱한 데서 찾았다'고요."

"허, 땡중은 아니었구먼⋯."

"중도 아니었어요, 사기꾼. 다 거짓이었어요. 중이란 것도 거짓말이고, 삼 년 수도며 생식만 했다는 것도 다 엉터리였어요. 장단골 사는 난봉꾼인데 수중에 가진 건 없지, 예사 한량으로는 제가 쳐다보지도 않지, 그래서 자기꾼들이랑 그런 수작을 벌였다지 뭐예요. 모두 한통속이었어요. 별 수 있어요. 제가 벌인 장난에 제가

152

속아넘어간 꼴인데⋯."

"그게 가능한 얘기야?"

경덕도 어이가 없다는 듯 입을 벌렸다.

"그러게 말이어요. 정말 감쪽같았다구요. 사흘 불공이 뭐예요. 그날로 절 올라타곤 난리를 쳤는데⋯. 그 짓거리 하는 걸 보고서야 저도 이놈이 목탁 치는 중이 아니구나 눈치를 챘지요. 사나흘 그놈한테 붙잡혀 있으면서 시달린 생각을 하면⋯. 내 참."

"지금껏 들은 얘기 중에 가장 재미있는 얘기로다. 허허."

"선생님두⋯."

"자아, 이제 내 차례인 모양이다. 내 눈을 피하지 말고 똑바로 쳐다보거라."

경덕이 더욱 드세게 여자의 몸을 끌어당겼다.

한순간, 경덕이 전신을 요동쳤지만 눈빛은 달라지지 않았다. 정신을 잃을 정도의 쾌감 속에서도 황진은 애써 경덕의 눈을 똑바로 쳐다보았다. 남녀의 완전한 합환(合歡)은 그렇게 혼령을 실은 눈빛까지 서로 어우러지는 데서 최고의 극점에 이른다는 것을 새롭게 깨쳤다.

계룡산 장군봉(將軍峰)이 코앞에 쳐다보이는 정자나무 그늘에서 잠시 더위를 피했다. 벌써 해가 졌음에도 땅바닥에서는 뜨거운 지열이 푹푹 끼쳐왔다. 여기서부터 공주땅이었다. 지리산 떠난 지 한 달 만에 다다른 고향 땅. 서기로서는 3년 만에 다시 대하는 고향산천인 만큼 감회가 남다를 수밖에 없었다. 변함없는 고청봉이며 공암의 산기슭 마을도 벌써 시야에 들어와 있었다. 마음 같아서는 단숨에 집 마당까지 내닫고 싶지만 애써 감정을 눌렀다.

"이제 거의 다 온 모양이죠, 그죠?"

버선을 벗고 있던 여자가 다리를 까불거리며 물었다. 응봉인 말할 기운도 없다는 듯이 축 늘어져 있었다.

"네, 다 왔습니다."

서기는, 저기 보이는 저 마을이 내 살던 동리란 말은 하지 않았다.

"그래요, 이런 더운 날 다른 사람들 놀았던 침방 이야기하려니 별 재미도 없다. 시원한 정자에 드러누워서 참외라도 씹으며 얘기하면 모를까. 황진이 이야긴 나중에 또 해드릴게요. 알았죠? 처사님."

여태 길을 오는 동안 여자는 선생과 황진이가 처음 만나던 때의 이야기를 했다. 짧은 세월이긴 하지만, 한동안은 선생을 지아비로 모셨던 여자가, 지아비의 다른 여자 이야기를 그렇게 남 이야기하듯이 늘어놓는 것이 별나거니와 한 번도 황진이와 직접 대면한 적이 없다면서도 그 정황을 낱낱이 꿰고 있는 것도 놀라웠다. 선생이 살아 생전 직접 그런 얘기를 들려주었다고 여길 수밖에 없는데, 서기로서는 선생에게 그런 면이 있었는가 싶을 정도로 생소한 구석이었다.

허엽과 함께 선생을 모시고 황진이의 기방에 출입을 한 적이 있다는 이야기는 이미 토정한테서 들은 바 있었다. 그것이 선생과 황진이의 첫 대면이었음은 확실했다. 그런데 토정은 왜 황진이가 화담 초당에 왔었다는 이야기를 하지 않았을까.

그 뒷이야기에 대해서도, 여자가 전해주는 것과 문도들의 이야기가 사뭇 달랐다. 세간의 소문도 마찬가지였다. 지금껏 서기 자신이 아는 바로는 화담 선생이 황진이를 남달리 여기긴 했지만 두 사람 사이에는 예사 사람들이 하듯 한 그런 남녀의 교합(交合)이 없었다. 사제(師弟)의 정은 있었을지언정 남녀의 연정이며 육정(肉情)이 끼어 들지 않았던 것이다. 그런 이야기들은 화담 선생을 더욱 거룩하게, 황진이를 더욱 영롱하게 만드는 데도 적잖이 기여

했음은 부인할 수 없었다.

　그들 얘기에 의하면, 황진이도 당초에는 이름높은 도학군자 하나를 꺾어보겠다는 삿된 마음으로 선생을 찾았다고 했다. 세상에서 화담처럼 벼슬과 부귀를 멀리하고 여자를 거들떠보지 않는 선비가 없다고 말들이 많은데, 진정 그대는 이 미색을 보고도 목석인 양 할 수 있는가? 그리하여 황진은 수학을 빌미로 하여 화담 초당에 눌러 붙었다고 했다. 그런데 선생은 하루가 가고 이틀이 가도 여전히 온화한 낯빛으로 시(詩)와 부(賦)를 논하면서 황진이의 공부를 거들기만 했을 뿐 눈길 한 번 흔들린 적이 없었다는 것이었다. 오히려 조급해진 것은 황진이 쪽이었다던가. 나흘째 되던 날, 기생은 아예 비에 젖은 몸을 하고선 선생의 이부자리 속으로 파고들었다고 했다. 헌데 선생은 반석의 자세로 잠만 쿨쿨 자고 말았다고 하던가. 이 이가 진정 사내가 맞기는 맞는가, 해서 황진이 선생의 속곳을 뒤져봤다는 해괴한 얘기가 덧붙는 경우도 있었다. 아무튼, 다음 날 아침, 감복한 황진이는 선생께 '제가 죽을죄를 지었습니다' 사죄하고는 앞으로 사제의 도리를 다하겠다는 뜻으로 큰절을 올렸다는 것이었다.

　서기 또한 문도들로부터 이런 이야기를 듣는 동안에 정말 대단하신 선생이시라고 속으로 경탄해 마지않았다. 그런데 이제 여자의 이야기를 듣고 보니 그 얘기들도 참이 아닐 수 있었다. 어느 쪽의 말이 맞는가? 진실은 분명 하나일 터인데 그것이 말로 옮겨져 전해지기가 이렇게 판이할 수 있단 말인가. 서기는, 선생과 황진이의 관계 실체보다 되레 그 판이한 사실전달의 방식과 그 의도에 더 큰 관심이 갔다. 세간의 소문과 문도들의 말이 맞다면, 지금껏 여자는 거짓을 전해준 것이 된다. 왜? 지아비의 허물이 될 수도 있는 이야기를 왜 군이 지어서 전해주는가? 도저히 짐작되는 바가 없다. 그렇다면 여자의 말이 참이고 문도들의 말이 꾸며진 것이라면? 이해가 안 되는 바는 아니다. 자신들이 존숭하는 선생이 하찮은 기녀와 수작을 벌였다는 소문이 세상에 퍼지다 보면 선생의 성명이 훼손되고, 그것이 자신들에게까지 영향 미칠 수 있다고 여겨서 그럴 수도 있겠다. 그런데 그것이 가능한 일인가? 몇 사람이 입을 맞췄다고 해서 감이 배로 바뀔 수 있는가 말이다. 그 또한 수긍하기 난감한 점이었다. 이 점에 대해선, 여자가 애당초 토정을 지목했다.

"가장 분명하게 아시는 분은 토정 처사밖에 없어요. 황진이가 초당에 머물렀던 그 이레 동안 화담에는 그 분밖에 계시지 않으셨으니까요. 그 후로도 선생님과 황진이 사이의 긴밀한 연락은 그 분이 하셨단 이야기도 들었어요. 아마도 그 분이 그러셨을 거예요…."

그럴 리가? 서기 자신이 아는 토정은 그럴 수 없었다. 있고 없음을 늘 분명히 하는 성미였다. 솔직담백함이 그의 자랑이었기 때문이다. 아무리 그것이 선생의 일이라 해도, 아닌 것을 그런 양 꾸며 말을 전할 토정이 아니었다.

여자를 통해 하나둘 선생에 대한 이야기를 들을수록 선생은 더욱 오리무중 속으로 빠져든다는 느낌을 서기는 떨칠 수 없었다. 그러나 황진이에 대해서만은, 서기 또한 여자의 말을 따르고 싶었다. 선생과 황진이는 그렇게 질펀하게 운우지정을 나눴어야 마땅했다.

절색의 여자를 옆에 뉘어놓고 잠을 자는 선생은 화담 선생일 수 없었다. 그 분이 주장하는 기론(氣論)을 좇아서도 그렇다. 기는 본성을 막지 아니한다. 남녀의 욕정도 기의 분출이다. 그 자연스런 흐름과 분출을 억지로 막는 것은 되레 순리를 어기는 것이다. 여자의 얘기를 듣고 보면 과시 선생은 화담 선생다우신 것이다. 그런데 무슨 헛수작들이람.

"보자, 이게 뉘시더라…. 소금댁 서 선비 아니시던가?"

빈 바지게를 지고 길을 오던 농군 하나가 서기를 보곤 알은 체를 했다. 보아하니 서기도 낯이 익었다. 평사댁 종복인 만수. 나이가 네댓 살 더 많다고 뒷마당에 데려가 엉덩짝 걷어차기를 예사로 하던 그 작자였다.

"공부 마치고 집에 오시는 길인가? 이게 몇 년 만이신가…. 정말 반갑구면."

"논에 다녀오는 모양일세, 그래 어르신 댁이며 내 집도 다 무고하시지?"

"아무렴, 잘들 계시고 말고…. 예까지 왔으면 날래 들어가시지 뭘 여기서 꾸물거리시는가?"

과장스레 반가운 빛을 보이면서도 만수는 연신 여자와 응봉이를 살펴보기에 바빴다. 대처에 나가서 딴살림을 차렸다가 그 처자식을 거느리고 오는 걸음쯤으로 여기는 모양이었다. 말투는 예전마냥 어정쩡하기 그지없었다. 풍습에 따르면, 마땅히 만수는 존대를 하고 서기는 하대를 하여야 하지만 그게 아직 제대로 되질 않았던 것이다. 어릴 적에는 서기 또한 만수와 같은 평사댁 종에 지나지 않았다. 같은 종놈 신세였는데 어느 날 문득 그게 달라져 버렸다. 서기의 재주를 기특히 여긴 평사 어른이 서기 열두 살 되던 해에 서당에 보내주었는가 하면, 열다섯 나이 때는 어미와 자식을 묶어 한꺼번에 면천(免賤, 종의 신분에서 벗어나 상민이 됨)을 시켜주었던 것이다. 안골에다 집칸 하나를 장만해 주고 논밭까지 떼어준 평사 어른이야말로 서기한테는 얼굴조차 모르는 아비보다 훨씬 더 고마운 분이 아닐 수 없었다. 그가 아니었다면 어떻게 문자를 깨칠 수 있었으며, 언감생심 서책을 겨드랑이에 낄 수 있었겠는가. 과거라도 치를 수 있다면 장원급제하여 그 보답이라도 하겠는데 그것이 가능치 않음이 안타까울 따름이었다.

서기의 남다른 공부에 대한 소문이 세상 밖으로 퍼지면서부터 점차 마을사람들도 그 모자간을 보고 대하는 태도를 달리하긴 했지만, 종년과 그 자식이란 뿌리의 인식까지 달리한 것은 아니었다. 동네 사람들이 어머니를 '소금댁'이라고 칭하는 것부터 그랬다. 이름도 모르는 소금장수와 배를 맞추어 아이를 낳았다 해서 소금댁이라고 하는 것이다. 멸시와 비아냥거림, 부러움과 질시가 모두 포함된 호칭이 곧 소금댁이기도 했다.

4년 전, 송도 화담을 떠나왔던 서기는 제 공부를 바탕으로 해서 향리의 풍습부터 개량하고자 팔을 걷어붙였다. 그것이 바로 향약(鄕約)을 만들어 실천에 옮기는 것이었다. 사라져 가는 예의와 염치를 되살리고, 나태와 폐습을 배격한다는 이 운동에 대해 몇몇 젊은 선비들이 동참을 해주긴 했지만, 응당 뒤를 받쳐주어야 할 유림과 관아에서는 냉담과 무관심으로 일관했다. 이유는 간단했다. 일의 주동이 천출(賤出)인 서기라서 그를 따르지 못하겠다는 것이 이유의 전부였다. 이들의 벽에 부딪쳐 향약운동은 단 한 걸음도 나아가질 못했다. 서기가 공주부(公州府) 교수 김진경과 멱살잡이를 하며 대판 싸움을 벌인 것이 그 무렵이었으며, 그것은 또한 서기가 다시금 고향을 떠나지 않을 수 없었던 계기가 됐다.

서기의 출신 정처에 대해서, 그리고 몇 차례 고향을 떠나고 되돌아온 내역에 대해서도 여자는 대강 알고 있었다. 선생과 토정을 통해 들은 바 있었거니와 길고 먼 행로에서 서기 스스로 언급한 것이 있었던 때문이었다.

짙푸른 벼논 너머로 동굴이 보였다.

여느 때든 동굴을 보는 때면 가슴에 싸한 통증이 치밀었는데, 3년 만에 다시 대면하는 자리에서도 예외는 아니었다. 서기는 얼른 눈을 돌려 상신마을쪽 계룡산 준봉들을 쳐다보았다. 저녁놀이 엎혔다.

여자가 무슨 말이라도 할 줄 알았는데 그녀는 '저 동굴?' 눈으로 묻고는 그만이었다.

미리 마을에 기별을 하지 말라고 만수한테 일렀건만, 그가 벌써 입을 놀린 모양이었다. 어머니와 아내, 아들 녀석이 논두렁길을 걸어나오는 모습이 보였다. 집집마다 저녁 연기가 피어오르는 것만 보아도 어느새 어머니 손을 잡은 듯 푸근함 마음이었다.

어머니의 등을 어루만져 보고 아들의 손을 잡아보았다. 그 사이 더욱 키가 작아진 듯한 어머니. 눈가에 눈물이 그렁그렁했다. 아내는 말없이 이편을 지켜보고 있었다. 아내를 향해서는 고개만 끄

160

덕여주고 말았다. 벌써 예닐곱 동네 사람들도 마을 공터에 나와 이
쪽을 지켜보고 있었다.

마침내 돌아왔다.

따라온 이,  맞으러 나온 이들을 이끌고 마을로 들어서면서 서기
는 다짐하듯 제 자신에게 말했다.

"이 정언(正言, 사간원의 言官, 종6품)께서 오셨습니다."

바깥에서 박순의 목소리가 들렸다. 화담 서경덕이 박우(朴祐, 전 개성 유수)로부터 막 두 번째 술잔을 받던 때였다.

"어서 뫼시어라."

박우가 먼저 의관을 바로 하고 손님 맞을 채비를 했다. 박우는 곧 박순의 아버지. 개성 유수로 있을 때부터 이미 경덕과 교분이 있었다. 박순이 화담으로 유학한 것도 순전히 제 아버지의 뜻에 의해서였다. 그때 이미 경덕의 인품과 학덕을 알아봤던 박우가 굳이 제 아들을 거두어 달라고 간청을 했던 것이다. 이제 그도 벼슬에서 물러나 한양의 북촌 청운골에서 한가한 생활을 하고 있었다.

이런 정분 탓에 경덕은 드물게 도성 출입을 할 때면 꼭 박우의 집에서 유숙했다. 이날도 예외는 아니었다. 집주인이 벗이요, 그

아들이 제자인지라 이보다 더 마음 편한 곳이 없었기 때문이었다.

키는 작지만 어깨가 딱 벌어진 다부진 몸매의 젊은 갓쟁이가 박순을 뒤따라 들어와, 집주인이며 경덕을 향해 넙죽 절을 했다. 서른 초반의 젊은이였지만, 경덕과 박우도 공경히 그와 맞절을 했다.

"이거 도대체 얼마 만입니까!? 별고 없으셨지요? 정말, 이렇게 반가울 데가 ….."

"그러게 말일세. 자네도 예전 그대로일세."

예가 끝나자마자 경덕과 젊은 갓쟁이는 서로의 손을 맞잡고 반가워 어쩔 줄을 몰라했다. 십여 년 만에 타향 땅에서 우연히 만난 죽마고우라도 되는 듯 보였는데, 박순이 보기에도 여간 생소한 풍경이 아닐 수 없었다. 한 분은 쉰을 넘긴 선생인데 다른 한편은 제자뻘로 쳐도 새카만 애송이가 아닌가. 그런데 동무처럼 허물없이 반길 수가 있는가 말이다.

"이 사람이 바로 내가 말하던 이 정언일세, 성균관에서도 나와 가장 친했던 동학(同學)일세. 그리고 이쪽은 아시지?"

경덕은 박우와 이담(李湛, 자는 仲久. 지평, 공조참의 등을 지냈으며 정통 유학뿐만 아니라 의약, 천문, 수학에도 능했다)을 새로 인사시켰다.

"정말 잘 오셨습니다. 그러잖아도 나 또한 화담의 말을 듣고는 이 정언을 꼭 한 번 뵙고 싶었습니다."

박우가 넘치게 술을 따라 권하면서 환대를 나타냈다.

"선생님, 우리 십 년 만에 다시 만난 셈이지요?"

이담의 물음에 경덕을 버럭 언성부터 높였다.

"선생이 뭔가! 이 사람. 우리는 벗이요, 동학인 걸. 예전처럼 사형이라고 부르시게."

경덕에게는 스물한 살 나이 차이도 아무런 장벽이 아니었다.

"화담 선생께서 진정 사형으로 칭하라시면 저 정말 사형으로 부릅니다?"

이담이 넉살좋게 대꾸했는데, 경덕 또한 그게 좋다, 맞장구를 쳤다.

"우리 사형님, 이게 얼마 만입니까? 제가 술 한 잔 올리리다."

"옳거니."

또 한바탕 웃음소리가 터졌다.

"요즘, 도성 안에서는 이 정언을 모르는 사람이 없다던데, 그렇게 대를 세우셔도 탈이 없으신가?"

한 순배 술잔이 오간 뒤, 경덕이 낯빛을 고치며 물었다.

"왜놈들 말씀입니까?"

"그렇게 강하게 밀어붙였다가 전쟁이라도 하자면?"

"하자면 해야지요."

"이 사람….”

"도대체 그런 기백들도 없으니, 사형께서는 아무 걱정하지 않으셔도 됩니다. 어제그제 조정 돌아가는 꼴을 말씀드릴까요? 그런 난동을 겪고도 따끔하게 맛을 보여주기는커녕, 새 조약(條約)을 맺어주는 게 어떻겠느냐 그런 중론들입니다. 왜놈들이 요구하는 걸 들어주고 나면, 놈들도 한층 고분고분해지지 않겠느냐는, 그런 한가한 얘기들이지요. 위로 대감 나으리들이나 아래로 젊은 조신

164

(朝臣)들이나 다 똑같습니다."

"대마도(對馬島) 도주(島主)가 그렇게 간청을 해오니 생각들이 달라지는 모양이군요?"

박우가 물었다.

"그 도적들의 말을 어찌 곧이들을 수 있습니까? 이 기회에 대마도를 쑥밭으로 만들어 놓아야 하건만 어느 누가 이 아랫자리 사람의 말을 듣기나 합니까."

생각하면 다시 분통이 터진다는 듯이, 이담이 제 잔의 술을 벌컥 들이켰다. 경덕은 그런 양을 보면서 십 년 전이나 지금이나 이담이 조금도 변하지 않았다는 생각을 가졌다. 그리고 그 변함없는 격정과 우직함이 좋았다.

몇 달 전(丁未年, 1544), 왜구들이 다시금 경상도 사량진(통영지역)을 분탕질하는 바람에 세간의 인심이 술렁거린 적이 있었다. 지난 임신년(壬申年, 1512년)에 조약을 체결하여 왜인들의 무역과 행동을 제약한 바가 있었는데, 이들은 그 동안의 불만을 이런 식으로 터뜨렸던 것이다. 이들의 난동이 있은 다음, 조정에서는 즉각 조약을 파기하고 일본과의 국교마저 단절했다. 다급해진 일본에서는 대마도 도주를 통해 거듭 국교재개를 간절히 요청해 왔지만 조정에서는 왜인을 믿을 수 없다 하여 일본의 국왕이 보내는 사신만 내왕을 허락한다면서 여전히 대마도와의 통교는 불허하고 있었다.

이 과정에서 가장 강경한 주장을 편 이가 바로 사간원 정언 이담이었다. 전쟁불사론으로, 대마도를 징치(懲治)해야 된다는 것이 그의 주장이었던 것이다. 그러나 그의 말을 귀담아 들어주는 조정

분위기가 아니었다. 가능한 한 일본을 건드리지 않는 범위 내에서 사태를 수습하고 싶다는 것이 조정 신료들의 대체적인 생각이었던 것이다.

심심찮게 이담의 소문을 듣는 가운데, 경덕은 그와 함께 했던 성균관 시절을 회억할 수 있음이 좋았다. 비록 부끄러움과 노여움, 번민과 좌절로 점철된 한 시기이긴 했지만 그래도 세상에 대한 궁리가 가장 왕성하던 때를 그곳에서 보냈음은 크게 후회되지 않았다. 그리고 그 추억 속에는 항상 이담이 있어 즐거웠다.

"사형께서는 진정 앞으로도 화담에서만 머무실 요량이십니까?"

화제가 바뀐 뒤, 이담이 정색을 하고 물었다. 들으나마나 관직에 나설 마음이 없느냐는 또 그 말이었다.

"이 정언께서 또 한 번 위에다 주청(奏請)을 드려보시지요. 우리 화담 선생이 직첩(職帖)을 받으시나 않으시나 보게요."

박우가 웃음으로 거들었다.

"왜, 삼사(三司)가 거들어서 나한테 이조판서 자리라도 하나 주실라는가?"

"전에는 개성 유수의 천거도 있었다면서요?"

"그랬지. 정승 판서면 모를까, 그 나머진 내가 싫어 …."

"잘하셨어요. 지금 시국에 영의정 좌의정을 하면 뭘 하시겠습니까."

"자넨 종6품이라도 하고 있질 않는가?"

"저는 젊질 않습니까. 오늘보다는 내일을 바라봐야지요. 윤원로, 윤원형이 권세에서 떨어져 나가고 김안국 대감도 세상을 떠났

166

다지만, 세상 나아진 게 하나도 없질 않습니까. 금상(今上, 지금의 임금, 중종)이 저리 병약하시니 몇 년을 더 계시겠습니까. 머잖아 세상이 한 번 뒤바뀌고 말 것입니다. 저는 그때를 바라보고 있습니다. 새 천지가 오는 때에는 화담 사형께서도 마땅히 조정에 나오시어 권도(權道)를 바로 잡아주셔야지요?"

"쉿, 말이 새어나가네."

박우가 말조심하라는 시늉을 했고, 경덕은 천천히 고개를 저었다.

"새 임금이 나오신다 해서 세상이 얼마나 달라지는데? 혹여 더 나빠지기라도 하면?"

"저 간사한 외척들만 발을 못 붙이게 하면 됩니다."

"윤임은 외척이 아니고?"

"윤원로 윤원형보다야 열 배 백 배 낫지요. 사림의 현재(賢才)들이 조정을 틀어쥐지 않는 한 이 나라 정치는 한 걸음도 앞으로 나아가질 못할 것입니다. 정암(조광조) 선생이 하려다 실패했던 일들을 제 같은 신진들이 뒤를 이어야지 누가 하겠습니까?"

"신하도 중하지만 첫째도 둘째도 임금이야. 임금이 진정으로 백성을 돌보고 하늘을 섬기겠다는 마음이 있어야 왕도(王道)가 서는 법, 왕도가 서면 정치는 저절로 잘되는 것 아니겠는가. 그래서 늘 내가 하는 말인데, 경연(經筵)에서 왕의 재목을 가르치고 왕의 덕성을 훈육하는 신하들의 임무가 커. 그나마 내가 다행으로 여기는 것은, 지금의 세자(뒤에 인종이 됨)께오서는 동궁전에 계시면서도 학문을 좋아하시고 도덕과 예법을 중히 여기신다는 점일세. 간소, 장중, 단정하시어 성인의 풍모와 도량을 가지셨다는 얘기를 듣는 것일세. 자네들은 이런 재목이 다른 데 흔들리지 않도록, 나태와 안일로 빠지지 않도록 진언하고 잘 지켜드리는 것이 중요할 게야. 허나 지금도 병약하시어 약탕을 떼놓고 계시질 못한다니 그게 염려스럽고 걱정이야."

"사형께서는 예나 지금이나 임금을 나라의 전부로 여기시는 것 같으시군요. 저 또한 임금이 나라의 주인이요, 만백성이 임금을 어버이로 여기는 이런 체제에서는 임금 한 분이 나라와 만인의 생령을 좌지우지함을 부인치 못합니다. 따라서 사형 말씀처럼 어진 세자가 뒷날의 대통(大統)을 잇게 됨도 지극히 다행이라고 여기는 것입니다. 하오나, 어느 때인가는 임금이 아니라 만백성이 나라의 주인이 되는 때가 있어야 되는 것 아니오니까? 임금과 신하가 진정으로 백성을 섬기는 그런 때 말씀입니다. 때문에 저는 경연에서 임금의 덕화(德化)를 돌보는 일도 중하지만 그에 못지 않게 신하들이며 백성들이 스스로 더욱 강성해져야 마땅하다고 생각하고 있습니다. 언제까지나 임금만 쳐다볼 것이 아니라 임금이 암혼(暗昏)하여 그 정치의 폐해가 크다 하면, 신하와 백성은 마땅히 그를 막고 그를 돌려세울 수 있어야 나라가 바로 된다고 여기는 것입니다. 그러기 위해서는 신하와 백성도 임금에 못지 않은 힘이 있어야 된다고 생각하는 것이옵니다."

"이게 무슨 말인가?!"

박우가 눈을 커다랗게 뜨고 경덕을 돌아봤다. 무릎을 꿇은 채 뒷자리를 지키고 있던 박순도 한순간 등줄기가 오싹해짐을 느꼈다.

"백성이 나라의 주인이 되는 세상이라고 말했는가?"

확인하듯 경덕이 물었는데 이담이 주저없이 고개를 끄덕였다.

"그렇습니다. 제 손자의 손자, 그 손자의 손자 때에도 가능치 않을지 몰라도 분명 그런 날이 온다고 저는 믿고 있습니다."

"왕안석도 그런 말을 한 적이 있는가?"

"아닙니다. 그가 백성을 강성케 하려 하긴 했지만 그 또한 임금을 위한 것이었을 따름입니다. 그는 '정치는 이재(利材)를 하는 것이라고 말하면서 이재가 곧 의(義)라고 할 수 있다'고 하였는데, 이는 이재가 나라정치에 차지하는 중요성을 적극 주장한 통찰이라고 할 수 있겠습니다. 그러나 그가 이를 통해 얻고자 한 것은 역제(役制)를 통하여 나라의 경제를 장악하고 나라의 통제력을 강화하고자 하는 의도에 다름 아니었다고 생각됩니다. 공사무이재(公私無異財)라는 말에서도 나타나듯이, 이를 통해 선왕(先王)의 치세를 부활하겠다는 것이었는데 이는 곧 궁극으로 지향하는 바가 임금에게 있지 백성에게 있지 아니하다는 것을 보여주는 것이 아니겠습니까?"

"물론 지금 그대는 불충으로 그런 말을 하는 것은 아닐 터이고 …?"

"물론입니다. 주상께서 내려주시는 녹(祿)을 먹는 이가 어찌 불충을 입에 담을 수 있겠습니까. 세상 돌아가는 꼴이 하 수상하고 여의치 않아 푸념 삼아 해보는 소리이지요. 예전에, 사형으로부터 기론(氣論)을 들을 때부터 제가 하던 소리 아니겠습니까. 화담 사형이 의도하시든 아니든 그 기론이야말로 잘만 발전시키면 부국강성으로 가는 경세치용(經世致用)의 참된 이론이 될 수 있겠다고 제

가 몇 번이나 말씀드리지 않았습니까. 미욱한 제가 살피건대, 이
(理)보다 기를 앞세운 그 이치는 마침내 마음(心)보다는 몸(體)을,
정신보다는 물질을 세상의 중심에 놓는 이론의 바탕이 되겠다고요.
따라서 기론은 수양과 도덕의 이치가 아니라 경제와 실천의 이론이
라고 할 수 있지요. 이 땅에서는 여태 그런 궁리와 공부를 한 사람
이 없었기에 제가 더욱 사형을 따르고 사형께 배우고자 했던 것이
아니겠습니까."

"아닐세, 그게 내 한계일지 모르나 내가 주장하는 기론은 수양과
도덕일세. 몸보다 마음이고 물질보다 정신일세. 저기 중국에서는
기를 말하는 자 가운데 그대와 같은 말을 하는 이가 있다는 것을
알고 있지만 나는 분명 그들과도 다르네. 나 또한 오랜 시간 격물
치지(格物致知)에 매달려 보기도 했지만, 글쎄, 세상은 마음이야.
마음이 세상을 만들고 세상을 움직여. 그러니 내겐 더 이상 다른
말은 말게. 그리고 자네도 사람과 장소를 가리며 더욱 말조심을 하
시고…."

"무슨 말씀이신지 잘 압니다. 사형의 학문은 결코 사형 당대에서
끝나지 않을 것입니다. 사형의 문하에서 사형의 학문을 이어가고
발전시켜 나갈 것이기 때문입니다. 또 그 과정에서는 수많은 갈래
가 생기고 그럴 것입니다. 그들 중에 누군가는 또 오늘의 제 말을
거듭하면서 사형을 더욱 우러러 뫼실 것입니다."

"내 죽은 뒤의 일은 관심 없으이."

"나도 그렇습니다."

경덕과 박우가 합심한 듯이 잔을 드는 때에는 이담 역시 빠질세

라 제 잔을 번쩍 쳐들었다.

"두 어르신네가 절 두고 가시면 됩니까? 소생 여기 있습니다."

세 사람이 또 한바탕 웃음을 터뜨리면 잔을 부딪쳤다.

성균관에 적(籍)을 두던 때, 그때 경덕의 나이 마흔셋이었다. 이미 불혹을 넘긴 나이. 도무지 내키지 않는 일이었지만 어머니의 간절한 소원이었기에 뿌리치지도 못했다. 전해에 소과시(小科試, 생원 진사 선발시험)를 치른 것도 그 때문이었다. 어릴 적부터 남다른 열정으로 공부에 매달렸고, 영민함과 재주가 돌출했건만 경덕은 애당초 그 공부와 재주로 과거를 쳐서 벼슬길에 나아가는 것을 염두에 둔 바 없었다. 공부 자체가 재미있었거니와 벌써 수많은 아까운 인재들이 벼슬길에 나갔다가 생목숨을 버리는 꼴도 여러 차례 봤던 탓이었다.

그러나 어머니와 아내는 달랐다. 단번에 집안을 번쩍 일으킬 수 있는 기회를 눈앞에 두고 왜 그것을 마다하느냐고 달래고 나무라기를 그치지 않았던 것이다. 어느 때 마음이 흔들리지 않은 바도 아니었지만 경덕은 제 고집은 지켜나갔다. 그리고 이제 마흔을 넘겼으니 더 이상 말씀이 없으시겠지 했는데, 어머니는 그게 아니었다.

"벼슬하란 말은 하지 않겠다. 생원이든 진사든 뭐든 좋으니 과거 시험은 한 번 보도록 하여라. 3대에 걸쳐 진사 생원 하나 나오지 않으면 양반도 양반 행세를 하지 못한다는 말을 네가 못 들었느냐. 조상님과 네 아래 대(代)를 위해서도 이 어미의 소원을 들어다오."

늙은 어머니가 유언처럼 하시던 말, 그 말만큼은 뿌리칠 수 없었다.

개성에서 치러진 소과(小科) 초시(初試)를 봤다. 소과는 초시와 복시(覆試) 두 개의 과정으로 나눠져 있었고, 초시와 복시는 모두 경서(經書)에 대한 지식을 묻는 명경과(明經科)와 문장과 시 짓기를 주로 하는 제술과(製述科)로 구분되었다. 명경과에 급제하면 생원이 되고, 제술과에 붙으면 진사가 됐다. 전국적으로 초시에 선발되는 인원은 1천 4백 명에 이르렀지만 복시는 명경·제술 양과(兩科) 각기 1백 명에 지나지 않았다. 그래서 총 2백 명의 생원과 진사가 탄생하게 되는데 복시에 응시하기 위해서는 성균관의 박사(博士, 정7품) 이하 여러 관원들 앞에서 《소학》과 《가례》를 강독한 뒤 명단을 올리게 돼 있었다.

초시를 무난히 거친 경덕은 이듬해 봄 한양에서 치러진 복시에도 보기 좋게 급제했다. 공부의 성향에 따라 명경과를 택했으니, 명실상부 서 생원이 된 것이었다.

과거에 급제하고서도 경덕은 기쁜 줄을 몰랐다. 늦은 나이에 마지못해 하는 치레에 지나지 않았으므로 면구스럽고 민망한 감정이 앞설 따름이었다.

소과시에 합격을 하면, 성균관에 들어가서 공부를 계속하는 것이 일반적인 순서였다. 그곳에는 강의실인 명륜당(明倫堂)을 비롯해 공자를 위시한 성인들을 모셔 놓은 문묘(文廟)가 있고, 그리고 유생들의 기숙사인 동서재(東西齋)가 있어서 유학을 깊이 파고들 수 있는 모든 조건을 갖추고 있었다.

경덕이 성균관에 들었을 때, 동학들은 대개 이삼십 대의 젊은이들이었다. 나이 차가 많다 보니 경덕은 그들로부터도 경원시될 수

172

밖에 없었다. 그렇지 않아도 익숙지 않은 한양생활인 데다 주위까지 적막하다 보니 경덕으로서는 서책밖에 달리 가까이할 것이 없었다. 그 무렵, 남다른 이해심으로 다가와 주었던 이가 이담이었다. 스물한 살의 그는 제 아버지뻘인 경덕을 제 동기간처럼 살펴주었을 뿐만 아니라 제가 담고 있는 열정과 고뇌까지 스스럼없이 드러내면서 진정한 동학의 우의를 보여주었던 것이다.

그러나, 경덕이 직접 몸담아본 성균관은 벌써 지난날의 성균관이 아니었다. 빼어난 유생들만 모였다는 성균관에 진지한 학풍을 볼 수 없는 것이 가장 큰 병폐였다. 이치를 파악하겠다고 사생결단코 공부에 매진하는 이가 드물 뿐만 아니라, 더러 그런 이가 있다 하면 비웃고 폄하하는 것이 일반적 분위기였다. 경전을 공부하더라도 입으로 문장만 외려 할 뿐 이를 깊이 탐구하여 행동으로 실천하려는 모습이 보이지 않았다. 그들에게 남은 것은 오로지 출세욕뿐이었다. 그래서 간혹 유생들 중 학문과 행실이 좋은 이를 골라 추천하라는 조정의 지시라도 있을라치면 이들은 때를 놓칠세라 이리 뛰고 저리 뛰면서 명단에 제 이름을 올리고자 오만 추태를 벌이기까지 했다. 이 모두가 기묘사화 이후 빚어진 폐습이라고 했다. 사림들이 그렇게 무참히 살육당하는 것은 지켜본 뒤 후학들이 가지는 영악스런 처세술이기도 했다. 따라서 명색이 유생이라면서 이들은 《소학》이며 《근사록》(近思錄) 같은 책은 거들떠볼 생각도 하지 않았다. 조광조를 비롯해 기묘년에 희생당한 사람들이 이 책을 중요시했다는 단 한 가지 이유 때문이었다.

성균관의 젊은 유생들이 앞장서 조광조의 무죄를 주장하고, 권신들의 폐악을 규탄하던 그 정의감과 패기는 어디로 갔단 말인가? 세상의 올바른 논의를 펴는 데 목숨 버리는 것을 겁내지 않던 그 혼과 정신이 어디 있단 말인가? 그들을 지켜보면서 경덕은 깊은 자괴감에 빠지지 않을 수 없었다.

더욱이 이 무렵 조정은 김안로와 심정(沈貞) 같은 교활한 권신들에 의해 좌지우지되고 있었다. 둘은 서로 반목하는 사이면서도 함께 세상 정치를 구렁텅이로 몰아넣고 있었다. 경덕이 성균관에 입학하던 때에 귀양에서 풀려 나온 김안로는 단번에 대제학과 성균관사의 영직(榮職)에 오르면서 세상을 제멋대로 주무르기를 서슴지 않았다.

안팎의 이런 분위기에서, 경덕은 도무지 마음을 붙이고 공부할 수 없었다. 하루라도 빨리 개성으로 돌아가 한가한 자연 속에서 제 공부에 천착하고 싶을 따름이었다. 그러나 어머니를 떠올리면 그렇게 쉬 제 욕심을 좇을 수 없었다. 그때도 이담이 큰 힘이 되어주었다.

"가십시오. 제가 보기에도 사형은 여기 계셔야 할 분이 아닙니다. 용케 여기 머무시어 뒷날 옥당(玉堂, 홍문관)의 직패(職牌)를 차시고, 또한 경연에 나아가신다 한들 그게 사형의 복이 될 턱 있겠습니까. 이런 세상, 벼슬도 저 같은 잡놈들이나 하지 사형은 못하십니다. 가셔서 동방에도 저런 학자가 있었구나 하고 중국 사람들까지 놀랄 학업을 이루시고, 기라성 같은 제자들을 키우십시오. 제가 보기에도 그게 바로 화담 선생이 이 세상에 지고 오신 업인 걸로 보입니다."

174

그날, 종묘(宗廟) 뒷골목 주점에 앉아 두 사람은 대취했다. 부자지간 같은 연배의 두 성균관 유생이 어깨동무를 하고 밤길을 걸었던가. 그 도도한 취기 속에서도 경덕은 이 정다운 젊은이와도 아득한 이별을 맞이함을 느끼고 있었다.

　경덕이 성균관을 자퇴하고 곧바로 길을 떠난 것이 바로 그 다음 날이었다.


　가을밤이 깊어가고 있었다.

　세 사람 모두 많이들 마셨건만 취해서 자세가 흐트러지는 이는 없었다. 먼저 자리에서 일어날 것처럼 보이던 이담이 문득 생각난 것이 있다는 듯이 자세를 고쳐 앉았다.

　"두 분 어르신만 계시니 이런 말씀은 드려도 괜찮을 것 같습니다."

　"무슨? 역적 모의라도 하자는 것이라면 관두시고⋯."

　예사로운 말이 아님을 직감한 박우가 미리 농으로 경계를 했다. 이담의 음성이 한결 낮아졌다.

　"아까는 제가 몇 년을 가시겠는가 그렇게 말씀드렸지만, 실은 국상(國喪)이 머지 않은 듯싶습니다."

　"그렇게 위중하시단 말씀이신가?"

　경덕도 박우도 뜻밖이란 듯이 안색을 달리했다.

　"전의감(典醫監)에도 제가 아는 사람이 있사온데 그렇다 하옵니다."

　"허어!"

박우가 탄식을 놓았고, 경덕은 뭔가를 골똘히 생각하는 듯 천장을 쳐다보았다. 임금이 병으로 정무를 보지 못한다는 이야기는 근래 몇 차례 들었지만 그렇게 위중하리란 생각은 하지를 못했던 처지였다.

"하여, 벌써부터 같은 윤씨(대윤, 소윤을 말함)들의 눈치싸움이 이만저만이 아니라고 합니다. 허나 엄연히 세자가 계시온데 다른 일이야 있겠습니까. 윤원형, 윤원로 형제가 설치는 꼴을 보지 않으려면 국상이 빨리 닥치는 것도 저는 괜찮은 일이라고 여깁니다. 그보다, 저 오늘 훨씬 재미난 얘기를 듣고 왔습니다. 아마도 여기 화담 사형을 뵈려고 그런 이야기까지 들은 모양입니다. 허허."

"……?"

뭔가? 지긋이 뜬 경덕의 눈이 그렇게 묻고 있었다.

"누가 지어낸 얘기인지 몰라도 썩 그럴듯하지 뭡니까. 송도에 계시는 화담 선생의 신통술 소문은 벌써 세자 저하(邸下)께도 전해졌던 모양이지요?"

"말을 돌리지 마시고 …."

박우가 재촉했다.

"오래 전부터 세자 저하께서는 나중에 옥좌에 앉으실 때를 준비하며 미리 삼정승을 뽑아 놓으셨다는 그런 이야기입니다."

"벌써부터 못된 무리들이 세자를 음해(陰害) 하려고?"

"그 삼정승이 누구누구인가를 들어보시면 그런 수작은 아님을 알 수 있지요."

말을 꺼내면서도 이담은 스스로 참을 수 없다는 듯이 쿡쿡 웃음을 흘렸다.

"그럼 제가 교지(敎旨)를 읽어 드리지요. 영의정에는 동소문(東小門)에 사는 피장(皮匠), 좌의정에는 개성 화담골의 서경덕, 우의정에는 정북창(鄭北窓)…. 이러하옵니다."

"뭐!"

어이가 없다는 듯 서로를 돌아보던 경덕과 박우는 뒤늦게 웃음을 터뜨렸다.

"내가 좌의정이라고?"

"피장이 영의정이고?"

한 번 터진 폭소는 좀체 가라앉지 않았다. 도성사람 치고 피장과 정북창을 모르는 이는 없었다. 그 소문의 인물들 가운데 서경덕 이름 석 자가 한몫 끼어 있는 것이 그렇게 재미있을 수 없었다. 피장은 백정(白丁)이었다. 한때는 조광조와도 친하게 지냈다는 소문이 나 있었다. 조광조가 천민들의 민심까지 챙기려 했던 것도 피장 때문이라는 말도 있었다. 정북창은 천기(天機)를 읽을 줄 아는 이로 소문이 나 있었다. 유학뿐만 아니라 불교, 선도(仙道)에도 식견이 있으며, 음악, 의학, 서화, 중국어에도 능통하다 했는데, 그 소질을 기려 장악원(掌樂院)이며 관상감(觀象監), 혜민서(惠民署)에서 벼슬살이를 하기도 했다. 어느 땐가 윤원형의 무리인 윤춘년(尹春年)이 그에게 사주를 보러 간 적이 있었다고 했다. 북창이 보아하니 춘년의 수명이 앞으로 3년밖에 남아 있지 않았다. 사실대로 일러줄 수밖에. 기겁을 한 춘년이 북창의 가랑이를 붙잡고 제발 좀 수명을 늘려달라고 애걸을 했다. 간청에 못 이겨 북창이 그에게 한

방법을 일러주었다. 왈, 지금 당장 동대문 밖에 나가면 거기 웬 늙은이가 소 등에 나무를 싣고 와서 팔고 있을 텐데 무조건 그 사람을 붙잡고 살려달라고 해라. 춘년은 그 말을 듣고 즉시 동대문으로 달려갔다. 과연 그러한 노인네가 있었다. 북창이 하라는 대로 살려달라 애걸을 했건만 노인은 웬 미친놈을 다 본다는 듯이 들은 척을 하지 않았다. 춘년은 노인의 집까지 쫓아가서 눈물로 애소했다. 그러자 늙은이는 결국 "이 모든 게 정북창이 놈 짓이야. 그놈이 천기를 누설하였으니 그놈의 수명에서 30년을 떼서 자네한테 줌세." 하더란다. 춘년은 고맙다고 절을 하고선 다시 북창에게 가서 이 사실까지 일러바쳤다. 그 노인네가 바로 도교(道敎)에서 말하는 태상노군(太上魯君)임을 일러주고서도 정북창은 제 수명이 30년이나 깎이는 것을 크게 탄식하지 않았다나.

"이왕 말을 꺼냈으니 자네 이 길로 가서 그 백정이며 정북창을 찾아보게. 나 그들과 함께 정사를 한다면 무엇을 마다하겠는가."

경덕이 유쾌하게 소리쳤다.

"예. 좌상(左相) 대감의 명을 따르겠습니다."

이담이 갓끈을 고쳐 매며 몸을 세웠다. 이제 집으로 돌아가야 하겠다는 태도였다.

경덕이 대문 밖까지 그를 배웅했다.

헤어짐이 아쉬운 듯 한참 동안 경덕의 손을 잡고 있던 이담이 지나가는 투로 한마디 했다.

"사형, 아마 근일간 사형께 후릉(厚陵) 참봉(參奉) 직을 제수한다는 직첩이 내려갈 것입니다. 응하시고 않으시고는 사형 마음이

십니다."

어둠 속으로 멀어져가는 그의 뒷모습을 보며 경덕은 또 한바탕
웃음을 놓았다.

"에끼, 못된 친구 같으니라구. 정1품 좌상대감에서 종9품 능참
봉으로 떨어뜨리는 수작이 뭔가."

아침 문안을 드리기 위해 이 평사댁 사랑에 들었던 서기는 한순 간 낯선 풍경에 어안이 벙벙했다. 이 이른 아침에 여자가 평사 어른과 단둘이 차를 마시고 있다니, 말이 되는가 말이다.

　"뭘 그리 놀라 서 있는가? 자네도 왔으니, 같이 차를 들면서 애 기를 나누세."

　"처사님, 기다리고 있었어요."

　놀란 서기에 반해 이 평사와 여자는 태연스럽기 짝이 없었다. 모 르는 이가 보면, 꼭 이 평사가 뒤늦게 맞이한 젊은 후실과 정답게 수작을 나누고 있는 모양새 그것이었다. 허기야 이제는 여자가 이 평사의 한집안 사람이라고 해도 무리는 아니었다. 공암에 오던 날 부터 여자와 응봉이 평사댁에서 거처를 했기 때문이었다. 서기의 초가에는 두 모자가 기거할 만한 여유 있는 방이 있질 않았다. 난

180

처해 있던 터에 이 평사가 그 고민을 말끔히 벗겨주었다. 제 집에 남아도는 방들이 많은데 뭔 걱정이 있느냐는 것이었다. 모자의 먹고 자는 일은 그렇게 쉽게 해결됐다. 인사를 올린 뒤, 서기는 다탁 앞에 앉았다. 여자가 손수 차를 따랐다.

"귀한 분이 이렇게 차도 갖다주시고 먹을 것도 주시고 하여 나 요새 얼마나 기분이 좋은지 모른다네."

이 평사는 정말 흔쾌하다는 듯이 껄껄 웃음을 놓았다. 호의호식 덕분인가. 일흔 넘은 노인네가 이빨 하나 빠진 데 없었다. 흰 눈썹이며 수염만 없다면 쉰으로 봐도 좋을 그런 낯색이었다.

"여기 귀인이 말씀하시더군, 그래. 이번에도 자네는 오래 집에 머물지를 못한다면서?"

평사 노인이 빈 장죽을 뻑뻑 빨다 말고 물었다.

"예, 진작 말씀 올리지 못했습니다만 사나흘 더 있다가 또 행장을 꾸려야 할 듯싶습니다. 산천유람은 아니옵고…."

"알어, 알어. 선생의 일을 수습하러 간다니 내가 말릴 턱이 있는가. 그건 그렇고…. 자네도 이젠 이곳에 눌러 붙어 뭔가를 도모해야 되지 않겠는가 그 말이야."

"예…."

"글 하는 선비가 새삼 농사짓기를 하겠어, 나뭇짐을 짊어지겠어. 정작 내가 그러길 바랐다면 자네를 서당에도 보내지 않았지. 저기, 윗뜸에 재실이 있지 않는가. 자네가 돌아오는 때에는 내가 그걸 내놓음세. 자네 공부하는 틈틈이 아이들을 불러모아 글을 가르치고 하기에 딱 좋질 않겠는가."

또 뜻밖의 제안이고 배려였다. 진심으로 감사를 드리지 않을 수 없었다.

"어르신네의 하해 같으신 은덕에 소생 몸둘 바를 모를 따름입니다."

"정말 잘하셨어요, 정말."

마치 제가 청을 놓아서 그런 은혜가 있기라도 한 양, 여자가 과장스레 노인을 상찬하기를 마지않았는데 이 평사 또한 그것이 싫지 않다는 듯 여자를 바라보며 만면에 웃음을 지었다.

어떻게든 따끔한 말 한마디쯤은 있어야 되겠다는 것이, 평사댁을 물러나오면서 가진 서기의 생각이었다. 여자가 또 무슨 일을 저지를 것 같은 불안감을 떨칠 수 없었다.

그날, 저녁상을 물린 뒤의 늦은 시각이었다.

평상에 앉아 밤 공기를 쐬고 있는데 응봉이가 사립문을 밀고 들어와서는 저를 따라오라며 손을 끌었다. 아이의 뒤를 따랐다. 달빛조차 없는데 아이는 용케도 논두렁길을 찾아 잘도 걸었다. 더욱이 밤 안개가 짙었다.

냇가였다.

계룡산에서 흘러내린 물이 하신 상신 마을을 거쳐와서 공암 마을을 휘두르는 곳. 여자 혼자 그 냇가 바위에 앉아 물에 발을 적시고 있었다.

"무슨 하실 말씀이라도?"

"아니오. 이 경치며 이 밤 공기가 하도 좋아서 혼자 놀기 정말 섭섭한 것 있죠. 그래서 처사님도 나와 보시라고 불렀어요."

어이가 없었다. 밤놀이 같이 하자고 외간 남자를 불러내는 여자가 어디 있냐 말이다.

서기는 응봉일 무릎에 앉힌 채 요괴의 너울처럼 소리 없이 움직이는 밤 안개를 지켜보았다. 어둠과 안개의 기묘한 뒤섞임. 고여 있는 듯하면서 출렁이고, 번화한 듯 하면서도 적막한 안개의 몸놀림이 아닐 수 없었다. 마환(魔幻)의 세계가 이러할까. 그들이 지배한 산야에서는 어느 것 하나 뚜렷한 형체를 지니는 것이 없었고, 소리와 빛조차 온전하질 못했다. 무량한 안개의 입자들이 지상의 형체들을 무너뜨리거나 왜곡시켰으며, 음향과 빛을 빨아들여 지우고 굴절시켰다.

안개는 곧 요기(妖氣)에 다름 아니었다.

"요즘 같아서는 선생님이 생존해 계시지 않은 것이 퍽 다행스럽다는 생각을 해봅니다."

서기가 안개를 향해 말했다. 서기 자신이 들어도 적잖이 노기가 묻어 있는 음성이었다.

여자의 대꾸가 없었다. 지척에 있음에도 그녀 또한 안개를 휘감고 있어서 생시의 사람인지 몽환의 인적인지 구분되질 않았다.

"꼭 그리 하질 않으셔도 되질 않습니까? 체통과 도리를 다한다 해서 굶고 헐벗는 일이 있습니까. 소생 도무지 종잡질 못하겠고, 심히 민망스러울 따름입니다."

말이 채 끝나기도 전이었다. 예리하고도 낯선 웃음소리가 안개를 뚫고 날아왔다. 말소리가 그 뒤를 따랐다.

"화담 선생 부인의 체통과 도리가 뭐죠?"

"아녀자로서의 풍습과 예의를 좇는 것입니다."

"풍습과 예의? 그건 누가 만들어 놓은 개뼈다귀 같은 소린데요?"

개뼈다귀. 서기는 거기서 말문이 꽉 막혀 버렸다. 여자가 이 지경까지 이르리라곤 생각지를 못했다. 여자를 홀로 떠나보낼 때가 다가왔음을 직감했다. 선생과의 의리도 이 여자 앞에서는 도리가 없다는 그런 막막한 심정으로 앉아 있는데 자갈밭 디디는 발소리가 났다.

"응봉일 내려놔요. 벌써 자네요."

여자가 다가와 서기를 내려다봤다.

"처사님, 저를 봐요. 제가 누구죠? 제 이름이 뭔지 아세요? 몇 살인지 아세요? 제가 뉘 집 딸이고 뭘 먹고 자랐는지 아세요? 그따위 것 필요 없다 쳐요. 여자와 남자가 어떻게 다른지 아세요? 남자는 그렇지 않은데 여자는 왜 달마다 달거리를 하는지 아세요? 처사님과 저 두 달 넘게 같이 있었어요. 지아비 지어미와도 그럴 수 없을 정도로, 같이 먹고 같이 걷고 그랬어요. 한방에서 같이 잠도 잤어요. 그런데 저에 대해 뭘 알고 계세요? 아시는 거라곤 고작 하나밖에 없잖아요. 그죠? 화담 선생 마누라. 그것도 정실 부인이기나 해요. 말이 좋아 후처지 첩이잖아요. 화담 선생 서 아무개를 빼고 나면 나한텐 아무것도 없잖아요, 그죠?"

"제게는 사모님이시지, 여느 여자분이 아니십니다."

"좋아요. 화담 선생이 아니면 처사님이 저 같은 여자 거들떠보기나 했겠어요. 헌데 궁금치도 않아요? 화담 선생을 떼놓고, 도대체 이 여자가 누군가, 뭔 생각을 하고 있는가, 궁금치도 않으시냐 말이에요. 두 달을 함께 고생하며 지낸 옆에 여자의 속정 하나 알아볼 마음이 없는 선비님이 세상 이치는 다 아시는 듯이, 다 알아보시겠다고 그렇게 시늉하고 욕심내시잖아요. 선천이 어떻고 후천이 어떻다고요? 이(理)가 앞서고 기(氣)가 뒤따른다고요? 아니, 원형이정(元亨利貞), 사단칠정(四端七情)이 사람과 물건의 본마음이라고요? 웃겨. 무논에 들어가서는 벼와 피조차 구분하지 못하는 분네들이 보지도 않았고 만지지도 못한 세상의 원리를 다 아신대요. 그리곤 쌀밥은 잘도 드세요. 〈소학〉, 〈맹자〉, 〈주역〉을 읽지 못해 이런 무식한 소릴 한다고요? 마찬가지예요. 논에 들어가 본 적이 없으니 무식하게 벼와 피를 구분하지 못하는 거예요. 저 누구를 나무라려고 이러는 것 아니어요. 처사님은 처사님이듯이, 저는 저일 뿐예요. 그러니 저더러 이래라 저래라 하지 않으심 돼요. 제가 돈 많은 영감탱이와 잠을 자든, 곱사등이를 올라타고 장난을 치든 그건 제가 하고싶어 하는 거예요. 누가 하자고 해서, 하라고 해서 하는 것이 아녜요. 돌아가신 우리 선생님은 절 아셨어요. 그런 저를 이뻐하셨지요. 네 자체가 살아있는 기로다, 하셨지요. 듣기 좋아라고 하신 말씀인 줄 알지만 제겐 그런 선생님이 남달랐어요. 그래서 이렇게 그분 걸음 좇아 나선 것뿐예요."

서기는 할 말을 잃었다. 여자가 이렇게 당차게 나올 줄은 몰랐다. 그녀를 반박할 말이 준비돼 있질 못했다. 그런데 까닭 모를 부끄러움이 치미는 것은 웬일일까. 종년의 아들로서 종달새를 쫓고, 칡뿌리를 캐고, 무논에서 피를 뽑던 유년을 깡그리 잊은 채 주돈이며 소옹과 장횡거의 서책을 읽고 논하는 지금의 제 모습이 참인가 싶은 성찰이 한순간 전신을 휘감아 돈 탓인지도 몰랐다.

"처사님, 아버지가 누군지 아세요?"

진정 요괴인 양 그녀가 안개를 휘감고 선 채 물었다. 난데없는 여자의 물음에 서기는 소스라치게 놀랐다.

"무슨 말씀이오?"

제 아버지가 이름 없는 소금장수에 지나지 않음을 여자가 모를 턱 없었다. 그런데 이 밤 안개 속에서 뜬금없이 아버지 이야기를 꺼내는 속셈이 뭐란 말인가. 불쾌한 감정도 지울 수 없었다.

크륵크륵, 여자가 기묘한 웃음을 흘리며, 안개 속에서 응봉이를 들쳐업고 있었다.

"거 봐요, 자길 낳아준 아버지의 얼굴 하나 온전히 그릴 줄 모르면서 처사님도 세상 이치를 논하시잖아요. 소금장수요? 천지간에 소금장수가 한둘이에요? 그 중에 어느 분이 아버지셔요? 내 몸의 근원을 찾는다고 선천(先天)에서부터 기를 더듬는 것이 중한가요, 아니면 천지간 소금장수들 찾아나서는 게 더 중한가요? 후후, 나 같으면 아버지부터 찾겠다. …"

응봉일 업은 여자가 자박자박 자갈밭을 걸어가고 있었다. 안개와 어둠이 이내 그녀의 뒷모습을 지웠지만 기묘한 그녀의 웃음소리는 오래 냇가에 남았다.

이담의 말이 헛말이 아님은 서경덕이 개성에 돌아온 지 보름이
안 돼 알았다.

개성유수 송겸(宋璜)이 직접 직첩을 받들고 화담을 찾아왔던 것
이다. 벼슬자리는 이담이 말했던 그대로였다. 종 9품 후릉(厚陵)
참봉(參奉). 숨어있는 인재를 찾아내어 첫 벼슬을 내릴 때는 대개
이만한 품계였다.

"이번엔 정말 사양치 마시기 바랍니다. 비록 품계는 낮지만 왕릉
을 담당하시는 일이니 얼마나 영예로운 일입니까. 더욱이 임지가
여기서 오십 리길밖에 되질 않으니 오고가는 일도 수월하고 얼마나
좋습니까. 이를 보더라도 조정에서도 선생을 위해 크게 배려했음
을 알 수 있지 않습니까."

송겸이 지긋이 경덕을 바라보며 말했다. 혹여 경덕이 또 벼슬을

마다하면 자기한테 누가 미칠지도 모른다는 그런 눈치이기도 했다.

"사또의 은덕은 결코 잊지 못할 것입니다."

경덕은 사또에게 먼저 사은(謝恩)을 했다.

"별 말씀을 다하십니다. 하온데, 오늘 뵈오니 안색이 별로 좋아 보이질 않습니다. 어디 편찮으신 데라도 있으신지?"

"아니오, 아무렇지도 않습니다."

경덕은 예를 차려 직첩을 받기는 했지만, 직(職)에 나아간다 만 다는 확답을 하지 않았다. 송겸에 대한 인사는 허사가 아니었다. 개성에 부임하는 관장(官長)들마다 화담에 와서 인사를 하는 것이 어제오늘 일이 아니지만 저를 위해 손수 발 벗고 나서는 이로는 박 우 다음으로 송겸이었던 것이다. 수시로 곡식을 보내오는가 하면, 구하기 힘든 서책을 구해다 주는 이가 그였기 때문이었다. 지난 봄 날에는 경덕이 알지도 못한 사이에 조정에 포장(襃獎)을 추천하려 해서 애를 먹기도 했다. 죽을 먹으며 가난하게 살면서도 학문과 행 실이 뛰어나다, 식의 서장을 만들고 있다는 사실을 뒤늦게 알고는 경덕이 그 길로 유수부(留守府)로 찾아가 만류를 했던 일이 있었던 것이다. 집에 한 가마니의 곡식도 없으니 죽을 먹고 지내는 것은 당연한 일이며, 단 한 명의 노비도 없으니 재물을 마련치 못하는 일이 마땅한 것인데 어찌 이것이 상을 받을 수 있는 일인가 따져 결국 송겸을 설복시켰다.

송겸 일행을 돌려보낸 뒤 경덕은 허엽을 불러들였다.

"능참봉이면 일 년에 녹봉(祿俸)이 어느 정도 되느냐?"

"소인이 어찌 그것을 알겠습니까."

경덕이 정색을 하고 묻는데도 허엽의 대꾸는 건성에 지나지 않았다. 그는 경덕의 안색을 살피는 일도 없이 벌써 먹을 갈기 시작했다. 사직소(辭職疏)는 선생이 불러주는 대로 자기가 쓰겠다는 투였다.

"내가 말년에 능참봉이라도 한 번 해보려고 했더니 너 때문에 못하겠구나."

비로소 경덕이 웃음소리를 냈고, 허엽이 따라서 빙긋이 웃었다.

"그래, 그냥 이렇게 쓰도록 해라….."

경덕은 치밀어 오르는 기침을 누른 뒤 말을 이었다.

"나는 본래 들판에서 자라고 성장한 몸이다. 가난과 외로움이 내 평생의 벗이라서 언제나 그를 달게 받아들였다. 이제 잘 먹지 못한 데다 병까지 얻어서 내 나이 쉰 중반이지만 칠십 노인과 다를 바 없다. 세상에 쓸모 없음은 나 스스로 잘 알고 있으니, 이대로 자연 속에 살면서 남은 인생을 분수에 맞게 보존할 수 있게 해달라…."

경덕은 보료를 당겨 허리를 기댔다. 몸을 웅크린 채 붓을 쥐는 허엽의 등짝을 바라보다가 눈을 감았다. 후릉이 어디더라…. 돌아가신 어머니의 모습이 떠올랐다. 살아 계시다면 또 몇 날 며칠 성화를 부리실 어머니. 그 어머니가 그리웠다. 참봉이 어떤 벼슬이냐, 남들은 그걸 한 번 해보겠다고 보따리 보따리 싸들고 가서 대갓집 행랑채에서 한 달을 살고 두 달을 산다고 하더라, 너는 그걸 마다하고 헌 짚신짝 버리듯이 버리느냐….

정종(定宗) 임금과 정안왕후(定安王后)를 모신 후릉에는 소풍 삼아 몇 차례 가본 적이 있었다. 흥교(興教) 고을 백룡산(白龍山)

기슭이었다. 개성에서는 육십 리, 화담에서는 오십 리 거리밖에 되질 않았다. 경내에는 배앓이며 기침에 특히 좋다는 약수도 있어서 근래도 그 물을 떠오는 제자가 없지 않았다. 그 우거진 솔숲을 지나던 청량한 바람소리는 지금도 귓전에 새길 수 있었다. 어느 때는 어머니의 성화를 성가시게 여긴 바도 없지 않았지만, 이제는 그런 잔소리를 해주시는 어머니마저 계시지 않으니 세상이 텅 빈 듯 여겨질 따름이었다.

어머니 무덤 앞에서 3년간 시묘살이를 했다. 여름철의 무더위며 손발을 얼게 하는 겨울의 혹한쯤도 어머니를 떠올리면 능히 견딜 만했다. 그 어머니를 다시 뵙는 날이 어느 때쯤인가. 시간이 다가오고 있었다.

"탕제(湯劑)를 드실 때가 된 듯싶습니다."

허엽의 목소리를 듣고 눈을 떴다. 그가 엉거주춤한 자세로 경덕을 내려다보고 있었다.

"다 썼느냐?"

"네, 여기 ….."

종이를 내미는 걸 보고 경덕이 고개를 저었다.

"네가 썼는데 내가 다시 볼 까닭이 있겠느냐. 내일쯤 네가 그걸 송 유수한테 전해드려라."

장지문을 열고 나가는 허엽의 뒷모습을 보다가 경덕은 다시 눈을 감았다. 또 한 차례 가슴을 후벼파는 듯한 통증이 지나갔다. 예리한 칼끝으로 심장의 부분을 도려내는 듯한 통증. 그 순간에는 차마 숨조차 쉬기 힘들었다. 머리끝에서 등줄기까지 써늘한 기운이

190

뻗치기도 했다. 통증을 맞는 때면, 몸을 웅크린 채 진땀을 흘리면서 견디는 도리밖에 없었다. 병증(病症)은 한양 박우의 집에서 돌아온 다음날부터 있었다. 처음에는 고단해서 그러려니 여겼다. 그런데 그게 아니었다. 이틀에 한 번꼴로 찾아오던 통증이 어느 때부터인가 하루를 거르지 않았으며, 이 즈음에는 하루에 두번 세번 그 고통을 겪어야 했다. 병에 시달리다 보니 저절로 손발의 기운이 풀려나갔고, 한동안 그쳤던 기침병까지 도졌다. 책을 읽어도 머릿속에 들어오는 것이 없었으며, 붓 하나를 쥐려 해도 손끝이 떨려 힘을 쓸 수가 없었다.

쉰여섯의 나이. 스스로 셈해 보아도 살 만큼 살았다는 느낌이었다. 지금 세상을 하직한다 해도 아쉬움도 미련도 없었다. 단 하나, 눈에 밟히는 것이 있다면 두 번째 여자한테서 난 아이들이 너무 어리다는 것뿐이었다. 응봉이 이제 두살, 그 밑의 응구가 이제 겨우 백일을 지난 것이다. 뒤늦게 얻은 자식에 대한 애틋한 정이 한결 남다르지만 남들 보기에는 참으로 민망스러운 일. 꼭 그런 까닭에서는 아니지만 혹여 초당 학동들의 공부에 방해라도 될세라 초당에서도 멀찍이 떨어진 박 작대기집 근처에다 거처를 마련해 주었다. 여자는 갓난애한테 붙잡혀 있느라 마음은 그렇지 않을 터인데도 자연 초당출입이 뜸해졌다.

여자가 끓이는 약탕은 허엽이 대신 날랐다. 엄동설한. 골 물조차 꽁꽁 얼어붙는 추위인데 허엽은 제 집으로 돌아가지 않고 있었다. 약탕이며 먹을 것을 옮겨 나르고, 군불을 지피는 것까지 모두 그의 몫이었지만 그는 싫은 기색을 드러내는 법이 없었다. 우둔하달 만큼

꾀를 피우지 않는 그가 곁에 있어 든든하지만 한편의 미안한 마음은 어찌 할 도리가 없었다.

경덕은 한 손으로 제 가슴을 움켜쥔 채 앉은걸음으로 서탁에 다가갔다. 탁자에는 조금 전 허엽이 써놓은 소장(疏章)이 그대로 펴져 있었지만 눈길을 주지 않았다. 탁자 밑을 더듬어 종이 꾸러미를 찾았다. 소장을 방바닥으로 떨어뜨려 놓고 새 종이를 서탁 위에 폈다. 붓끝에 먹물을 바른 다음 간신히 그것을 쳐들었는데 갑자기 뭘 써야 할지 생각이 나지 않았다. 말 그대로 머릿속이 백짓장 같은 느낌뿐이었다. 경덕은 맥없이 붓을 놓고 말았다. 종이에 떨어진 붓이 한순간 글자도 그림도 아닌 것을 그어놓고는 방바닥으로 굴러떨어졌다. 경덕은 자세를 고쳐 서탁 앞에 무릎을 꿇고 앉았다. 어릴 때부터 해오던 버릇이었다. 책을 읽거나 궁리를 할 때면 항상 이렇게 무릎을 꿇어앉았는데 이 버릇은 이맘때까지도 고쳐지질 않았다. 자세가 단정한 다음에야 선인들의 말이 머릿속에 들어왔고, 생각이 밝아졌다. 한나절 혹은 온종일을 이렇게 앉아 있기가 쉽지 않다는 것을 알기에 제자들한테는 권하질 못했지만, 더러는 스스로 알아 선생의 앉음새를 시늉 내서 공부를 하는 이도 있었다.

허리를 곧추세우고 눈을 감았다. 무엇부터 적을 것인가, 생각을 다시 정리해 보기로 했다. 선천과 기, 태허(太虛), 양극(陽極)과 음극(陰極)…, 무(無)…, 집중을 하는 사이에도 한 생각이 또 다른 생각에 휘둘리는 것은 마찬가지였다. 생각이 생각을 거느리고 앞으로 나아가야 마땅한데 자꾸만 엉뚱한 데로 달음질친다. 열일곱, 열여덟의 나이였던 것 같다. '무'(無)자 글자 하나를 두고 싸움

192

을 벌인 적이 있었다. 말 그대로 그것은 싸움이었다. 무가 무엇인가? 없는 것은 진정 없는 것인가. 공허, 태허의 그 허(虛)는 무와 같은 것인가, 다른 것인가? 무가 무로써 있다면 무 그것도 있는 것이 아닌가? 그렇다면 없는 것을 없는 것으로 있게 한 이치는 무엇인가? 없는 것의 그 바탕을 걷어낸 그 자리에는 무엇이 있는가? 과연 나의 이러한 사유(思惟)가 적절한 것이기는 한가? 사흘이고 나흘도 좋았다. 스스로 만족할 만한 답을 얻지 않고는 포기하지 않았다. 잠을 안 자고 먹기를 마다하기도 했다. 어머니는 이런 아들을 보고 모진 녀석이라고 혀를 끌끌 차기까지 했다. 무(無) 자가 끝난 뒤에는 하늘 천(天)을 붙잡고 싸웠다. 현상과 사물의 본원을 꿰뚫고 말겠다는 이 싸움은 열아홉 살 장가를 간 이듬해까지도 계속됐다. 물론 이러한 싸움은 오로지 혼자만의 것이었다. 가르쳐주는 스승이 있는 것이 아니고 일러주는 책이 따로 있는 것이 아니었다.

만물과 만상(萬象)은 따지고 들면 모조리 궁금하기 짝이 없는데 손에 쥘 수 있는 해답은 거의 없었다. 질문을 던지는 일에서부터 해답을 얻는 일까지 혼자 해결하지 않으면 안 되었다. 비는 왜 오는가? 눈은 왜 오는가? 비가 눈으로 바뀌었다고? 날이 추워진 탓이라고? 무엇이 어떻게 해서 그 덥던 날을 춥게 하는가? 해와 별의 자리가 바뀌었다고? 그 자리는 누가 어떻게 바꾸는가? 왜 바꾸는가? 그에 법칙이 있다면 그 법칙이 만들고 이끄는 힘의 원천은 어디인가? 그 원천을 원천으로 있게끔 한 것은 또 뭔가? 싸움과 다를 바 없는 이러한 격물치지의 공부는 머지 않아 육신의 병을 가져왔다. 잠자리에 누워도 잠을 잘 수가 없었다. 모진 불면증과 이명(耳

鳴), 환상이 나타나곤 했다. 젊은 아낙을 혼자 집에 두고 속리산, 지리산 산행에 나섰던 것도 그 때문이었다.

1년여 그렇게 산천을 돌고 나니 병이 가셨다. 병이 가시고 나니 공부의 요령도 한결 나아졌다. 그때부터 홀로 하던 궁리를 멈추고 사서오경(四書五經)이며 성리대전(性理大典)을 새롭게 꼼꼼히 읽었다. 도무지 해석이 되지 않던 책의 내용이며 문자들이 그때부터 술술 풀리기 시작하던 놀라운 기억은 지금도 선명하다. 자신이 홀로 얻었던 생각과 책의 내용이 서로 맞아떨어지는 때 가지던 기쁨이란!

산수(算數)가 가지는 절묘한 이치에 푹 빠져들었던 것도 그 무렵이었다. 이 또한 소옹과 장횡거가 길잡이가 돼주었음을 부인할 수 없었다. 특히 소옹이 지은 《황극경세서》(皇極經世書)에 나타나는 상수(象數, 상징과 수의 이치)는 삼라만상의 근원을 수학으로 관통할 수 있을 것만 같은 힘을 느끼게 했다. 기(氣, 물질)를 통해 만물의 생성변화를 규명하고자 하는 장횡거한테도 수(數)는 없어서 안 될 것이었다.

수(數)를 익히고 나니 기를 이해하고 기를 설명함이 한결 손쉬워졌다. 만물과 만상은 오로지 기로 이루어졌다. 기의 근원은 태허이다. 태허는 단지 비어있는 것이 아니다. 우주에 가득 차 있으며 어떠한 빈틈도 허용치 않는다. 눈에 보이지 않고 손에 잡히지 않으나 무(無)가 아니다. 주돈이, 소옹, 장횡거도 이에 관해서는 명쾌하게 언급한 바가 없다. 경전을 빌려 말하자면 태허는, 《주역》의 계사상전(繫辭上傳)에 나오는 '적연부동'(寂然不動, 고요하고 움직이지 않음)이나 중용의 '성자 자성야'(誠者 自成也, 성이라고 하는 것은 스스로 이루는 것이다)에 비견할 수 있다. 요컨대 우주의 맑은 본체는 하나의 기(氣) 뿐이다. 이 하나의 기는 음양의 두 가지 기를 포함하고 있으며, 그것들이 나오는 근원이다. 때문에 근원 기를 가리키는 하나는 단순한 수가 아니라 수의 본체가 아닐 수 없다. 하나의 수에서 둘, 셋, 다섯, 아홉으로 수가 파생되는 것이나, 하나의 기가 음양을 낳고 음양에서 동정(動靜)이 있게 되면서 만물이 생겨나는 것이나 다를 바가 전혀 없었던 것이다. 마침내 양(陽)의 기가 극도로 움직여 하늘이 되고, 음(陰)의 기가 극도로 모여서 땅이 되는 것이다. …

마당의 발소리를 듣고 경덕은 서탁에서 물러났다. 포개놓은 이불에 등을 기댄 채 다리를 뻗고 호흡을 가다듬었다. 골짝을 울리고 송림을 흔드는 겨울바람 소리는 좀체 수그러들지 않았다.

장지문은 허엽이 열었는데, 방안에 먼저 든 이는 여자였다. 그녀가 약 그릇을 든 채 경덕을 내려다봤다. 빛을 등진 탓에 안색을 읽을 수 없었다.

"좀 어떠세요?"

바람소리 같은 그녀의 목소리였다.

"애들은?"

"잠든 것 보고 나왔어요. 다 식었어요….."

그녀가 몸을 돌리며 약그릇을 내밀었다. 눈 가장자리를 돌아 왼편 뺨까지 흘러내린 짙푸른 반점의 형체가 어둔 방안에서 더욱 도드라졌다. 못 볼 것을 본 양 경덕이 시선을 돌렸다.

"지금 드세요."

"알았네."

한 모금 탕제를 마셨는데 대번에 뱃속이 울컥 치밀었다.

"조금 있다 마저 마시겠네 ⋯."

약그릇을 밀어놓고 허엽을 불렀다.

"먹을 좀 넉넉히 갈아놓게 ⋯."

"제가 도울 일이라도 있습니까?"

허엽 또한 선생의 태도가 평상시 같지 않음을 눈치채고 있었다.

경덕이 끙, 신음소리를 뱉으며 자세를 고쳤다. 뻗었던 다리를 끌어당겨 조금 전처럼 무릎을 꿇고 앉았다. 두 손을 단정히 무릎 위에 얹고는 깍지를 꼈다.

"아직 해 떨어지려면 멀었지?"

"네."

허엽 대신 여자가 대답했다. 경덕의 시선이 여자 쪽으로 향했다 가 맥없이 거두어졌다. 눈을 감았다.

"됐네 ⋯. 내가 직접 해보려 하였네만 손에 기운이 없어서 쓰질 못하겠어. 아니야, 손 때문만은 아니야. 머릿속에 생각은 있는데 그걸 손으로 옮기질 못하겠어. 초당, 자네가 날 좀 도와줘야 하겠 어 ⋯. 나 또한 평생을 글 읽은 사람이 아니던가. 나름으로 생각도 많이 했고, 선생이랍시고 자네들한테 가르친 것도 적지 않아. 헌 데, 내가 책자로 엮어 놓은 것이 뭐 있는가. 편(編)해 놓은 글이 몇 있다지만 그것들이 어찌 내 생각의 전부일까. 하여, 내가 세상 을 떠나기 전에 몇 편은 서책으로 남겨놓고 싶어. 나중 사람들이

196

보고 화담이 무슨 생각을 했는지, 그 생각이 옳고 그른지, 저희들이 따져볼 수 있게 말일세."

"선생님 ….".

허엽이 읍하듯이 허리를 꺾었다. 유언을 하신다면 아직 받아들이지 못하겠노라는 표시였는데 경덕이 고개를 저었다.

"내 얘기 끝나지 않았네. 듣게 …. 허나, 공부한 사람이라고 해서 저마다 책을 펴내는 것 또한 볼썽사나운 것이 아니고 무엇이겠나. 옛 사람이 벌써 생각하고 말한 바를 글자 몇 개 고쳐서 내 책이다 한들 누가 그것을 읽고 고마워할까. 어지러운 세상을 더욱 어지럽게 만드는 짓인 것을…. 내가 두려워하는 바도 그것일세. 이제껏 누구도 말하지 아니하고 누구도 생각지 못한 것을 적고 싶네만 그것이 될까 모르겠네…. 아무튼 내 뜻이 그러하다는 걸 자네가 알고 내 말을 받아 적게. 알겠나?"

"… 네."

허엽이 마지못해 고개를 끄덕였다. 오열이 치밀어 오르는 걸 억지로 참고 있는 듯 그의 어깨가 흔들렸다.

"그리고 자네."

경덕이 이번엔 여자를 불렀다. 여자는 대답을 않은 채 경덕을 응시했다.

"내려가 봐야 하지 않나?"

"가야 할 때면 소첩이 알아서 가겠습니다."

"허 …. 그러면 이러시게. 내가 앞뒤 생각을 다듬는 동안에 자네는 노래를 불러 주시게. 예전에 나한테 하던 것처럼 말일세. 그러고 보니 자네 노래를 들은 지도 퍽 오래 됐어 …. 송림에서 청풍을 맞는 듯이 저절로 머리가 맑아지고 그랬는데 말이야 …. 소리는 높이지 말고 ….”

여자는 이번에도 아무런 대꾸가 없었다. 할아버지의 분부를 잘 따르는 손녀아이이기나 한 것처럼, 자세를 고쳐 양반다리를 하면서 치마폭을 펴놓고 노래 부를 태도를 취하는 것이 고작이었던 것이다.

여자가 제 무르팍을 슬쩍 치며 노래를 시작했다.


　　벽산(碧山) 천공(天空)에 백운(白雲) 비(飛)요.
　　북향(北向) 안진(雁陣) 점점(點點) 멸(滅) 혼대 ….


아기를 재우는 자장가처럼 고요하면서도 해맑은 음조. 소리는 꺼질 듯하면서 일어나고 치솟을 듯하다가 이내 사그라졌다. 그쳤는가 하면 뒤이어 잿더미에서 불씨가 피어나듯 다시 환하게 피어나는 것이 그녀의 노랫소리였다.

경덕은 눈을 감은 채 여자의 노랫가락에 맞춰 무릎을 두드리고 있었다.

붓을 쥔 채, 선생의 말을 기다리고 있는 허엽은 자신도 모르게 숨이 가빠옴을 느꼈다. 벼랑 끝에서 느끼는 절정의 감흥이 이러할까. 선생과 여자의 응수는 이렇듯 위태로우면서도 가슴 바닥을 더듬는 듯한 정겨움을 깔고 있었다.

이윽고 경덕의 말소리가 여자의 노랫소리를 좇았다. 하마터면

198

허엽은 선생이 여자의 노래를 따라하는 줄 알고 붓을 놓을 뻔했다.

    "… 기지분위음양하고 양극기고이위천이며, 음극기취이위지
    니라, 양고지극결기정자위일이요 음취지극결기정자위월이
    니라, 여정지산위성진하고 기재지위수화언이로다, 시위지
    후천내용사자야오. (氣之分爲陰陽 陽極氣鼓而爲天 陰極其
    聚而爲地 陽鼓之極結其精者爲日 陰聚之極結其精者爲月
    餘精之散爲星辰 其在地爲水火焉 是謂之後天乃用事者
    也)."
    (하나의 기가 나뉘어 음양이 되고, 양이 극도에 이르러 고
    동쳐 하늘이 되며, 음이 극도에 이르러 모이면 땅이 된다.
    양의 고동치는 것이 극도에 이르러 그 가장 순수함이 결합
    된 것이 태양이요, 음의 모이는 것이 극도에 이르러 그 가
    장 순수함이 결합된 것이 달이며, 나머지의 순수한 것은
    흩어져 별이 되는데, 땅에 있어서는 그것이 물과 불이 된
    다.)

경덕의 말은 물 흐르듯 거침이 없었다. 허엽도 빠르게 붓을 놀렸
다. 늘 선생한테서 듣던 학설이었으므로 알아듣지 못할 말이거나
분간이 안 가는 글자가 있을 수 없었다. 자신의 평소 생각을 말로
풀어놓는 이나 그것을 놓치지 않고 받아 적는 이는 한순간에 한몸
이 되듯이 집중과 응집이 빠르게 이루어졌다. 여자가 마지막 소리
를 지우고 소리 없이 방문을 열고 나가는 것은 물론 그 사이 햇살
대신 차가운 달빛이 장지문을 적시는 것까지도 두 사람은 의식하지
못했다.

단발령(斷髮嶺)에 올라서자 처음으로 금강산 산봉들이 눈에 잡혔다. 동편 하늘 끝에 첩첩이 뾰족봉을 세우고 있는 금강산. 한가운데 올연히 올라선 봉우리가 최정상 비로봉이요, 그 앞을 옹위하고 있는 것이 일출·월출봉이요, 채하봉, 집선봉이었다. 그 앞쪽에 부복하고 있는 산봉들은 차일봉이요, 백마봉이었다. 맑은 가을날 저녁볕이 동쪽으로 비추고 있을 때, 고갯마루에 올라 저 멀리 하얗게 솟아오른 금강산의 연봉들을 바라보면 마음이 흔들리고 정신이 황홀해져 마침내 머리를 깎고 입산하게 된다는 이야기에서 단발령이란 고개 이름도 비롯됐다고 전해졌다.
　9월 초이렛날. 둘레의 산이 온통 홍엽(紅葉)이요 분분한 것이 낙엽이었다. 금강산이 초행이 아닌 만큼, 서기는 내일 하루를 더 걸으면 장안사(長安寺)에 당도할 것임을 알고 있었다. 단발령에서

200

장안사까지 사십 리 길. 그 사이에 철이령(鐵彛嶺)이란 이름의 산 고개가 하나 더 있었다. 단발령에서도 온전히 드러나지 않던 금강산의 전모를 비로소 그 고개에서 확연히 바라볼 수 있게 되는 것이다. 여름철에도 산봉우리들은 저마다 흰 눈을 덮어쓴 듯이 하얗게 빛나고 있었는데 그 모습은 마치 수백의 신선들이 구슬모자에 흰옷을 입고 열 지어 서서 절을 하고 있는 듯, 참으로 장엄했다.

"주막이 있다더니, 어디예요?"

고갯마루 나무등걸에 앉아 하염없이 금강산 연봉을 바라보던 여자가 지친 음성으로 물었다. 날이 저물고 있었으므로 오늘은 이 근처에서 유숙할 수밖에 없었다. 철이령을 넘기 전까지는 인가가 없었다.

"저쪽 산모롱이를 돌아가면 됩니다. 저희도 선생님과 함께 묵었던 집이지요."

서기가 예전의 기억을 떠올렸다. 사내 못잖은 기운으로 장작을 패는 주모를 보곤 감탄을 금치 못했던 기억도 새로웠다.

"정말…. 내 생전에 금강산을 다시 보질 못할 줄 알았어…."

여자가 힘겹게 몸을 일으키며 중얼거렸다.

공주에서 추석 차례를 지내고 떠났다. 응봉일 떼놓았다고 해서 크게 일정이 빨라지지도 않았다. 고성까지 오는 데만도 스무 날이 걸린 것이다. 여자가 감기가 걸려 남의 집에서 이틀을 신세진 적도 있었다. 응봉인 뒷날 서기가 개성에 데려다주기로 했는데, 아이는 제 어미와 떨어지는 것도 크게 상심해 하지 않았다. 이 평사댁에서 호사스럽게 지내는 것이 먼 길 걷는 것보다 낫다는 것을 눈치챈 듯싶었다.

"초당 사형이 받아 쓴 것이 모두 네 편이었지요?"

서기가 여자와 보폭을 같이하며 물었다. 단발령 고갯길을 오를 때부터 그녀는 선생의 마지막 저술 이야기를 들려주었는데, 대개는 토정한테서 들어 아는 것이었지만 자세한 부분에서는 새롭고 상이한 것도 없지 않았다.

"그럴 거예요 …. 원이기(原理氣) 하고 태허설(太虛說) …."

"거기다 이기설(理氣說)과 귀신사생론(鬼神死生論) 이지요."

"……."

"귀신사생론이 맨 나중이었습니까?"

"그랬던 것 같아요. 죽고 사는 것, 사람과 귀신은 단지 기가 모이고 흩어지는 것일 뿐, 모이고 흩어지는 것은 있으되 유와 무는 없느니라, 기의 본체가 원래 그러함에 …."

여자가 노래하듯이 한 구절을 흥얼거렸다.

"잘 외고 계십니다, 그려."

서기가 진심으로 상찬했는데 여자가 고개를 저었다.

"무식한 것이 뭘 알아요. 알고 있는 건 이것밖에 없어요."

"그것이 귀신사생론의 요체가 아니던가요."

"정말 그럴까요?"

"무슨 말씀?"

"우리가 살고 죽는다는 것 말이에요. 육신과 정신이란 것은 기가 모인 것이고, 죽는다는 것은 그 기가 흩어진다는 것 말이에요. 흩어져 원래대로 돌아간다는데 그 다음에는 뭐예요? 선생님 말에 따

202

르면 선천으로 돌아갔다가 어느 때 다시 모여 무엇인가 만들어진다
는 것 아니겠어요? 허나 처음의 모습 그대로는 아니겠지요, 그죠?
예컨대 화담 선생도 이젠 선천의 기로 돌아가 버렸잖아요. 그 눈
빛, 그 음성, 그 웃음은 생생하게 다른 이의 기억에 남아 있지만
실제로 그것들은 이 지상에 없잖아요, 그 육신도 흙이 됐겠지요.
그것들은 이제 모두 선천의 기가 돼버렸는데, 그렇다고 어느 때 그
것들만 그대로 다시 모이지는 않겠죠, 그죠? 다음 번에는 그 기들
이 또 다른 기들과 섞이고 뭉쳐져 잣나무가 되고 해당화가 되고 산
돼지가 된다는 그런 말 아니에요? 그러니까 멀고 먼 훗날에도, 그
리고 영원히 화담 선생은 다시 태어나지 않는다는 그런 뜻 아니에
요?"

여자가 간절한 눈빛으로 서기를 쳐다봤다. 서기로서도 그녀의
절망, 그녀의 안타까움을 헤아릴 수 있었다.

"그럴 겁니다."

"그게 뭐야….."

곧바로 그녀의 입에서 허탈한 탄식이 튀어나왔다.

"그냥 무(無)에서 무로 돌아갔다고 하면 될 걸, 복잡하게 기가
어떻고 선천 후천이 어떻다 할 게 뭐람. 저 단풍나무를 봐요. 어쩜
저 나무도 선생님의 기가 보태져 만들어졌을지도 몰라요, 그렇다
고 제가 저 나무보고 서방님, 하고 부르겠어요, 처사님이 선생님,
하고 부르겠어요? 모든 기억을 포함하여 형체까지 온전히 재현되
지 않는 한 모든 생명은 한번 죽으면 영원한 무화(無化) 같아요."

"저 나무는 삼 년은 더 되었을 성싶은데요?"

"이파리는 해마다 새로 나잖아요."

"그렇군요. 그런 얘기는 불가(佛家) 쪽에서 하는 것 같습디다."

"거긴 그래도 윤회설(輪回說)이라는 게 있잖아요."

"그렇게 꼭 선생님을 저승에서라도 뵙고 싶으세요?"

"그럴 수 있다면요."

"나무 한 그루 돌멩이 하나도 기가 모여 이루어진 것이라는 말씀, 그 얼마나 좋습니까. 저 이파리 하나가 돌아가신 어른의 손톱을 만들었던 기가 옮겨진 것이라고 하면 이파리 자체가 벌써 달라져 보이질 않습니까. 따라서 이 세상에는 하찮은 것, 예사로운 것이 있을 수 없지요. 자연과 사람이 하나되는 그 자리에 화담 선생의 소중한 기론이 있다고 저는 여기거든요. 아무튼 저는 이제 입을 꾹 다물고 있겠습니다. 본시 유가(儒家)에서는 죽음 다음의 이야기는 하지 않는 법이니 말입니다."

"화담 선생은 유가가 아니라서 귀신얘기까지 하셨던가요."

"주막에 다 왔습니다, 누님."

서기가 농을 한 다음에야 비로소 여자가 웃음을 보였다.

그 겨울, 선생은 생의 마지막을 인지한 듯이 평생의 저술 4편을 구술(口述)로 완성시켰지만 봄이 되자 다시 기력을 회복했다. 그러나 이것은 어둠이 오기 전에 잠깐 맞는 황혼과 같은 것이었다. 새 기운으로 제자를 맞고 서책을 다시 폈던 선생은 그해 장마철에 다시 병석에 누웠으며, 더위가 한창 기승을 부리던 무렵 끝내 숨을 놓고 말았기 때문이다.

주막 마당은 벌써 한 무리의 등짐꾼들이 차지하고 있었다. 마루

204

에서 술을 마시는 이, 짐들을 새로 정리하는 이, 의복을 빨아 너는 이…. 소란스러움과 분주함이 잔칫집과 다를 바 없었다. 그들은 여자를 보고 예사로 음험한 소리를 늘어놓는 것도 마다하지 않았다.

낭패가 아닐 수 없었다. 고작 세 개 있는 토방마저 벌써 그들 차지였다. 여자를 주모와 함께 자게 하는 방도를 찾아보았지만 바깥주인이 있는 터라 그럴 처지도 못되었다. 알고 보니 이들 짐꾼들은 한양의 어느 대가댁이 금강산 유람가는 데 따라 붙은 하인배들이었다. 하루 이틀 먼저 금강산에 당도하여 먹을 걸 장만하고 유흥자리를 마련한다는 걸 보니 돈 많고 권세 있는 양반네 네댓이 행차를 하는 것 같았다.

고생스럽지만 밤길 걸어 철이령을 넘자고 서기가 말했지만 여자가 듣지 않았다. 여자가 직접 주모와 흥정을 벌이더니 헛간 토방하나를 얻어냈다. 벼와 콩 가마니가 쌓인 곳간이 바로 두 사람이 잠잘 곳이었다. 바닥이 맨 흙바닥인 것은 고사하고 두 사람이 마주앉으면 무릎이 맞닿을 듯한 좁은 공간이 더 문제였다. 이만한 것이라도 내주니 고마워하라면서 주모는 거기다 거적을 깔고는 때 절은 이불 한 채를 던져주곤 가버렸다. 퀴퀴한 냄새가 코를 찔렀다.

"바깥에서 얼어죽는 것에 비하면 이런 호강이 없지."

여자가 태연스레 그 이불을 깔고 앉으며 말했다.

추위를 피할 방 한 간을 얻은 건 다행이지만, 서기로서는 여전히 잠 잘 일이 막연했다. 여자와의 한 방 거처는 그렇다 해도, 누우면 서로의 가슴이 맞닿는 데서 어떻게 잠을 청할 수 있단 말인가. 지금껏 오래 동행을 하면서도 이렇듯 딱한 경우는 처음이었다. 마음 같아서는 딴 방에 가서 등짐꾼들 틈에라도 끼어 자고 싶은 심정이 었지만, 험한 사내들 득시글거리는 데서 여자 혼자 자게 내버려둘 수도 없는 일이었다.

콩 가마니에 기대앉아서 밤을 지새겠다고 혼자 요량을 하고 있 는데, 여자는 직접 부엌에 가더니 국밥이며 술안주까지 챙겨 직접 들고 들어왔다.

"서방님, 든든히 먹어 두셔요. 기운이 있어야 내일 행로를 탈 없 이 잡지요."

여자가 짐짓 하는 '서방님'이란 말도 이제는 민망하게 들리지만 은 않았다. 응봉이를 뗀 다음부터는 형세를 봐 가며 오누이 행세를 하기도 하고 부부 시늉을 하기도 한다는 것이 두 사람의 묵약이었 다. 그러잖아도 벌써부터 하릴없는 등짐꾼들이 두 사람의 행색을 수상히 여기면서 헛간 토방을 염탐하고 있다는 것쯤은 눈치채고 있 었다. 둘이 마주앉아 국밥을 먹고 있는 때에도 손가락 하나가 불쑥 봉창을 뚫고 들어오기도 했던 것이다.

사발째 막걸리까지 비우고 나니 전신에 온기가 퍼지면서 금세 졸음이 밀려왔다. 두루마기를 벗어 봉창을 가린 다음 호롱불을 껐 다. 여자는 아랫목에 몸을 웅크린 채 누웠고, 서기는 문 곁 가마니 에 몸을 기댄 채 다리를 뻗었다. 여자 또한 술을 마셨건만 쉬 잠을 청하지는 못하는 듯싶었다. 그녀가 내는 거적때기 소리며 혼잣소 리처럼 중얼거리는 음성을 서기는 잠결에 들었다.

"… 화담 선생 다음으로 황진이가 좋아한 남정네는 이사종(李士

206

宗)이란 벼슬아치였대요. 선전관(宣傳官)을 지내곤 벼슬도 때려치 웠다던가. … 술 잘하고, 문장 좋고, 그림 잘 그리고, 노래도 잘하 고…. 천하의 한량이었나 봐요. 처음 만나서 둘이 똑같이 한눈에 반했다니, 기가 센 남녀끼리 통하는 뭐가 있었나 봐요. 삼 년을 약 조하고 두 사람이 살림까지 차렸다니 단단히 끌려도 서로가 모질게 끌린 모양이에요. 허나 그러면 뭐해요. 불처럼 뜨겁고 보석처럼 영롱하던 사랑도 세월 가면 차갑게 식고 퇴색해 버리는 거 아녜요? 약조가 끝나갈 무렵, 두 사람은 금강산 유람을 했다고 해요. 말이 산천유람이지만 두 정인(情人)의 마지막 이별여행이었던가 봐요. 산을 떠나면 이제 예전처럼 남남이 되는 거다…. 이럴 때, 아무래 도 독하긴 여자가 더 독한가 봐요. 이미 황진이는 마음을 굳혔는데 남자는 그렇지 못했다는 거예요. 남자는 약조를 삼 년간 더 늘리자 고 졸라대고, 여자는 그럴 수 없다고 눈을 치뜨고 그랬나 봐요. 그 런 판에 금강산 경치가 어디 눈에 들어오고 했겠어요. 마음 상한 남정네는 밤낮으로 술만 퍼마시면서 울부짖고, 황진이는 그런 남 자를 뗀답시고 놀이 나온 양반네들과 춤추고 노래하고…. 밤 되면 일부러 그들 품에 안겨 잠을 자곤 그랬다지요. 나중엔 절간 중까지 도 홀리고…. 산중 사내들은 황진이라는 말만 듣고도 늙은이든 젊 은이든 모두 넋이 나갔다고 하대요. 그런 꼴을 보고 있는 사내의 마음은 어떠했겠어요. 반미치광이가 된 이사종이 너 죽고 나 죽자 고 한 모양예요. 다른 남정네 품에 가는 꼴을 내 눈뜨고 볼 수 없 으니 나랑 죽자…. 한사코 달아나는 황진이를 붙잡고 함께 폭포에 떨어졌다지요…. 그리고 어떻게 됐을까요? 마침 근처에 사람들이 있어서 황진이는 구해 냈는데 이사종은 거기서 절명했다더군요. 그 정인의 시체를 바라보는 황진이 심정은 또 어떠했겠어요? 세상 남정네가 다 갖고 싶어한 노리개가 황진이인데, 그 여자의 팔자도 그렇게 기구한 것이었던가 봐요….”

음험한 봇짐꾼이 소리 없이 봉창을 여는 줄 알았다. 가슴팍에 느껴지는 섬뜩한 한기. 퍼뜩 눈을 뜬 서기는 방바닥을 더듬어 목침부터 찾았다.

“가만있어요.”

목소리는 다른 데서 났다. 낮고 그윽한 음성. 언제 다가온 것일까, 여자가 바로 코앞에 있었다. 서기는 얼른 자신의 가슴팍을 내려다봤다. 어느 틈에 저고리 고름이 풀어져 있고 앞가슴이 다 벌어져 있었다. 여자가 내뿜는 뜨거운 입김. 술 냄새. 그녀의 얼굴이 가슴으로 쏟아져 들어왔다.

서기가 정신을 수습하기도 전에, 여자는 제 얼굴로 남정네의 가슴팍을 더듬고 입술로 젖꼭지를 찾아 물었다. 그녀의 두 손이 뱀처럼 허리로 파고들었다. 향기로운 여자의 머리 내음, 분 냄새, 그리고 형체를 알 수 없는 체취…. 서기는 한순간 깊은 나락으로 빠져드는 느낌이었지만, 생각에 앞서 두 손이 거칠게 여자를 떠밀었다.

“이게 무슨 짓이오?”

얼른 저고리를 여몄다. 벽면에 머리를 부딪친 듯한 여자가 숨소리를 가다듬고 있었다. 어둠 탓에 그녀의 눈빛을 볼 수 없었다.

“날 갖고 싶지 않으세요?”

낮은 음성으로 여자가 물었다. 목소리가 지극히 단정했다. 떨리는 건 되레 서기의 음성이었다.

"이건 도리가 아닙니다."

"무슨 도리?"

"그쪽은 한 여자이기 이전에 제게 사모님이십니다. 천륜으로도 있을 수 없는 일입니다."

"그 선생은 이제 백골마저 썩었는데?"

"육신이 있고 없음은 일 아닙니다. 사람의 도리는 마음과 육신 이전의 것이옵니다."

"바보 같애 ….."

여자가 웃음을 터뜨렸다.

"화담 선생한테서 배웠다면서 순 엉터리만 공부했어. 저도 알아요, 사람의 도리가 뭐며, 인의(仁義)가 뭔지쯤은 ….. 헌데 딱한 선비님, 봐요, 여긴 강원도 첩첩산골 주막집 토방이에요. 저하고 처사님 둘밖에 없어. 마흔 넘은 과수댁이랑 아직 서른 안 된 남정네가 한방에서 잔단 말이에요. 그냥 잠만 잘 거예요? 선비님이 흔히 말하는 그 음양의 조화가 있어야 하는 것 아녜요? 그게 천륜을 어기는 것이라고? 선생님이 데리고 자던 여자한테는 욕정 한 번 품어서는 안 된다 여기곤 매양 그렇게 돌부처처럼 있는 거예요? 그렇다고 쳐요. 제가 선생님이랑 혼례를 올리는 걸 본 적이 있어요, 같이 사는 걸 보기나 했어요? 그리고 그 선생님은 삼 년 전에 세상 떠났어요. 참, 이런 말들은 차라리 필요가 없겠어 ….. 어쨌든, 저는 남정네가 그리운 과수댁이란 말이에요. 왜, 날 잡아먹겠다는 마음 한 번 갖질 못하는 거예요? 도대체 선비님이 말하는 자연은 뭐고,

순리라는 게 뭐예요? 쯧쯧, 하기사 꽉 막힌 샌님들은 여자 알몸을 껴안고서도, 아이구 공자님 맹자님, 이건 인의가 아닌 줄 아온데, 단지 측은지심(惻隱之心)으로 이러하옵니다, 한다더니만…. 후후."

"정말 영문을 모르겠습니다."

서기가 큰 숨을 내쉬며 말했다.

"뭘 몰라요?"

"처음 뵈올 때부터, 사모님이 예사 여자분이 아니란 건 알았습니다만, 이 지경이신 줄은…. 누가 뭐라든 화담 선생님과 여러 해 사신 분이고 거기서 생산까지 하신 분입니다. 그러하면, 누구보다 인륜을 잘 아시면서 행실 또한 단정하셔야 마땅하다고 여겼습니다. 그것이 곧 선생님의 성명을 지키고, 그 가르침을 따르는 도리가 아닌가 여긴 것입니다. 하온데…."

"하온데? 천한 퇴기(退妓)보다 더 잡스럽단 말인가요?"

"……."

"내가 바로 퇴기이니까 그렇지. 그런 것도 모르시겠어요?"

"정히 듣기 민망스런 말씀입니다."

"딱한 양반, 내가 그렇게 귀띔을 했건만, 아직 내가 황진이란 걸 모르세요?"

"네?"

"하하, 이런 꽉 막힌 선비네는 천하의 황진이도 잡아먹어 볼 도리가 없다니깐…. 됐어요, 이제 자요."

"사실입니까?"

210

베개를 껴안고 모로 쓰러지는 여자를 보며 서기가 황급히 물었다. 여태 사모님이라 불렀던 여자가 진정 개성 명기 황진이였단 말인가. 선생에게서 떠났던 그녀가 선생에게 돌아와 후실이 되고 그 아이까지 생산했단 말인가. 믿어지지 않았다.

"진정 사모님이 진랑이옵고 명월(明月)이란 말씀입니까?"

"왜요? 그래도 사내 명색이라고 황진이란 이름 들으니 눈이 번쩍 떠져요?"

"이거 참…."

그 동안 여자가 했던 말들이 빠르게 머리 속을 훑고 지나갔다. 여름밤, 화담골에서 목욕을 하며 선생을 유혹할 제, 선생이 뭐라고 말했다던가. 그랬다. 진이 네가 돌아왔구나…! 이미 그때 선생은 모든 걸 알고 있었다. 그렇다면 토정과 허엽은? 그들이라고 몰랐을 까닭이 없다. 비록 예전 모습의 황진이는 아니었지만, 선생에 대한 지극한 애정으로 새롭게 선생을 찾아온 그녀에 대한 고마움이 없었을 턱이 없다. 화담 근처 초가에 거처를 정해 만년의 선생을 돌보면서 아이까지 낳은 정분을 보면서 선생과 그녀를 함께 지켜드리리라 마음먹은 그들의 깊은 심사가 비로소 이해됐다.

황진의 예전 모습을 직접 눈으로 본 이는 그 둘뿐이었다. 혹여 문도들 사이에라도 말이 퍼지면 그것이 세간으로 넘치게 마련인 법, 그리하여 턱없이 호사가들이 화담에 들락거리기라도 하면 두 사람의 고요하고도 애틋한 정분에 금이 갈지도 모른다 여겨 오래 지금껏 함묵해 왔음이 짐작되는 것이었다. 그렇다면 조금 전, 묻지도 않았는데 여자가 황진이와 이사종의 이야기를 굳이 들려준 까닭도 있었다. 황진이가 선생을 떠난 계기가 무엇인지 모르나 이사종이 그 한 원인이었음은 대개들 눈치채고 있었던 것이다. 황진이의 이사종과의 사랑놀이는 그렇게 끝이 났다는 뜻일 터. 고운 얼굴에 한쪽 눈이 찌그러지고, 푸른 반점까지 얻은 것도 그 폭포에서 떨어진 사고에서 기인했을 수 있었다. 정인의 참혹한 죽음을 눈으로 보고, 스스로 육신과 마음의 상처를 깊이 남긴 그녀가 돌아간 곳은 결국 화담이었다!

박복한 여자에게는 뒤늦은 안정과 복됨도 오래가지 못했다. 몇 년이 지나지 않아 맞게 되는 선생의 병고(病苦)와 임종. 뒤에 남은 어린것들을 홀로 키우기. 그리고 길을 떠났다. 살아 생전 선생이 걸었던 길을 되밟아 그리운 선생을 다시 만나기. 그 끝자락 금강산에는 무엇이 있는가. 환희 끝에 마주치는 참혹한 절망. 죽음과 회귀(回歸). 여자는 또다시 그 길을 찾아나서고 있었던 것이다. 생각은 빠르게 정리됐다. 서기로서는 새삼 놀랍고 당혹스럽기만 했다.

"정말 놀랍습니다!"

서기가 탄식을 뱉었다. 그녀의 노래, 그녀의 춤까지 이해되지 않는 바가 없었다. 그런 돌올함을 보고서도 왜 자신은 진작 황진이를 떠올리지 못했을까, 자책마저 없지 않았다. 여자는 또 어둠 속에서 혼잣말처럼 중얼거리고 있었다.

"놀라울 것도, 새로울 것도 하나 없어요. 이름이 바뀌었다 해서 사람이 바뀌는 것은 아니니까요. 명월(明月)아, 네 이름이 참 좋다. … 항시 선생님이 그러셨어요. 화담 선생이 제 몸을 알고 있었던 거예요. 남정네들이 내 몸을 탐하고 나 또한 남정네를 탐하지만, 실은 저의 지극한 음기(陰氣)가 사내들을 쓰다듬는 거라고 하셨어요. 무식한 년이 들으면 음기(陰氣)나 음기(淫氣), 그게 그것 아니겠어요. 젊은 날부터 제 마음에 앞서 제 몸이 먼저 사내를 찾는 때도 없지 않았어요. 이 더러운 기운이 무엇인가, 어찌하면 이 기운을 죽일까, 절망하고 한스러워 하며 제가 저를 죽여나가던 때가 없지 않았는데 선생님 말씀 듣고부터는 다 괜찮아졌어요. 그것이 제 자신임을 받아들일 수 있었던 거예요. 선생님 학문에도 그런 말씀이 있지요? 순수한 음기가 고동쳐 달을 만들었다고요. 그 선생님이 제 몸을 보름달이라고 하시는 거예요. 천하디 천한 제 기명(妓名)마저 그렇게 예쁘게 새겨주셨던 거예요. 부처님이 들으면 노여워한다 하시면서도 월인천강(月印千江)을 말씀하시기도 했어요. 달 밝은 보름밤, 달은 하나인데 천 개의 강에 그 달덩이가 새겨진다고요…. 그 거룩함을 제 몸에 비견하시던 선생님이셨어요. 그런 선생님을 제가 어찌 잊을 수 있겠어요. 술 취한 사내의 몸에 깔려 신음을 하면서도, 손찌검에다 욕지기까지 받으면서 그 더러운 육신을 핥고 있는 때도 저는 늘 선생님 말씀을 떠올렸어요. 그러면, 고통도 서러움도 씻은 듯 가시는 것 있죠. 이 사내들이 없으면 제 몸이 있을 수 없고, 제 몸이 없으면 제가 있을 수 없다는 것을 그렇게 깨쳐 나갔던 거예요. 낮이 없으면 어떻게 밤이 있을 수 있으며, 어둠이 없이 어떻게 달빛이 있을 수 있겠어요. 선생님은 저를 달이라 하셨지만, 저는 밤이고 어둠이에요. 밤과 어둠의 결정이 달이겠지요. 그 어둠과 빛의 끝없는 순환 속에 제 몸이 맡겨져 있어요."

여자의 말이 끊어졌다. 그대로 깊이 잠드는가 여겼는데 머잖아 자장가처럼 고요히 시 읊는 소리가 새어 나왔다.

내 언제 무신(無信)하여 님을 언제 속였관대
월침삼경(月沈三更)에 온 뜻이 전혀 없네
추풍(秋風)에 지는 잎 소리야 낸들 어이 하리오

서기도 앉은자리에서 모로 몸을 뉘었다. 그리곤 이마가 맞닿을 듯 가까이 누운 여자의 가는 허리를 안아 끌었다.
"이 밤 제가 품어 뫼시겠습니다. 편히 주무십시오."
"고마워요."
여자가 황급히 사내의 가슴에 제 몸을 밀착시켰다.
여자의 손길 하나가 금세 사타구니 속으로 파고들었지만 서기는 그것을 뿌리치지 않았다.

제자들의 도움을 받아 화담골 물에 가서 탁족(濯足, 발을 씻음)을 하고 머리까지 단정히 빗은 경덕은 다시금 책방 요 위에 뉘어졌다.

　지친 표정이었으나 눈빛은 맑았다.

　"내 등을 고여다오."

　거친 숨을 내쉬며 그가 말했다. 요란하던 매미소리가 한 차례 그쳤다. 제자들과 마지막 작별인사를 나누겠다는 뜻임을 허엽이 알았다. 허엽과 박순이 나서서 선생의 상체를 부축했다. 형해(形骸)만 남은 선생의 육신이었으므로 힘을 쓸 것도 없었다.

　포갠 이불에 등을 기댄 경덕이 간신히 다리를 끌어 모았다. 툇마루에 떨어지는 햇빛이 눈부신 듯 잠깐 미간을 접기는 했지만 찬찬히 시선을 돌려 방안 제자들이며 뜰에 부복한 이들을 둘러보았다.

　제자들 중에서도 연배가 높은 장가순, 박지화, 홍인우, 차식, 이지함, 허엽, 박순 등이 방안에 꿇어앉아 있었으며, 정지연(鄭芝

衍), 이구(李球), 남언경(南彦經), 마희경(馬義經), 최자양(崔自陽), 최력(崔櫟), 김혜손(金惠孫), 이균(李均), 황원손(黃元孫), 김한걸(金漢傑), 강문우(姜文佑) 같은 연하자들은 마당에 서서 선생의 임종을 지키고 있었다. 본댁인 이 부인과 측실 여자는 경덕의 옆을 지켰다.

"이정이는 오진 않았느냐?"

박민헌이 보이지 않는다는 경덕의 말이었다. 장가순이 아뢰었다.

"아마 기별이 닿지 않았나 봅니다. 여헌(黎獻, 박민헌의 아우)도 오질 못했습니다."

"고청(孤靑, 서기)인 또 집 나가 있어서 나 죽는 줄도 모를 터이고…."

"늦게라도 달려올 것입니다."

토정이 덧붙였다.

"오냐, 오늘이 칠석날이다. 떨어져 있던 하늘의 정인도 오늘 하루 만난다 했는데, 나는 오늘로 너희와 작별해야 될 듯싶구나. 무릇 너희는 화담에서 글을 읽은 이들이다. 하여 복(復, 주역에서 말하는 변화의 이치)이 무엇인지는 알 터, 도를 깨치는 것이 곧 불원복(不遠復, 머지않아 돌아온다는 뜻)이니라. 이는 곧 목숨 있는 자가 천성을 회복하여 극기복례(克己復禮)하는 것이며, 죽은 자가 다시 살아나는 것이며, 깨알 같은 씨앗에서 낙랑장송의 싹이 트는 바와 다름없다. 하여, 나는 죽어도 죽지 않은 것이니 곡(哭)을 하여서도 안 되고, 무덤을 외람히 해서도 안 된다. 너희들 또한 지일(至日, 하늘과 땅이 처음으로 돌아오는 날)의 이치를 새겨 날로 정진

216

할 것이며, 착한 일에 힘써서 옛것에 머물지 않도록 해야 하느니라. 내가 너희와 함께한 공부를 후세의 학인(學人)들에게 두루 전하여, 모든 중국인과 변방의 사람들로 하여금 우리 동방에도 학자(學者)가 나왔음을 일러주는 것도 너희의 일임을 잊지 말아라."

"스승님의 가르침, 뼈에 새기겠습니다."

장가순의 말에 따라 방 안팎의 제자들이 함께 머리를 조아렸다.

경덕의 호흡이 더욱 가빠졌다. 한동안 숨을 가다듬던 경덕이 천천히 고개를 돌려 본댁 이 부인을 돌아봤다.

"여보시게, 부인. 그 동안 고생이 참 많았구려···. 못난 서방, 평생 책방만 지키다가 이제 서풍따라 떠날 터이니 부인은 훗날 따라오시게. 이 아비가 논마지기는 만들지 못했지만 이름 석자는 남기고 가니 그 덕에 애들 먹을 것은 저절로 생길 것이외다, 걱정 마시고···."

말을 마치지 못하고 경덕이 눈을 감았다. 마르고 창백한 입술이 가늘게 떨렸다. 장가순이 무릎걸음으로 선생에게 다가들었는데 경덕이 가까스로 손을 저었다.

"다들 물러가고 문을 닫게."

측실 부인에게 따로 할 말이 있다는 뜻으로 새겨들었다. 이 부인과 방안 제자들이 책방을 나와서 문을 닫았다.

"자네 있는가?"

간신히 눈을 뜬 경덕이 눈빛으로 황진을 찾았다.

"예, 소첩 여기 있습니다."

황진이 경덕의 손을 잡았다.

"진아, 날 따라가자 하면 갈라는가?"

경덕의 입가에 미미한 웃음이 새겨졌다.

"그럼요, 선생님 가시는 데라면 지옥불에도 따라가겠습니다."

"지옥은 없어 …. 내가 자네를 얻었음이 천복이야. 고마우이."

"선생님 …."

"또 만나세."

"소첩, 꼭 그러할 것입니다."

"그래 …."

"천첩, 하직 인사 올리겠나이다. 절을 받으셔요 …."

"그래 …."

황진이 경덕의 손을 놓고, 천천히 몸을 일으켰다. 뒷걸음으로 물러나 이마에 두 손을 얹었다. 방안에 새어 든 햇살이 그녀의 치마폭 흔들림에 따라 가늘게 파장을 일으켰다. 경덕이 반쯤 눈을 뜬 채 그녀를 쳐다보았다.

무너지듯 내려앉는 황진의 몸. 큰 치마가 방바닥을 덮는 사이 그녀의 상체가 크게 앞으로 꺾여졌다. 머리를 바닥에 닿고도 그녀는 오래 그렇게 있었다. 가녀린 어깨가 크게 요동친 다음에야 힘겹게 상체를 세웠다.

몸을 세우지도 못한 채 그녀가 황급히 경덕에게 다가들었다. 경덕의 몸이 한 쪽으로 기울어지고 있음을 봤기 때문이었다. 다급히 경덕의 머리를 품어 안았다. 더듬어 그의 얼굴에 제 얼굴을 갖다댔는데 벌써 온기가 사라지고 있었다. 숨소리가 그쳐 있었다.

벼락같은 여자의 울음소리가 터진 것은 그 순간이었다.

9월 열이튿날, 서기와 여자는 거처를 정양사에서 영원암으로 옮겼다. 때가 단풍철인 만큼 금강산 심산유곡도 사람들의 내왕이 그치지 않았다. 만이천봉 산봉을 세운 금강산에는 산봉만큼이나 많은 절간과 암자가 골마다 있다 하지만 수중에 전량(錢糧)이 넉넉지 못한 서기로서는 절방 하나 얻기가 수월치 않았다. 한양이며 강릉 쪽에서 떼거리 종자들을 거느리고 단풍놀이를 나온 권세가들이며 만석지기들이 산중 절방들을 죄 차지한 탓이었다. 남여(藍輿)를 지고 다니며 그들을 태울 뿐만 아니라 음식대접 등으로 이미 돈맛을 본 중들은 허접떼기 갓쟁이쯤은 사람 취급조차 하려 들지 않았다.

비로봉에서부터 올곧게 뻗어내린 지맥(地脈) 가운데서도 가장 명당자리에 앉았다는 정양사에서 사흘을 묵을 수 있었던 것도 순전히 여자 덕이었다. 사람들로 북적이는 표훈사에서 하룻밤을 잘 수 있었던 것도 마찬가지였다. 서기의 청에는 눈썹 하나 까딱하지 않던 중들도 여자의 수작에는 금세 입이 벌어졌던 것이다.

미리 예약을 했던 호조참판(戶曹參判) 나으리가 당도하는 날이라던가. 정양사 주지가 여자를 붙잡고 되레 사정을 했다. 잡인들의 출입을 금하라는 명이 있어서 그런다며 며칠간 영원암으로 옮겨 머물러 달라는 것이었다. 도도한 참판 나으리 눈에는 모든 이가 잡인에 지나지 않는 모양이었다.

영원암은 정양사에서 표훈사를 거쳐 내려와 갈래 짓는 골 물을 따라 명경대(明鏡臺) 쪽으로 들어가야 만날 수 있었다. 물 맑고 바위벽 좋은 명경대를 지나 십 리 길 가까이 걸으면 다시 골 물이 갈라지는데 오른편으로 들면 영원암이요, 왼편으로 가면 수렴동 골짝기와 백탑동을 만날 수 있었다.

영원암을 찾아가는 길. 아득한 키를 세우고 있는 석가봉과 지장봉 사이로 들었다. 골 물이 우렁차게 흐르는데 곳곳의 웅덩이들은 저마다 커다란 거울이 되어 불타는 듯한 단풍숲과 바위기둥들을 담고 있었다. 주위의 바위봉우리와 돌들의 형세 또한 기이하기 짝이 없다. 지장봉을 지나자 큰 바위 하나가 다시금 하늘을 찌를 듯 솟아 있는데 그 높이가 오륙백 척은 됨직했다. 얼룩덜룩 바위벽에 새겨진 누런 빛깔의 무늬를 보노라면 마치 거대한 물고기의 비늘과 같은데 뾰족한 꼭대기의 모양은 배의 돛과 같다. 이곳이 바로 만경대란 곳이었다. 그 아래에는 울금향(鬱金香) 빛처럼 노랗고 새말간 소(沼)가 있는데, 벌써 이곳에도 네댓 명의 양반네들이 기생과 악사들까지 거느리고 와서 술판을 벌이고 있었다.  솥을 걸어놓고 음식을 만드는 종자들의 움직임이 분주했다.

"오늘 점심은 저 집에서 얻어먹으면 되겠다. …"

앞서 걷던 여자가 서기를 돌아보며 씩 웃었다.  아직 아침에 마신 술기운이 온전히 가시지 않은 그녀였다.  금강산에 든 날부터 그녀는 취기를 놓은 적이 없었다.  여자 혼자 어디를 그렇게 싸돌아다니는지 거처를 같이하면서도 서기는 그녀의 얼굴 보기마저 힘이 들었다.  '이제부터 이 산중에서는 나 혼자 놀 터이니 처사님은 처사님대로 노세요.'  표훈사에서 하룻밤을 자고 난 아침 그녀가 말했는데, 말 그대로였다.  절간 중들과 시시덕거리는가 하면 놀이판 벌어진데는 다 찾아다니면서 노래를 하고 춤을 추었다.  대놓고 자신이 송도 명기 황진이라고 말했는데,  당초에는 그 말을 곧이 듣지 않던 한량들도 그녀의 노래와 춤을 보고서는 이내 감복해 버리고 말았다.  그들은 술과 음식을 권하면서 그녀에게 돈냥을 던져주는 일도 서슴지 않았으며,  소문을 듣고는 사람을 보내 그녀를 청하는 경우도 없지 않았다.  여자는 그렇게 흐드러지게 놀다가 늦은 밤중에야 몸을 휘청거리며 거처로 돌아왔던 것이다.  서기로서는 먼 데서 그녀를 지켜볼 도리밖에 없었다.  제 말을 들을 여자가 아니었다.

"우선 암자부터 들러야지요."

서기가 긴하게 말했는데도 그녀는 훼훼 손부터 내저었다.

"우리 처사님이 계시는데 내가 무슨 걱정을 해.  나중에 날 데리러 오시면 되잖아요,  그죠?"

"사모님."

"누님이라니깐 ….."

"도대체 금강산엔 왜 오자고 하셨어요, 이러실려구?"

"우리 처사님, 정말 몰라도 너무 모르셔 …. 저 경치 봐요, 저 물소리 들어봐요, 저 만산홍엽은 어쩌구요 …."

서기는 여자를 앞질러 산길을 올랐다. 따라오려면 오고 말려면 말라는 투였다. 귀암을 지났다. 마의태자가 은거했다고 하는 돌성이 아직 그 근처에 남아 있었다. 수왕성이라고 부른다던가. 눈을 들어 위를 보니 석가봉이 아슬아슬한 구름을 이고 푸른 하늘에 닿아 있었다.

길은 더욱 험해지고 시냇물이 그 사이를 들락날락한다. 흩어진 돌들을 조심스레 디디며 가다보면 또 석벽 단애에 붙은 돌틈 길도 나온다. 어떤 곳은 그나마 발 디딜 곳이 마땅찮다. 통나무다리를 건넜는데 그곳에는 낙엽까지 수북히 쌓여 있어 금세 발을 헛디딜 것 같아 두렵기도 하다. 여자를 기다렸다. 여자가 노래를 흥얼거리며 뒤따라오고 있었다.

"제 손을 잡으세요."

손을 잡아 이끌자 그녀가 쓰러지듯 품안에 안겨든다. 다시금 허리를 감아오는 그녀의 손.

"나 매일매일 딴 남자들이랑 논다고 우리 처사님 화난 건 아니죠?"

눈가가 촉촉히 젖어 있었다.

마음 같아서는 그녀를 으스러져라 껴안고 싶지만 그럴 수 없었다.

"다 온 것 같아요, 가시죠."

222

그녀의 손을 떼놓았다.

수렴동쪽 길을 버리고 차일봉 가는 골짝으로 들었다. 멀리 제비집처럼 벼랑 위에 앉은 암자가 보였다. 까닭 없이, 서러움이 치밀었다.


놀이 지고 있었다.

차일봉 백마봉으로 줄을 잇고 있는 산봉들이 모두 황금빛을 띠었다. 붉은 하늘빛 탓에 산비탈의 단풍들이 홍염(紅焰) 타오르듯 어지럽게 보였다. 서기는 가부좌를 한 채 그 붉은 하늘과 산봉들을 내다보고 있었다. 황홀한 풍경을 보고 있음에도 마음속 감흥은 없었다. 절경의 한가운데 앉아 있건만, 눈에 밟히는 것은 이 시각 어머니의 모습뿐이었다. 오줌통을 이고 산자락 비탈밭에 오르는 그녀의 모습. 금세라도 돌맹이처럼 비탈을 굴러내릴 것 같은 작은 체구. 왜 어머니는 지금껏 그 말을 하지 못한 것일까. 진실로, 네 아버지는 이 평사 어른이시다. 소금장수 이야기는 내가 지어낸 것이다. 그 어른을 지키고, 너를 지키려고…. 그 동굴은요? 소낙비는요? 그때 마침 그 어른이 논에 나오셨느니라. … 비록, 아버지라고 부르지 못한다 해도 너는 그 어른의 은덕을 잊어서는 안 된다. 지금껏 너를 거둔 정을 생각해 보거라. 친자식이란 마음이 없이 어찌 그러실 수 있겠느냐.

여자가 두렵다. 한평생 어머니와 그 어른만 아는 일을 그녀가 알아낸 것이다. 삼십 년의 비밀을 그렇게 쉽게 들추어낸 것이다. 그녀는 처음부터 소금장수 이야기 같은 것은 믿지도 않았다고 말했다. 이 평사를 한 번 보고는 대번에 눈치를 챘다 하지 않았는가. 그리고 그 노인네의 품에서 직접 토설을 받아냈다고 하지 않았는가. 허허, 자네한테만 말하지, 그래 서기 저놈이 내 자식이여…. 삼십 년 동안 친자식을 자식이라고 부른 적 없는 이가 참한 여자의 몸뚱이를 품은 감개에서 그 비밀을 털어놓았다. 어처구니없는 일. 결국 나는 뜨내기 아낙만도 못한 몸이 아니고 뭔가 말이다.

단발령 주막 토방에서 여자로부터 처음 그 얘기를 들을 적만 해도 이것이 꿈이거니, 꿈에서 듣는 소리거니 여겼다. 그런데 그게 아니었다. 산 속에 들어서는 더욱 쟁쟁하게 그 소리가 귓전을 울렸다. 처사님 아버지가 누군지 아세요? 아세요? ……. 소리는 바위벽에서 메아리 되어 웅웅거렸고 폭포소리보다 더 크게 골을 울렸다.

선생의 걸음을 되밟는 길, 선생의 여자와 함께 하는 길의 마지막 자리에서 마주치는 것이 이러한 큰 공허일 줄은 차마 상상치를 못했다.

"처사님 차 한 잔 드시지요."

지각(至覺)이 차 주전자를 들고 들어왔다. 잠깐 이야기를 나누어봤는데 젊은 중 치고는 꽤 주역 공부가 깊은 이였다.

"아래에 내려가보지 않으셔도 괜찮겠습니까?"

차를 따르면서 근심스런 낯빛으로 물었다. 그가 여자걱정을 하고 있었다. 절에서 하는 공양을 군이 마다하고 그녀는 혼자 또 산길을 내려갔다. 보나마나 놀이판을 찾아간 것이었다. 해 어스름 때가 됐는데도 그녀는 돌아오지 않았다.

224

"지각은 왜 중이 됐는가?"

지금 이 시각 서기한테는 여자가 관심거리가 아니었다. 오늘밤도 달빛이 좋을 터, 실컷 놀다가 그 달빛 디디고 오면 되겠거니, 그런 마음뿐이었다.

"먹고살 것이 없어서 중이 됐다면 처사님은 믿으시겠습니까."

지각이 빙긋이 웃었다. 가지런한 치열이 유독 희게 보였다.

"믿지."

"사실이 그러합니다."

명색이 중이지만 그도 가마꾼이나 다를 바 없었다. 사시사철 찾아드는 양반네들을 산꼭대기까지 태워 나르고, 그 몸종들 수발까지 다 하는 천하디 천한 중임에도 불구하고 그는 그것을 고역이라고 여기지 않았다. 멸시와 박대, 천역마저도 수도의 과정쯤으로 여기는 그의 넉넉한 태도가 부럽기조차 했다.

바깥이 소란스러웠다. 사람 찾는 소리가 들렸다. 지각이 급히 밖으로 뛰쳐나갔고, 서기가 그 뒤를 따랐다. 낯선 종자 네댓이 절 마당에서 우왕좌왕 하고 있었다. 그 중 하나가 여자를 들쳐업고 있었다. 놀라운 것은, 여자의 치마 저고리 곳곳이 핏자국이었다.

"무슨 일인가!?"

"낙상을 하신 것 같습니다. 저희 나으리들과 참 재미나게 잘 노셨는데 ….."

저희들 책임이 아니란 듯이, 여자를 내려놓기가 무섭게 그들이 후닥닥 돌층계를 뛰어내려갔다. 골짝 덤불에라도 떨어진 것일까. 이마며 어깻죽지, 손등 …. 여자의 몸은 성한 데가 없었다. 지각이 물수건을 가져와 그녀의 얼굴과 손부터 닦았다.

"못된 촌것들, 저희들이 돈이 많으면 얼마나 많다고⋯. 생원, 초시에 지나지 않는 것들이 이 천하의 황진이를 괄시해⋯. 나쁜 놈들⋯."

눈을 감은 채, 방만한 자세로 누워 있으면서도 그녀는 뭔가를 계속 중얼거리고 있었다. 술냄새가 진동했다.


여자는 이틀을 꼼짝 못하고 누워 있기만 했다. 9월 열나흗날. 여전히 날씨는 청명했다. 낮동안 서기가 지각과 함께 백탑동을 구경하고 돌아왔는데 여자가 마루 끝에 앉아 있었다. 단정히 몸단장을 한 탓일까, 여느 때와 다른 분위기를 풍겼다. 깨졌던 이마에는 딱지가 앉았고 얼굴이 붓기도 가셔 있었다.

"백탑동, 좋아요?"

여자가 희미한 웃음을 지으며 물었다.

"볼 만했습니다."

백여 개의 바위기둥들이 저마다 탑의 모양새를 하고 있어서 백탑동이라고 불리는 곳, 예전에 선생과 같이 왔을 때는 그 입구를 제대로 찾지 못해 수렴동에서 발걸음을 돌리고 말았는데 이번엔 지각의 도움으로 그 좋은 경치를 온전히 구경할 수 있었다.

"내일이 보름이지요? 응봉이가 보고 싶어⋯. 화담도⋯, 처사님, 우리 내일쯤 여길 떠나도 괜찮지요?"

한숨을 내쉬며 그녀가 중얼거렸다. 그녀가 안정을 되찾은 듯싶어 서기도 적이 안도가 됐다. 떠나고 말고. 금강산에 머물 까닭이 없었다. 오래전 세상 떠난 이의 족적을 산에 와서 찾는다는 것이 말이 되는가 말이다.

"날 밝는 대로 떠나도록 하겠습니다."

서기가 흔쾌히 대답했는데, 알았다는 듯이 여자는 고개를 주억거렸다.

그리고 그날밤, 서기는 못 볼 것을 보고 말았다. 두려워했던 예감이 그렇게 제 눈앞에서 현현하리라곤 차마 생각지를 못했다. 자시(子時) 무렵이었던가. 다급한 지각의 목소리를 듣고는 그대로 잠자리에서 뛰쳐나갔다. 무릎을 바위에 찧으면서, 넝쿨에 얼굴을 뜯기면서 바윗등 둘을 타넘었다. 산중은 온통 교교한 달빛으로 차 있는데 깊은 골마다 밤안개가 피어오르고 있었다. 벼랑 끝에 따로 불거져 수렴동 골짝을 내려다보고 있는 아득한 높이의 바위기둥 또한 그 밑동이 어둠과 안개에 가려진 탓에 구름 위에 솟은 돛대처럼 위태로워 보였다. 어떻게 저기를 오를 수 있었단 말인가! 여자가 치마를 날리면서 그 꼭대기에 오도카니 서 있었다.

서기는 아무런 소리도 뱉을 수 없었다.

"생전 듣도 보도 못한 노랫소리가 들리기에 나와 봤지요. 여우 울음소린가 했는데 …. 저도 제 눈을 믿지 못했어요. 어쩜 저럴 수가 …. 내려오시라고 제가 소릴 질렀는데도 들은 척을 않으셔요."

지각이 겁먹은 음성으로 말하고 있었지만 그 소리마저 서기의 귀에 들리지 않았다.

여자가 제 선 자리에서 한 바퀴 몸을 돌리는 것 같았다. 그리고 한순간 허공으로 떠올랐는가 싶었는데 흔적없이 사라졌다. 낙하도

추락도 눈에 잡힌 바 없었다. 더더욱, 비명소리며 바위벽 치는 소리 따위는 전혀 없었다. 있었다고 여겼는데 없음, 그뿐이었다. 화선지에 떨어졌던 먹물이 마르면서 그 검은빛까지 기화(氣化)돼 사라진 것과 다를 바 없었다.

서기는 뒤늦게 엉덩방아를 찧으며 그 자리에 주저앉았다.

"그래, 시신도 수습지 못했단 말인가?"

토정이 물었다. 서기로서는 토정이 이곳 공주땅에 먼저 와서 기다려준 것이 얼마나 고마운지 알 수 없었다. 그는 마치 몇 날 며칠에 제가 이곳에 돌아온다는 것을 알고 있기나 한 듯이, 떡 하니 평사댁 바깥 사랑채를 차지하고 있었던 것이다.

"소용없었습니다. 근처 절간 중들이며 인근 하복들이 온종일 골을 뒤졌는데도 찾질 못했습니다. 원체 사람이 내려가기 어렵고 또한 올라오기 힘든 벼랑 끝이라 하지만 그렇다고 그렇게 사람 눈에 띄지 않을 수 있을까요? 저도 물론이거니와 같이 있었던 중마저 잘못 본 것이 아닌가 여길 정도였으니 말입니다."

"귀신들이 좋다구나 업어간 걸까."

"정말 그렇게 돌아가신 걸까요? 그 작정을 하시곤 저더러 금강산까지 가지고 하신 걸까요?"

"이 사람 보게, 알면 자네가 알지 내가 어떻게 아나."

"사형 …. 저 같은 죄인이 어떻게 송도를 다시 찾을 수 있으며, 선생님 묘소에 절을 올릴 수 있겠습니까."

"그럼, 웅봉일 자네가 키울 건가? 어쨌든 마지막 짐은 자네가 졌으니 자네가 지고 가는 걸세, 나는 그냥 길동무에 지나지 않으니까 말이야."

"막막한 심정으로 금강산을 떠나오면서 저 혼자 생각해 봤습니다. 아이들한테는 참으로 안타까운 일이나, 황진이는 황진이다운 종생을 택한 건지도 모르겠다는 생각 말입니다. 그렇게 선생님 곁으로 돌아가신 게 아닐까 하고 …."

"끝까지 자기가 황진이라고 했단 말이군, 그려."

"그럼 사형은 그 분이 진랑이 아니란 말씀인가요?"

"내가 언제 아니란 말을 했나."

"하오면?"

"전설을 말하는 것일세. 보통 전설이라고 하면 그 사람의 사후에 생겨나 퍼뜨려지는 것 아닌가. 그런데 희한하게도 우리 선생님과 황진이는 살아 생전에 전설이 된 분들일세. 놀랍지 않은가. 전설이란 게 뭔가. 힘없고 고단한 백성들이 저들의 원망(願望)과 한(恨)을 담은 이야기 아니던가. 우리 화담 선생과 황진이가 전설이 됐단 말일세. 그런데 두 분의 전설내용이 틀려. 우리 선생님이 힘의 전설이라면 황진인 사랑의 전설이야. 백성들이 왜 화담 선생이 신통술을 부린다고 했겠어? 신통술이든 뭐든 힘을 부려서 세상을 좀 바꿔 달라는 그런 희망과 기대를 드러낸 것 아니겠어? 임금이 못된 짓 하면 임금도 갈아치우고, 간신 역적들을 모조리 바다에 빠뜨리고, 중국이든 어디서든 쌀섬을 날라와서 굶주린 이들 배 좀 채워줬으면 좋겠다, 그런 원망이 화담 전설에 깔려 있다고 보는 게야. 헌데, 우리 선생님이 그런 힘이 있길 했어, 그런 마음이 있으시길 했어. 여전히 수신제가 충효의리만 따지신 분인데…. 황진이 좀 달랐어. 화담 선생의 전설을 다른 사람들이 만들었다면 황진이 전설은 황진이 스스로가 만들었어. 여자이면서, 그리고 천기이면서도 그 나름으로 양반 남정네의 질서를 깨고자 기를 썼거든. 비록 그것이 우리 세상에 용납되지 않는 것이라 해도 그녀는 전설로 남아나는 게야. 늙고 추한 모습은커녕 세상에 무덤조차 남기지 않겠다는 그녀의 청결성이 무섭지 않아? 제 전설의 완결마저 스스로 이룬 여자인 셈이야. 그런 사랑이 어느 때는 세상을 바꿀지도 몰라…. 아무튼 인간의 본체와 전설은 전혀 별개인 게야. 그리고 전설은 절대로 일과성이 아니야. 세월과 함께 새로운 생명력을 거느리거든. 두고 봐, 우리 선생님 당신은 생각지도 못했는데 그 기론이 세상을 고치는 이론으로 확대되어 다시 생산되는 때가 올 거야. 물질이 정신을 지배하는 세상 말일세. 황진이 전설도 마찬가지야. 인의니 충효니 하는 것보다 사랑이 더 가치 있게 여겨지는 세상이 오지 말라는 법이 없지 않은가. 황진이 전설 또한 그런 새로운 날들에 대한 예언이 되는 셈이지. 우스운 얘기 하나 할까. 어느새 이 사람 토정이 전설도 생겨났어. 그 사이 심심풀이 삼아 점이나 봐주고 다녔던 게 그런 얘기들을 만들어 냈는가 봐. 지난번 예천에서는 자기가 토정이라고 하는 이를 내가 직접 만났지. 주역은 말할 것 없고 풍수지리에도 눈이 밝아. 그래서 일부러 내가 그 자를 찾아가서 내 신수점을 좀 봐달라고 했지. 이래저래 점괘를 놔보더니 갑자기 안색이 달라져, 그리곤 날더러 당신이 토정이냐고 하는 게야. 그래서 내가 대뜸 말했지. 토정이 토정보고 토정이냐고 물으면 어떡하느냐고 …. 허허."

서기도 폭소를 터뜨렸다. 참으로 오랜만에 가져보는 웃음이었다. 이래서 토정이 늘 푸근하고 고마웠다.

"사형, 전설에는 어떤 원망이 담겨 있나요?"

웃음 끝에 서기가 물었다.

"몰라서 물어? 내일에 대한 불안을 덜고 싶다는 것 아니겠어? 그래서 요즘 내가 비결(秘訣)을 하나 만들고 있지. 콩닥거리는 어린 가슴들을 진정시켜 줄 수 있는 신수의 처방전이랄까. 뭐 그런 셈이지. 그게 또한 나 스스로 내 전설을 모든 사람의 것으로 환원시키는 작업이 될 걸세. 그리곤 나도 황진이처럼 사라져야지.

무엇을 봤음일까.

토정이 문지방 너머로 상체를 빼며 빙그레 웃는 양을 보고 서기도 따라서 바깥을 내다보았다. 동네 형들이 꺾어준 모양이었다. 네댓 개 홍시가 달린 감나무 가지를 자랑삼아 쳐든 응봉이 녀석이 콧물을 흘리며 사랑채 마당으로 걸어 들어오고 있었다.

작가의 말




　전설은 꿈의 또 다른 양상이다. 역사의 인물 화담 서경덕은 자신의 전설 속에서 더욱 핍진한 삶을 갖는다. 대중의 꿈과 사랑, 좌절의 한이 그 전설에 담겨있기 때문이다. 작가는 그 전설의 치장을 벗기고, 그의 연인 황진이의 걸음걸이를 빌리며 인간 서경덕을 만나 보고자 애쓴다. 잃어버린 한국 기(氣)철학의 원류를 그에게서 찾아보고자 하는 사상사가들의 도움을 받으며, 그의 사고의 한 궤적을 추적해본다는 욕심도 숨기지 않았다.

　그러나 소설은 결국 또 하나의 전설로 남게 마련이다. 바뀐 시대, 바뀐 언어로 그려진 그의 이야기를 통해 우리 시대의 화담과 황진이를 다시 만날 수 있다면, 이 시대의 전설짓기 또한 그만한 재미와 유익성은 있다고 여긴다.

　작가가 앞서서 화담 서경덕과 황진이를 만나는 일, 그 짧지 않은 작업의 시간은 별나게도 온전히 중국 난징〔南京〕에서 이루어졌다. 베이웨이루[北路]에 있는 한 대학의 외국인 교수 숙사. 창 밖의 무성한 녹나무 이파리들을 벗삼아 조선조 중기의 한 탁월한 사상가에게 차를 권하고 담배를 나눠 피며 더불어 사랑 이야기까 지 듣는 일은 그래서 더욱 흥겹고 고통스러운 것이 됐다.

　작가는 이제 그를 떠나보내고 일상으로 돌아오며 짧은 중국말 인사를 한마디 한다.

　짜이 찌엔[再見].

2005년 11월<br>최　학

# 박경리 대표장편소설

## 김약국의 딸들

본능의 숲에서 교배한 필연은 비애의 씨앗을 뿌리고 통영의 밤바다 바람 속에서는 다섯 딸들의 숙명적 사랑과 배신, 죽음, 원초적 몸부림이 넘실댄다. 삼베처럼 질긴 한의 씨줄과 설움의 날줄은 비극의 천으로 약국집 다섯 딸들을 옭아매는데…

신국판 / 값 9,500원

## 파시

낯선 땅에 버려진 채 사악한 인간들의 먹이가 될 수밖에 없는 수옥, 광녀인 모친을 둔 명화의 근원적인 절망과 그러한 명화를 사랑하는 웅주의 고뇌, 몰락한 지주의 딸로 꿈을 잃고 타락의 길로 들어선 학자… 6·25의 상흔으로 얼룩진 이들의 상처와 절망!

신국판 / 값 9,800원

## 시장과 전장

결혼의 굴레에서 뛰쳐나와 전쟁의 소용돌이 속에 휘말린 위기의 여인 지영. 어느 빨치산을 향해 맹목적인 사랑을 바치는 백치 같은 여자 이가화. 소박한 시장의 행복을 꿈꾸는, 그러나 추악한 전장에 의해 철저히 짓밟히는 여인들…

신국판 / 값 12,000원

## 가을에 온 여인

숲 속의 푸른 저택에 살고 있는 신비스런 미모의 여인. 그녀의 절대 고독과 끝없이 위장된 삶이 엮어내는 검은 그림자. 자의식의 울에 갇힌 이 여인은 과거의 그림자로 자신의 마음을 한없이 몰아간다.

신국판 / 값 9,000원

## 표류도

전쟁통에 남편을 잃고 다방 마담으로 살아가는 인텔리 여성 강현회. 신문사 논설위원 이상현과 불륜의 사랑에 빠져 허우적대던 그녀는 마침내 우발적인 살인을 저지르고 마는데… 그녀는 죄를 범하는 천사인가? 인생이란 저마다 서로 떨어진 채 떠내려가는 외로운 섬인가?

신국판 / 값 7,500원

## 우리들의 시간 박경리 시집

"구름 떠도는 하늘과 같이 있지만 없고, 없는 것 같은데 있는 우리들 영혼, 시작에서 끝나는 우리들의 삶은 대체 무엇일까. 끝도 가도 없이, 수도 없이, 층층으로, 파상처럼 밀려오는 모순의 바다, 막대기 하나 거머잡고 자맥질한다. 막대기 하나만큼의 확신과 그 막대기의 왜소하고 미세함에서 오는 막막함…"

46판 / 값 6,500원

NANAM
나남출판

www.nanam.net  TEL: (031)955-4600 FAX: (031)955-4555